我们怀揣火种走过黑暗长夜

跨过战友的遗骸

踏过荆棘和深渊

最终在累累尸骨上重新点燃了种族延续的火炬

我们这些活下来的人不需要历史来记叙功勋

也无所谓那些空虚华美的称颂

只要山川河流

千万英灵

见证过我们前仆后继的跋涉

和永不放弃的努力

敬我们这些平凡的人类

淮上

U0447632

免贵娃图，兵古我马的我

你呢？

—— Noah

我的名字叫 Noah.

下次有危险就叫我哥

只要叫我哥，不管在哪都去救你

不管多远

都能接到你

淮上

不死者 2

UNDEAD

淮上 著

长江出版社
CHANGJIANG PRESS

周戎 ZHOURONG

职业：118大队第六中队队长

年龄：29

性格：团队中的头狼领袖，人狠话还多，因少年时曾在国际特种兵竞赛中惨遭欺骗，至今存在极大心理阴影。

"只要叫戎哥……不管在哪都去救你。"

"上天并未眷顾人类……我们将竭尽全力，独自走完这段征途。"

司南 SINAN

职业：A国白鹰部队教官

年龄：26

爱好：糖水草莓、奶粉、夹心饼干、苹果蜜饯等甜食（身体经过改造，需要摄入高糖分维持机能）。

"在遇到你之前，我始终是一个人……
从来没当过任何人的累赘。"

ZHOU RONG
周戎

SI NAN
司南

命运一环扣一环，
冥冥中犹如无形的多米诺骨牌，
在灾难发生前，
就为眼前的一切埋下了伏笔。

敬我们这些平凡的人类

我们这些活下来的人
不需要历史来记载功勋，
也无所谓那些空虚华美的称颂；
只要山川河流、千万英灵，
见证过我们前仆后继的跋涉和永不放弃的努力。

我们怀揣火种走过黑暗长夜，
跨过战友的遗骸，
踏过荆棘和深渊，
最终在累累尸骨上重新点燃了
种族延续的火炬。

目录

第1章

翌日。

周戎在晨光中醒来，伸了个长长的懒腰，神清气爽，然后翻身下床去干活。

他把能利用的工具都带上，食水按天分好份，拿出地图详细规划出行进路线和可能的物资补充点。

太阳略微探出个头，旋即隐没在厚厚的云层后，周戎站在前院中感受了下空气湿度，觉得大概是要下雪了。

山林、河流和遥远的村落，都笼罩在阴沉沉的云雾中，天地间安静到了极点。

要是赶上下雪就不好出发了。

周戎随便吃了个罐头，用煤气小火烤好面包，用热水冲了甜奶粉给司南当早饭，然后去喊他起床。然而司南根本没有醒，趴在床上睡得正香。

他最近确实非常嗜睡，可能是身体虚弱到一定程度后的自我修复——在化肥厂时他每天都睡不到六个小时，而且即便在睡梦中都非常警惕，只要有人稍微接近，就立刻会被惊醒，和现在摊在周戎眼皮子底下小小打鼾的模样判若两人。

周戎低声叫了几句，司南突然迷迷瞪瞪起身，周戎还没反应过来，司南就在半梦半醒间给了他一记迅猛的勾手摔！

轰！

周戎整个人摔在床上，差点没摔蒙了，随即感觉到司南在身侧蠕动了两下，似乎找到了一个比较舒服的姿势，很快睡了过去。

“……”周戎目瞪口呆，目光慢慢往下挪。

只见司南的面容在晨光中安详平静，鼻息温暖芬芳，仿佛是个小天使……一个会在睡梦中用上百公斤级勾手摔，差点把爆种者摔成脑震荡的小天使。

“司南……”周戎颤声道，“你……要不要先醒来冷静一下？”

周戎呼吸困难，恍惚间感到一阵头晕目眩，不知道是不是真脑震荡了。他深深吐出一口气……但在无处不在的、越来越浓郁的气息却让他喘不过气来。

那是血液气息。

周戎注视着天花板，耳朵里嗡嗡作响，大脑仿佛被万吨重锤反复砸成了花。

他意识到了一个可能性。

司南醒来时已经临近中午了。他精神有点萎靡，揉着眼睛从凌乱的床铺上坐起身，顺口问周戎：“你怎么在这儿？”

周戎：“……”

“几点了？”司南自然而然地端起床头柜上的凉牛奶和烤面包，也不嫌弃，边吃边下床往窗外望了一眼，“哟，是不是要下雪？”

周戎艰难地动了动失去知觉的手臂，缓缓道：“小司同志，跟你谈谈……”

司南转过身，后腰抵在窗台上，扬起一边眉梢。

“你确定你的血液气息压制剂是九月底打的吗？”

“当然是。”司南漫不经心道，“我就是在去药店找压制剂的路上发现你们的。幸亏你和颜豪在我打完压制剂后才冲进来，否则如果我当时就知道你们是爆种者，你们早变成筛子眼儿了……怎么？”

周戎哭笑不得：“那你知道我国的压制剂其实分两种吗？”

司南动作一顿。

“能在药店里随便买的是普通压制剂，可以隐藏平常状态下的异血种血液气息，效力能保半年。另外一种让异血种避免一年一度不适期的，是管制型的血液气息压制剂，这种按规定不能放在柜台里卖，必须凭处方在指定国营大药房的仓库里拿。”

“换言之，”周戎解释道，“你打碎玻璃柜台后拿出来的普通压制剂，虽然能帮你伪装成无质者，但碰上不适期是不管用的，最多在这段时间过去后再帮你继续伪装两个月……”

司南：“……”

四目相对，司南的神情变得十分微妙。

周戎仔细斟酌语言，慢吞吞地道：“根据我基本的生理学常识——我们军校不太教这个——你的不适期可能要来了。

“征求下你的意见，小司同志，是发挥主观能动性战胜困难呢，还是……”

长久的静默后，司南问道：“压制剂有两种？”

周戎点头。

“管制型不放在柜台里？”

“是的。”

“郭伟祥帮那个姓任的找到的是……”

“他闯进了药店库房，但灾难爆发时躲在里面的药店员工集体变成了丧尸，所以他才会被那么多丧尸追着跑出来。”

司南一个字都说不出。

“所以，如果你需要的话，”周戎遗憾道，“我们也可以尝试现在就动身去找，但最近的大城市在两千公里以外，你这一路上最好尽量坚持住……”

司南恍惚站着，手一松。

早有准备的周戎箭步而上，闪电般抓住了自由下坠的牛奶杯，重新搁回他手里，示意他拿好。

“一定帮你，”周戎郑重承诺，“我们很民主的。”

司南仰头喝完牛奶，把空杯塞进周戎手里，推着他胸膛示意他出去。

“我想想。”司南机械地道，“请先给我二十分钟。”

周戎体贴地端着空杯出去了，到厨房仔仔细细把碗筷用具洗干净，从车上搬下足够两人三天的食水物资，然后端起枪在附近巡视了一圈，确定山林间没有游荡的丧尸或野兽，也没有任何其他危险。

然后他把SUV倒到正好堵住水泥小楼唯一进出口的位置，做好完全的防护措施。回到一楼，路过卫生间时他停住了脚步，冲洗手台前那面镜子端详了下自己。

周戎，现年29岁，身高1.89米，体重83公斤，体脂率9%。

黑头发黑瞳孔，左右眼视力皆为2.0，基因出色。

周戎是被当年的教官一句“伤疤是男子汉最好的勋章”给坑了。

下放118后，有一年他带队去某热带岛屿执行伏击任务，设伏时看见颜豪在教春草涂防晒霜，当场把这俩给大肆嘲笑了一番，得意扬扬宣称自己连上高原都没用过防晒霜这么娘们唧唧的东西，还炫耀了一下自己古铜色的皮肤——当时颜豪用高深莫测的目光瞥了他一眼，摇摇头叹了口气，什么都没有说。等任务回程时周戎因为面部四级晒伤而差点毁容，长达半个月的治疗过程让他痛苦地学会了做人。

周戎对着镜子打量了一会儿，觉得自己只是太糙了。如果年轻十岁的话，仅从五官而言，他完全可以和颜豪竞争一下118大队之花的头衔。

周戎整了整发型，试图把额前那一小撮总是嚣张竖起的头发压平，然后推开了卧室的门。

“二十分钟了，司小……”周戎声音一顿。

司南盘腿坐在床上，正端详胸前一枚黄铜坠饰，他觅声抬起头，目光明亮无辜。

“……”周戎看着他，摸不准他现在意识到底清醒不清醒。

倒是司南莫名其妙地开口了：“怎么？”

“我……”周戎小心翼翼道，“我上来收拾东西。”

司南这才恍然发现自己身周乱七八糟的衣物，他的第一反应却是：“收拾它干吗？”

周戎说：“洗……”

“又不脏。”

周戎无言以对，司南向后一靠，窝在了昨晚睡觉的枕头里，精神似乎有点委顿："我刚才在回忆，那几个人给我打药之后，到底问了我什么。"

周戎走过去坐在床侧。

短短二十分钟，这屋里的血液气息就发生了变化，比清早醒来时更加浓烈，甚至连屏住呼吸都能清晰感受到。

——那是血液气息直接作用于大脑神经的缘故。

"想起了什么？"他低声问。

"他们问我一件东西在什么地方，但我实在记不起是什么了。罗缪尔的父亲是很多生化实验的主导和投资人，难道我偷了跟丧尸病毒有关的资料？"

司南用食指关节抵着眉心，疲惫地揉着，周戎忍不住问："那个罗缪尔和你的关系是……"

"继兄。"司南回答，"我爸去世后，我妈应该是跟他父亲结了婚。但其中原因很复杂，一时半刻也想不起具体的。"

周戎简直不知该作何言语，半晌，指了指窗外："你……你知道他父亲是A国前任副总统吧。"

"可能是吧。"司南恹恹道。

此刻周戎的感想，简直难以用语言形容。

"看，"司南把那只从不离身的黄铜坠饰打开，说，"这是我亲生父母，唔……你不要这个表情，你才把A国前任副总统的儿子暴打一顿后丢给丧尸了，现在才想起外交问题已经晚了。"

周戎哭笑不得："小司同志，你先告诉我你亲爹妈是不是什么政界高官、社会名流之类的，我们的外交关系应该还来得及挽救一下……"

司南大笑起来。

"不，"他狡黠地道，举着吊坠在周戎面前来回晃悠，"我父母就是普通人，我已经不记得他们是做什么的了。"

周戎轻轻抓住那只吊坠，放在手心里看里面的旧照片。

坠饰还挂在司南脖颈上，这个姿势，只要周戎收紧一勒，就能立刻制住他的致命点。但司南仿佛完全对人类卸下了戒心的凶兽，懒洋洋地靠在周戎肩侧。

"你这长得，"周戎边端详边说，"第一眼看着像你爸，仔细看又像你妈。

不过你爸作为爆种者，确实长得很……嗯，有气质……”

“你可以直接说他长得像爆种者里的白切鸡，还是读过很多书的那种。”司南微笑道，“不过他其实是无质者，而我就是遗传学上万分之一例的无质者与异血种结合生出的异血种，想要签名吗？”

周戎大出意料，纳罕地打量他。

司南转身从床头柜里翻出纸笔，还没装模作样地签上名，就被周戎抽走了：“不，我只是礼节性地惊叹一下而已。我们队里其实有个现成的爆种者与无质者结合生出的爆种者，天天在那儿晃，已经一点新鲜感都没有了……”

司南以为他在说春草，毕竟春草的发育问题一直很令人费解，但周戎遗憾地摇了摇头：“虽然医学上已经证实，任何爆种者、异血种与无质者结合都只会生下无质者后代，如果生下爆种者或异血种后代的话说明基因很完美，非常有遗传价值。但我曾经发过誓，在我自己找到媳妇之前，会坚决避免夸赞颜豪那小子的基因。”

司南往外瞟了一眼。

天穹广袤，松涛如海。

半径五千米之内别说人了，连丧尸都罕见。

司南从鼻腔里淡淡地哼了声，裹着毛毯蜷缩起来。

“睡一会儿，”周戎安慰道，“我去搬点吃的上来。”

司南闭上了眼睛。

周戎给他掖好被角，刚要起身，突然被叫住了，回头只见司南又抬起一边眼皮——他对什么东西稍微产生一点兴趣又非常谨慎时就会做这个动作。

“怎么了？”

“你相信我吗？”司南沙哑含混地问。

周戎笑起来：“当然。”

他正觉得司南问了个傻问题，紧接着下一句话让他瞬间寒毛爹立，鸡皮疙瘩全冒了出来。

“那另外一个异血种呢？”司南满怀希望道，“就是特种兵竞赛上遇到的那个，你还记得吗？”

周戎："……"

周戎意识到自己正经历有生以来最严峻的考验，这一考验对口才和表达能力的要求程度，绝不亚于"我跟你妈同时掉进水里你救谁"这一世纪难题。

第2章

周戎的座右铭一直是见人说人话见鬼说鬼话，此刻却足足挣扎了几秒，心一横，说：“不太记得了。”

“嗯？”司南呆住了，“你不是说对方欺骗了你吗？”

周戎郑重道：“但现在不一样啊，我已经完全不再想过去的事情了。什么年少轻狂都让它见鬼去吧，哥现在……”

“你这人怎么这样呢？”司南不满道。

周戎被这句话活生生塞住了喉咙，表情就像连吞了四个石头做的鸡蛋，半晌，他才委屈道：“组织拜托你讲点道理好吗？小司同志，十一年了！我连人家长什么样都不记得了啊！”

司南：“……”

“而且当年也只相处了几天，最后他还欺骗了我，简直是耻辱的往事，让我们把这段回忆化作飞灰随风而逝了吧……”

司南：“……”

司南的眼睛阴森森眯了起来：“随风而逝。”

从周戎的角度看去，司南的眉眼呈现尾端上挑的弧度，刀锋般森寒无比，他立刻打了个激灵。

“你发誓真的随风而逝了？”司南问。

周戎虔诚道：“我以我爹妈的名义……”

“令尊令堂还在人世？”

“……”周戎无奈道，“我是受国家资助在福利院长大的，以院长的名义起誓行吗？”

司南磨着后槽牙说：“你以政府的名义发誓我就信。”

周戎无奈，只得举起右手：“以政府的名义起誓，我真的已经……”

他痛苦地闭上眼睛，十秒钟完全的静默后，悲怆道：“不行，我说实话吧。有时候我也会想一想……只是想一想！毕竟很惨痛的好吗！”

司南稍稍满意了，悻悻然躺了回去，皱着眉头不知道在思索什么。

周戎看他半天没反应，以为自己总算熬过了每个人一生中都要经历的难关，偷偷松了口气——然而那口气刚出来就没能再吸回去。

只见司南像是突然琢磨出什么来似的，若有所思道：“那你现在算不算……”

周戎呆滞片刻，内心犹如有一群羊驼在奔腾。

“啊！”他突然目视前方大声道，“有丧尸！”

司南：“……”

“我打个丧尸，去去就回！”周戎箭一般冲出房间，连滚带爬逃了。

——显而易见是没有丧尸的。

深山老林本来就没人，又是一年中最严寒的冬季，丧尸体内的水分都结成了冰，在这种纬度的山上连移动都困难。

周戎蹲在炉灶前做了点吃的，热气把玻璃窗蒸得朦胧不清。他随手抹了把，从脏兮兮的毛玻璃中向外望去。不知什么时候大雪已经飘下来了，鹅毛般一片片的，远处山谷中的河流泛出微渺的光，天地一片静谧。

“真的是那样吗？”周戎下意识问自己。

他试图回忆那个小异血种的脸，但那张脸确实已经在十一年鹅毛大雪般纷纷扬扬的记忆中模糊不清了。这些年来他从军校毕业，出国维和，选进政府，然后遭遇挫折被下放进118，经历过无数枪弹炮火和生离死别，记忆犹如一块石板，被时光刻上了无数深深的刀痕。

十八岁那年青涩的往事虽然还在，但再次想起时，首先浮现在脑海中的已经不是那个特定的人，而是悠长邈远又无可奈何的岁月了。

这么一想，其实司南某些方面和那个欺骗过他的异血种有点像——周戎琢磨着，抱臂站在厨房窗前，心不在焉地望着渐渐银装素裹的世界。

聪明而略带狡猾，意志力顽强，心里藏得住事，对目标有着非同一般的执着，不达目的决不罢休——不过这也有可能是典型能干大事的异血种的共同点。仔细一想的话，他们的长相可能也有点相似呢。

周戎摇头嘲笑自己，心说"怎么可能"。

他把炉灶的火熄了，小心灌满他从杂物间里翻出来的老式热水袋，上楼轻手轻脚进了卧室。

司南正紧紧缩在床头，把脸深深埋进膝盖间，听见有人推门而入时条件反射性地向后缩了一下，更紧地把自己蜷成了一个团。

空气中充盈着丰厚的血液气息，这味道如此剧烈，简直是对神经末梢的巨大刺激。周戎把热水袋塞进床褥间。

"……"司南小声呢喃了一句。

周戎略微俯在他身边道："你说什么？"

司南咬牙道："走开……"

司南眼梢通红，明明外面在下大雪，他鼻尖却冒出了细微的汗，每说一个字都在微微发抖。

周戎道："我待会儿……再上来。"

他转身正要离开时，衣袖却被钩住了。

周戎反身扼住了司南的手腕，低声问："怎么？"

司南的手腕其实非常硬，那是因为常年的格斗训练必然会对骨骼造成影响。

他的手指也很修长，乍看上去或许会被人说是富有艺术气息，但实际上他并不会弹琴，指腹中倒是充满了因紧握匕首而磨出的硬皮，食指和虎口处也有着开枪形成的枪茧。

——左右手都有，甚至左手因为训练密集的关系，摸上去更明显一些。

伤痕和旧疤，在这双手上记录了主人二十多年来难以想象的艰辛和忍耐，他与周戎接触过的、印象中的所有异血种都截然不同。

周戎说什么他都听不清，司南耳朵轰轰作响。

他在温热的海水中沉浮，不管如何挣扎都无法恢复清醒，迷茫中抬起另一只虚软的手凑到嘴边。他想狠狠咬自己的手背，那样至少能感知到熟悉的痛苦。

“周……”他下意识喃喃道，“周……戎……”

那两个字仿佛燃烧到尽头的引线，轰的一下，周戎整个人都愣住了。

窗外，鹅毛大雪仍未停歇……

第3章

第三天，司南盘腿坐在床铺正中，阴森森道：“你别过来。”

周戎单肩靠在门框边，似乎有点想靠近又不太敢：“你……小司同志，你到底怎么了？”

“没有，”司南冷冷道，“都挺好的。”

“但你的样子看上去就很不好。”

“你看错了。”

“戎哥没看错。”

周戎一手抱臂，一手扶着额头，嘴角微微抽动。

司南卷卷被子，背过身，生闷气去了。

“你知道有种鱼类叫河豚吗？”

司南冷冰冰道：“我不吃那种乱七八糟的东西。”

“不不，河豚很好吃的，哪天我做给你吃。”周戎道，“不过我的意思是你现在看上去就像只河豚……”

大雪已经停了，山峦巍峨，通天贯地，晶莹剔透的河流穿过山谷，流向远方千万丈苍茫雪原。

厨房里的煤气快烧完了。周戎涉雪去砍了柴火回来烧火，烤面包、烤午餐肉，煮热水烧蔬菜汤喝，用软垫在火炉前堆出凌乱温暖的小窝，让司南小憩，两人有一搭没一搭地聊天。

周戎本来就是个健谈的人，很多普通又枯燥的往事在他口中说来，便显得妙趣横生。

他说起自己小时候，有一年家乡遭了雪灾，军队来救灾的时候在福利院里打地铺，他看着军装和枪械觉得十分羡慕，就把自己攒下的糖拿去给当兵的吃。结果他不仅没把糖果送出去，回来时口袋里还多了一把巧克力。后来他高中毕业就报名去参了军，当新兵第一年就因为出类拔萃的射击天赋而被选拔进了特种部队，保送上军校还拿了奖学金……

“奖学金也没用来干什么正事。”周戎遗憾道，“被我翻墙出去撸串吃了。”

司南想起什么，问：“你进特种部队第一年就去参加国际竞赛了？”

“第三年。”

“你几岁高中毕业的？”

“十六。”周戎说，“小学跳了两级，惭愧，为了赶爆种者必须年满十六的最低征兵线。”

司南仰躺在地板上，双手抱臂皱着眉。

周戎谦虚地欠了欠身。

“不过现在想想，我在竞赛里遇到的那个异血种才是真的厉害。”周戎又道，“十五岁，国家特派，意志力顽强，扮猪吃老虎，演技浑然天成……电影节绝对欠他一座奖杯。看来这世上在我们不知道的角落里，确实有着难以想象的强大对手，天外有天人外有人哪。”

司南微笑道：“喔？我也觉得是。你觉得他现在还活着吗？”

周戎正要唏嘘，突然警觉地动了动耳朵：“我不知道！都十一年了！我一点也不想知道！”

“万一他还记着你呢？”司南狡猾地问。

周戎立马表态：“不可能，当我傻吗？同一坑里摔两次？”

司南大笑起来。

“年少轻狂时摔就摔了，现在身上牵挂太多摔不起了。”周戎悻悻道，“今时不比往日，何况还有你们……”

火苗跳动发出明亮的光，司南的笑容渐失，似乎被不知名又复杂的情绪笼罩了。

“后来发生了什么？”半晌，司南轻声问，“特种兵竞赛过后，你回国去做什么了？”

“保送去军校，毕业那年上级来挑人，两千个人里选了三个，其中有我。”周戎说，“政治面貌、家庭背景、各项成绩、心理素质全都考了，甚至还挑脸和身高。当时还不知道要去干什么，以为挑情报人员，后来才知道是挑首长护卫。”

“挑间谍是无质者优先好吗？”司南嘲笑他，“然后呢？”

“干了几年，见过挺多领导人，那谁出国访问的时候我还当过贴身护卫。”周戎说了个新闻里经常出现的、家喻户晓的名字，笑道，“后来立了几次功，就升上去管国宾护卫了，是个特别需要稳重扎实性子的活儿，我不太干得来……”

司南打量着周戎在火光映衬中轮廓深刻的面孔：“你就是这样的人啊。”

周戎不着调的时候非常不着调，但每当情势需要时，他都是最细心、稳重，能撑起大局的人——这点和司南迥然不同。

司南是个单兵作战专家，让他单枪匹马化解险情是可以的，但让他调遣团队去保护别人的话，就比较棘手了。

“我不是。”周戎笑了一下，似乎有点忧郁。

司南抬手戳了戳他的下巴：“你怎么被下放到118的？”

周戎开始不太想说，但反正漫长冬日无事可干，房间里又暖，司南不时戳他一下，戳得他痒乎乎的。

闹了一会儿之后他终于缴械投降了：“我在陪同接待外宾的现场……犯了个说大不大说小不小的错误。”

“你勾引人家总统女儿了吗？”司南戏谑道。

“不，我们这种是专门受过训的。”周戎略微脸红，说，“那是有一年冬天，队里新来了个特别有狙击天分的年轻人，临时跟我去执行一个……类似于礼仪性质的接待任务，结果不小心把三根手指冻在警戒铁栏上了。”

“当时室外零下二十多度，我听到汇报后立刻让人去用温水给他解冻，不然手指废了，他也就完了。但协调方要求我别管，毕竟那时候……外媒什么都到位了，万一给人拍到，形象方面……”

周戎摇头笑了笑。

司南是个无组织无纪律惯了的人，并不觉得这有什么：“你坚持先解冻？”

“他们不让温水送进来。”

“那你……”

“我徒手把那铁栏给拆了，”周戎无奈地承认，“被围着拍了很多张特写呢，是挺丢人的。”

司南想到那长枪短炮轰炸不绝的场景，嘴角一弯。

“这事持续不断发酵，成了互相胡乱攻击的导火索之一。反正我稀里糊涂就被降衔下放了，恰好钱少将需要人，我也有些特种部队的老关系，就进了118。”周戎一摊手，说，“后面的事差不多就是这样。不过在118其实更自在，工资福利并不少，还经常能公费出差……”

“嗯。”司南随手戳了戳周戎，起身端起水杯，微笑道，“如果你没进118，我们就不会遇上了。”

如果周戎没下放去118，司南就不会在那个闷热混乱的午后经过大街，看见被丧尸围困的停车大楼。

司南不会遇上特种兵小队，不会跟其他爆种者结伴杀出T市，也不会进入B军区危机四伏的黑暗地底。

他们不再有机会找到珍贵的抗体和资料，此刻应该也没人携带那些用性命换来的信息，乘坐直升机飞往遥远的崖海。

命运一环扣一环，冥冥中犹如无形的多米诺骨牌，在灾难发生前，就为眼前的一切埋下了伏笔。

周戎凝视着跳跃的火苗，眼底光芒微微发亮。

“所以咱俩就该遇见，”他缓缓说道，“谁都改变不了，早注定好了。”

严寒成了阻绝病毒的天然屏障，而这栋小小的水泥楼却始终遗世独立，温暖如春。

司南没有说，周戎也不会提，虽然他们心里都知道，如果这样的日子一直持续下去就好了。

——与世隔绝，只有梦中温暖和平的桃源。

然而这是不可能的。

年十五，元宵节，封山大雪终于消融，河面的厚冰裂开了细小的纹路。周戎把剩余物资整理好，砍了几捆柴火堆在院子里供后来人使用，一手搭着司南的肩，站在水泥小楼前摸了摸他的头发。

“现在南下应该不会再正面遭遇丧尸潮了，我们走国道，途经城镇补给点，到沿海一带再想办法。幸亏定位仪没丢，如果颜豪春草他们已经抵达崖海基地，到时候接到信号，一定会向上汇报。”

周戎摆弄了下司南耳朵上那只被夹住的耳钉，司南双手环抱在胸前，俯视着脚下层叠的山川，皑皑积雪映在他眼底，闪烁着明亮的光泽。

“如果……”周戎缓缓道，顿了顿。

司南用眼神询问他怎么了。

“如果你还想再多待两天的话，”周戎的每个字都仔细措辞，“我们也可以在这个地方，稍微盘桓……”

司南拍拍他的肩，走向SUV，头也不回地笑道：“想多了。”

二十来天的休憩，无微不至的照顾，让司南的身体和精神都恢复到了巅峰状态，甚至比在T市遇到周戎他们的时候还要好。

他手腕手肘上的电击伤痕已经消去，随着无人知晓的、绝望灰暗的回忆，犹如天明时海面退潮，隐去了黑暗秘密的角落。

“走吧！”司南坐上驾驶座，发动引擎，一只手撑着车门，那模样就像个在街头开豪车横冲直撞的俊帅小混血。

他冲周戎吹了声口哨：“还愣什么？上来！”

周戎失声大笑，上前一把将司南送出驾驶室，绕到副驾驶那边塞了进去。

“我开车，懂不懂？”他笑道，“你负责吃元宵，睡觉，以及每十公里给我捏捏脖子解解闷。组织分工明确，有什么异议，小司同志？”

冰消雪融，山路蜿蜒。

周戎把车窗开了条缝，在吹哨般的寒风中一手驾车，一手搭着司南肩头。

司南盘着腿吃周戎用面粉和糖煮出来的“汤圆”，仔细翻看那本破破烂烂的全国公路地图。

SUV喷着尾气，在苍茫天幕下，向着群山尽头那硝烟中千疮百孔的南方大地驶去。

第4章

二月下旬，南方回暖，河面破冰。

汽车穿过荒无人烟的村落，破开覆盖残雪的田野，飞驰向南。

城镇郊区一座废弃加油站前，马路空空荡荡，荒草、尘土和垃圾在寒风中飞扬。周戎停了车，示意司南待在暖和的车厢里，下去提起了柴油枪。

司南合起公路地图，望见前方有个小便利店，竟然没有被明显劫掠过的痕迹，便打开了车门：“你要烟吗？”

周戎彬彬有礼道：“不了，为了你的健康我决定戒烟……回去！坐回去！”

周戎一边加油一边拼死抵住车门，司南则把门用力往外推：“不要做这样的牺牲戎哥，我很民主的，你可以尽情抽烟没关系，我去帮你拿……放开！好不容易有个商店，让我去！”

两人拉锯般僵持半晌，司南突然目光一凛：“快上来，有丧尸！”

周戎下意识回头，却发现身后马路上什么也没有。

司南闪电般从另一侧车门跑了，手里抄着他的零食专用箱，向着便利店愉快奔去。

“你就是想吃糖！”周戎哭笑不得，冲着他的背影无奈道，“快去快回，我们子弹不多了！”

司南推开便利店门，无视收银台后麻木挣扎的丧尸，嘲笑道："那又怎么样。"

两分钟后，周戎加满油，刚挂好加油枪，就看见便利店的门又开了。司南双手抱着他满满的专用箱出来，一只伸长手臂的丧尸随之而出，踉跄追在他身后。

周戎当时脸色就变了，刚箭步冲出去，就只见司南转身、跃起，以一个令人眼花缭乱的柔术动作攀上丧尸肩颈，仅用双膝将丧尸颈骨咔嚓绞断。

丧尸哀号倒下，司南利索落地，连看都没看，叼着棒棒糖走向周戎。

"……"周戎居高临下审视司南平静且无辜的面容，问，"说好的烟呢？"

"忘了。"司南恍然道。

他把零食箱塞进周戎怀里，转身回店胡乱找了几包烟揣进口袋。周戎随手翻翻箱子里的夹心饼干、牛奶，一阵悲怆油然而生："之前晚上溜出去偷吃的，还不忘记给我带两条烟；现在这待遇就直线下降了，也不把哥放心上了，果然哥不值钱了……"

不值钱的戎哥拍了两下司南的头，亲手剥了糖纸，往他手里塞了个奶糖。

司南同时吃着奶糖和青苹果味的棒棒糖，盘着修长的小腿歪在副驾驶上，一边反复翻看地图一边皱眉道："有点怪。"

"是吧——"周戎夹着烟，漫不经心道，"我就说这路走得不对，你非说我们要按地图走……"

司南："我是说奶糖味道怪，过期了吧。"

周戎立刻停了车，翻出丢在车门杂物匣里的包装纸仔细看，发现保质期明年才到，松了口气。

司南不是很满意："怎么没奶味呢？"

周戎无法跟这个小混血解释清楚为什么乡镇加油站小店里卖的五毛钱一个的奶糖没奶味，只得安慰他："以后哥带你去北边，找个草原住帐篷，专门给你养奶牛。"

司南矜持地"唔"了一声。

"继续向南开三十公里绕过小镇，"他合上地图，"避开人口密集区，抵达半岛后再找码头，看看能不能直接出海。"

——车窗前，马路笔直通向前方，穿过破败的乡镇。居民楼犹如一座座残破的钢筋水泥棺材，沉默分散在灰蒙蒙的天空下。

周戎第一百零一次问：“你确定是这条路？”

“不确定，但这本三年前出版的全国公路地图是这么指示的。”

“三年前哥带人过来执行任务的时候这儿还没这座小镇呢，荒无人烟的。你要说那个时候的话，公路确实从小镇边绕过去，前面还要翻一座山头……”

“这都记得？”司南诧异道。

“唔。”周戎深沉地吐了口烟圈，“哥走南闯北，快意江湖，踏过十万大山，蹚过……”

司南狐疑地瞥着他。

周戎：“……”

三十秒令人窒息的沉默后，周戎终于说了实话：“当年在这条路上找厕所，遍寻不着，只能全队站成一排在马路边放水，顺便比赛谁尿得远。

“印象特别深刻，输给了颜豪。”

事实证明，三年前出版的全国公路地图确实没能抗衡周戎对于失败的深刻记忆——地图是错的，周戎是对的。

中午时分，SUV 离开公路，把城镇中心涌出的丧尸潮远远抛在身后，翻过山坡驶向半岛。

阳光从阴云后冒出头，将远处港湾映出粼粼的微光。

昔日繁华的城市早已被夷为废墟，高楼几乎全部被炸毁，电视塔被拦腰斩断，花园赌场付之一炬。海湾港口再不复见船舶来去的盛景，取而代之的是荒凉、寂静、死气沉沉的近海。

更远处，崖海群岛隐没在茫茫水雾中，犹如传说中的海市蜃楼。

周戎略微转了个角度。向被尘土淹没的城市尽头望去，起伏的山坡间，阳光在军用高倍望远镜中反射出隐约的光点。

“那是什么？”周戎眯起眼睛，自言自语道，“怎么好像有建筑。”

司南含着他今天的第八支棒棒糖，双手一攀周戎的肩，敏捷地跃了上去。

周戎踉跄着扶住树干站稳，猝不及防肩颈一沉，司南已经坐在了他肩头上，拿过望远镜。

片刻后司南道："地面基地。建筑表面好像覆盖着太阳能板。"

周戎抬头一笑，略微不怀好意："小司同志，你知道吗？你这个动作……"

"你想尝尝剪刀脚吗？"司南微笑道。

两人一上一下，对视三秒，突然同时动作！

周戎扛着司南向后方的SUV疾退，司南翻转去绞他颈椎。嘭一声巨响，周戎向后弓腰，把司南的脊背掼在了车引擎盖上，在司南的大笑声中反身抓住他两只脚踝。

"剪刀脚？"周戎俯身盯着司南，居高临下地问。

司南反问："我手下留情了，知道吗？"

这倒是真的。如果周戎是个丧尸，按刚才两人的姿势，此刻他的颈骨已经被司南的腿力活生生绞断了，就像加油站里那只身首分离得干净利落的丧尸一样。

司南半躺在引擎盖上，眼神明亮，睫毛弯弯，上翘的嘴角略带挑衅。从上往下看，他的脖颈格外修长，锁骨延伸进黑衣衬领中，血管在洁白的肌肤下清晰可见。

就在这个时候，远处响起一声轻微的——

咔嚓。

犹如鸟类从树枝惊飞的声响，穿过上百米距离，传进了周戎的耳朵里。

"什么人？！"

周戎快步上前，从地上捡起被司南顺手扔了的望远镜。

只见冬季灰黄的树林间，山坡下鬼影幢幢，赫然有一批丧尸正悄没声息地围拢过来，已经到了百米以内！

"——上车！"周戎厉声道，"快！"

两人同时钻进SUV，引擎轰然发动，向山坡背阴面飞驰而去。谁料刚到半山腰上，前方突然传来拖沓的脚步声，另一批丧尸就像从平地冒出来般，密密麻麻挡住了他们的去路。

“妈的，怎么一点动静也没有，丧尸不叫吗？”周戎皱眉道，“还学会偷袭了？”

司南举着望远镜：“向前十点钟方向，快，有突破口！”

SUV 颠簸掉头，丧尸群紧追不舍，终于接二连三发出了沉闷的哀号！

司南从后座拖出两把冲锋枪，丢给周戎一把，两人同时降下车窗扣动扳机，将前方丧尸打得脑浆迸裂。

“它们在合围！”枪声中司南吼道。

周戎：“没搞错吧！丧尸又没思维！”

汽车碾压地表的虬结树根，猛地弹跳起来。周戎一手把方向盘，一手将侧面扑来的丧尸点射掉，轮胎轰然落地，将数只丧尸碾得骨肉横飞！

“吼——”

更多活死人摇摇晃晃，终于从树林中显出身影，呈扇形向车头包抄过来——周戎瞳孔霎时缩紧，意识到了司南的观察并没有出错。

这确实是合围。

不仅如此，还有潜伏、隐藏和团队协作，丧尸竟然产生了群居动物捕猎的初级智慧！

森寒从心底油然而生，周戎这一路纵越了大半国土，从未像此刻一样感受到如此真切的恐惧。

丧尸是何时开始变异的？难道活死人还有思维？

是全国各地都有，还是沿海地带病毒发生了进化？

司南咔嚓换上新弹夹，反手向车后连连点射，几乎每扣动一次扳机都能解决掉两三只紧追上来的丧尸。周戎猛拉离合器，只听他在弹壳飞迸中喝道：“前面太多了！掉头向山下走！”

铺满了厚厚落叶的泥地上，SUV 轰鸣调转，在丧尸众目睽睽之下来了个赛车式的漂移，将大半圈丧尸撞得呈扇形横飞了出去。

“抓紧！”周戎吼道，随即一脚将油门踩到了底！

大部分丧尸已经聚拢到原本车前方的位置，此刻来不及追赶，只能眼睁睁望着SUV一百八十度掉头。改装过的车头保险杠突出尖刺，将丧尸迎头撞飞，轰鸣着闯进山林，在乱石和树根之间披荆斩棘冲下了山坡！

——轰！

沉重的越野车飞越落地，轮胎发出尖锐的摩擦声。

两人同时向上弹起，周戎伸手将司南一把扣在怀里，自己的头顶却重重撞上车厢，他闷哼了声。

改造过引擎的越野车连个顿都没打，将竭力伸手追赶的活死人们抛在了车后，径直向远方风驰电掣而去。

“很好，顺利脱出。”周戎吁了口滚烫的气，“这车质量不错，可以向九泉之下的大舅子表示一下来自人民的感谢。”

“他不是大舅子。”司南敏感地冷冷道。

周戎：“好好好……”

驾驶室里全是迸出的弹壳，越野车绕过城市，驶向前方闪烁着建筑反光的山坡。三五成群的丧尸在路边游荡，但追不上SUV，只能向车轮扬起的尘烟绝望伸手。

周戎从侧视镜收回目光，问：“刚才围攻我们的丧尸大概有多少？”

“五六百。怎么？”

“那些丧尸身上没有伤口。”

司南翻看地图的手一顿。

“活人被病毒感染后，大多数从被啃咬的地方开始腐烂，继而蔓延全身。但那些丧尸的腐烂是很均匀的，有几个肯定是新近才被咬，头颈、手臂等都看不出明显被噬咬的伤痕。”周戎顿了顿，一手撑着额角，浓密锋利的眉头紧锁，“军区直升机来T市接走幸存民众时，那几个犯病的护士也没有伤痕，是通过吸入燃烧丧尸产生的高浓度含毒烟雾而感染的……那么沿海一带的丧尸是怎么回事？洋流？病毒已经扩散到这种程度了吗？不太可能吧。”

车厢里只有轮胎向前行驶的颠簸声。两人都沉默了片刻，司南缓缓翻过一页：“它们开始产生初级智力，也许跟这点有关。”

智力。

这个词让周戎打了个寒噤。

“城市太危险了，前面是我们刚才看到的地面建筑。”司南抬头问，“过去看看？”

周戎刚要回答，突然今天第二次破口大骂。

周戎死死踩下刹车，轮胎再次刮擦地面，两人同时向前一倾。紧接着周戎来不及解释，急速倒车向后，方向盘打底猛转。

剧烈摇晃中司南向后一瞥，只见原先车头前方，路面上不知何时竟然横了一道铁丝绑成的拒马索！

“站住！”

“停下！”

“下来！不然开枪了！”

公路边突然跃出十来个人，个个身着迷彩手持枪支，对着车头厉声呼喊。

——拦路抢劫？

周戎眼中森寒，刚要踩下油门从这些人身上活活碾过去，便只听为首的人喝道：“站住，干什么的？我们是军人！”

周戎那一脚油门顿时打了个滑。

那些人显然是老手，肯定这么干过成百上千次了。就在周戎这千分之一秒的迟疑间，几个人同时扣下霰弹枪扳机，将整面车前窗击得粉碎！

哗啦巨响中，无数弹片和碎玻璃冲进驾驶室，周戎把司南一头按下，耳膜被震得嗡嗡作响。

他反手抓起冲锋枪，手肘护住半边脸，正抬头准备正面狙击，突然一愣。

只见那十来个人刚要冲向SUV，突然，为首那个喊“我们是军人”的人脑袋爆出血花，踉跄倒下。

他的手下还没来得及惊吼出声，第二个、第三个、第四个，俱被一枪爆头，不明不白就瞬间成了鬼。

“狙击手！”有人狂吼，“找掩体，快！”

有人强行往车上冲，周戎刚要拧断脖子送他去归西，突然瞥见那人制服上竟真有中士肩章，眉梢微微一跳，改用枪托砸得他头破血流倒了下去。

“司小南抓紧！”周戎回到驾驶室，刚要踩下油门强行冲卡，就只听脆生生一声——咔嚓！

周戎：“……”

——司南不管对方是不是真军人。只要不是118小队那几个特种兵，对方又先对他动了手开了枪，在他眼里那就是一群死人了。

他右手伸出车窗，五指掐住来人的咽喉一拧一扭，在咽喉折断的清脆声响中夺了死者的霰弹枪，反手扣下扳机。

一系列动作耗时不到三秒。

——砰！

拦路者倒下大半，死伤者胸骨突出，满地翻滚。

剩下的人愈发不要命地往车上冲，司南刚要开第二枪，突然动作微顿，捏住了自己的耳垂。

“周戎，”他诧异道，“你那定位器在振。”

第5章

周戎心说：定位器……不，军方信号发射仪在振，难道颜豪在附近？

但颜豪怎么会在附近，他们没去崖海？！

情势顿时非常混乱，周戎也意识到拦路抢劫者差不多是军人，眼见对方尚有几个人挣扎着从地上爬起来，他也来不及抓起来审问了，当下果断道："司小南别开枪了，抓紧！告诉我定位方向！"

咣一声重响，周戎踩下油门，破破烂烂的 SUV 把那几个人撞翻了出去。

"三点钟方向右转，"司南一眼瞥见后视镜，有人又举起了霰弹枪，当即喝道，"低头！"

两人同时低头弓身，只听后车窗哗啦巨响，钢珠混合着碎玻璃再次清洗了后车厢！

幸亏他们反应快，这要是后脑勺挨上的话，两人的脑袋此刻都没了。

饶是如此周戎还是"嘶"了一声，耳后被飞溅的碎玻璃划出血痕，带起一长溜鲜血。

那抹血色映在司南眼底，他眉心一拧，抄起冲锋枪，设置单发模式，连头都没回、瞄准都不用，向后反手就扣下了扳机——

子弹出膛。

弹头穿过玻璃飞爆的后车厢，划破硝烟尘土弥漫的路面，飞越数十米距离，时间在此刻缓慢到几乎静止。

下一刻它出现在那名开枪的“士兵”额前，穿过他的颅腔，嘭！

“士兵”尸体摇晃，猝然倒下。

“……”周戎赞叹道，“枪法不错！以后比狙击决定谁洗碗！”

司南茫然道：“什么，要洗碗？”

汽车轰隆跃起，碾压公路护栏，飞上了树木丛生的荒野。

车后那几个人不敢再追，怕被远处飞来的狙击子弹爆头，纷纷夺路四散奔逃，刹那间就不见了踪影。

“往前十一点方向，那边有人！”

周戎转动方向盘，轮胎稀里哗啦穿过灌木和杂草，约莫开了三四百米距离，他突然瞥见不远处确实有好几个人围着，七嘴八舌不知道在劝什么，中间赫然是两个人在扭打。

周戎眉梢剧烈一跳：“颜豪？！”

颜豪大骂什么，起身狠狠一拳，把对方那男子揍翻在地。周围几个人立刻冲上去拉架，但这架拉得明显有点偏，几乎都架着颜豪，以至于对方捂着鼻子爬起身，冲上去给了颜豪腹部好几脚。

显然是这伙人合起来在欺负颜豪！

“妈的！”周戎悍然骂道，刹车跳下大步跑去。

那伙人还没反应过来，周戎已经径直进了人群，抓住那男子，一记标准的过肩摔把他抛了出去！

“干什么的？”

“住手！”

那几个人纷纷叫骂着又来拉周戎，但还没沾身，就被周戎闪电般全数揍翻，紧接着周戎又抓起为首那个刚才踢颜豪的，反钳住对方手臂，拽着他后领，顺势按着他的头向树上撞！

颜豪趁机挣脱了钳制："队长！"

"哎等等！"

周戎没顾上回他，按着人头每撞一下就骂一句："叫你打老子的人！

"叫你以多欺少！"

哐哐几声，周戎拉起他头发问："打服没有？"

那人先是被颜豪打得鼻青脸肿，又被周戎撞得头破血流，顿时大骂："兄弟们一起上，把他们……"

他的狠话还没放完，突然只听——

砰！

枪声炸起，所有人一顿。

只见司南端着冲锋枪从车上下来，向颜豪微微颔首致意，旋即眯起眼环视众人。他脚尖落地的同时，那伙人中有一个偷偷把手伸到后兜，然而刚掏出手枪，便又是一声"砰"！

司南的狙击无比精准，将那人还没抬起的手枪远远打飞了出去。

这下空地上彻底陷入了死寂。

"谁想死。"司南轻轻说道，"站出来。"

众人你看我我看你，各自神情愤懑，然而都不敢动作。

哐！最后一声重响，周戎再次拽着那男子的头发，令他血流满面地抬起头："打服没有？"

男子嘴唇哆嗦，喘息道："服……服了……"

颜豪呸了口带血的唾沫，终于虚伪又姗姗来迟地拉架了："队长别打了，自己人，误会，误会。"

"服就好。"周戎满意道。

他松手任那人摔倒在地，拍了拍袖口问颜豪："你怎么在这儿？刚才是你狙击的？谁跟这帮家伙是自己人？"

周戎这三个问题一个比一个难答，颜豪呼了口血气，示意他稍等，然后走到那男子面前，不顾对方的挣扎把他扶了起来。

“万兄。”颜豪冷冷道，“刚才事发突然，来不及向你介绍，这位就是我们失散的中队长。”

那姓万的靠在树边不停喘气，抬起鲜血淋漓的眼睛，满是怒火地打量周戎。

颜豪不动声色挪了半步，挡住了他狠盯周戎的视线。

“我说了我认识他俩，不能眼睁睁看着他俩被人用枪指着，所以才抢你的枪，去狙击那帮劫匪——诚然你有你所谓‘螳螂捕蝉黄雀在后’的行动计划，但如果按你的来，我的队长和队友就会有生命危险，所以憋不住先动手了，非常抱歉。”

颜豪的表达还是比较清晰的，周戎心头疑云略微释然。

——颜豪肯定是由于某种原因，不得不配合这伙人行动。但当他发现被抢劫的对象是周戎和司南后，便抢先开枪射杀了四名劫匪，致使这伙人黑吃黑的行动计划差点被破坏，所以才会被打。

“回去后我会自行向陈小姐解释。道不同不相为谋，现在我们和队长会合了，可以立刻接上其他三名队友出发去崖海。”颜豪居高临下站在他面前，抱着手臂，淡淡道，“这段时间多有叨扰，非常感谢，以后有缘再报答吧。”

空地上只能听见众人粗重而短促的呼吸声。

周戎、司南和颜豪都没出声，良久后，只听那姓万的男子“哼”一声冷笑，充满了讽刺：“不敢、不敢。你是陈姐特别重视的人，兄弟几个可没法跟你们这些特种兵比……回去你自己解释吧。”

他挣扎着爬起来，倒也硬气，不让任何人搀扶他，一摇一晃地走向手下：“走！收工回基地！”

那伙人是开卡车来的，敞篷皮卡藏在小树林后的隐蔽处。打过这场架后，颜豪算是彻底跟他们撕破了脸，自然也不能跟他们的车回去，便和周戎司南上了那辆千疮百孔的SUV。

颜豪眼眶通红，主动上前拥抱了周戎一下，又拥抱司南。

“颜豪同志，你这么热情让哥有点受宠若惊……”周戎摸着下巴，若有所思道，“像你这样从来不叫‘戎哥’、开口闭口都是‘队长’的异心分子，好像还是第一次主动拥抱我啊。难道说你终于意识到戎哥的可贵了吗……”

颜豪俯在司南肩上，哽咽道：“太好了，你们还活着。”

周戎对司南无奈地摇了摇头：“他一定在想，这姓周的怎么还活着？”

司南：“……”

“行了。”周戎强行勾住颜豪的肩，“别‘嘤’了，上车！”

四面通风的 SUV 翻越山坡，轰轰作响，跟着卡车向远处的幸存者基地驶去。

“队长跳机那天晚上，本来我也想跳下去的，但春草死命拉着我……”颜豪咽了口唾沫，漂亮的眼眶又发红了。

周戎心说“真是好闺女”，又虚情假意地安慰了几句，问：“你们怎么没到崖海？抗体还在吧？”

“在。我们就算死到最后一个人都会护住抗体和资料的。”颜豪指指前方的卡车，“姓陈的和这帮人只以为我们跟大部队失散了，不知道我们带着东西，所以待会儿进了基地千万别提。”

周戎狐疑道：“姓陈的是谁？”

“她叫陈雅静，异血种，是个女人，幸存者基地的头儿。”颜豪说，“直升机坠海的那天晚上，我们被岸边的民间巡逻队救了起来，紧接着就被送去了她的基地……”

离开潭城的那天深夜，直升机途径岭南省，飞至沿海，遇到了罕见的暴风天气，完全无法搜索崖海基地的任何踪影，只得紧急飞回港口迫降。

然而因为恶劣的天气条件，两艘直升机相继坠海了。

不幸中的万幸是他们坠在沿岸，港口正巧有一支民间巡逻队，立刻放救生艇来把幸存者接上了船。

这支巡逻队隶属于当地最大的幸存者基地，颜豪他们被救回去后，见到了基地的领头人，即是那位名叫陈雅静的女性异血种。

“她非常古怪。”颜豪皱眉道。

周戎警惕地问：“哪里怪？”

“毁容，残疾，无法站立。基地本身是 G 军区的下属研究所，她是副所长的妻子，病毒暴发后包括她丈夫在内的很多人都死了，她带着研究所内的一帮干部接纳了附近的上万名群众，原先研究所里的人都对她言听计从……不，她非常孱弱，跟司南不是同一个类型。”

末世之中丛林法则，一个手无缚鸡之力的女性异血种竟然能在群狼环伺中成为上万人的领袖，颜豪春草等人自然十分好奇。

当然，陈雅静对他们一行人的来头也非常好奇。

颜豪于是告诉她，自己和大部队失散了，队长也走失了，现在想带着途中救出的幸存者去崖海基地。关于抗体和病毒研发资料那段颜豪隐而未提，陈雅静也并没有起疑心。

但在对于这场灾难的处理方式上，这位民间的女领袖和几名特种兵产生了不小的分歧。

颜豪希望她能派人协助，在沿海寻找船舶，让他们出海去寻找总部基地。但陈雅静表示，她曾经派人用难以想象的代价修复当地通信基站，却至今都没有收到任何官方讯号。就算颜豪口中的基地确实存在，政府也早就抛弃群众了。

她非常欣赏这几名特种兵，恳切地希望他们留下来，并表示一定会竭尽所能，带领所有幸存者战胜灾难。

“太天真了。”周戎皱着眉头道，“这场灾难是全球性的，必须靠所有国家乃至全人类联手，她以为她是圣母玛利亚？”

“古怪之处就在这里。”颜豪说，“不仅她有这种天真到愚蠢的信心，她手下那些管理基地的爆种者们也有。这种有志一同的信念，似乎就是她在基地中维持领导地位的基石。”

“不会在搞邪教吧？”周戎问。

“目前为止没发现这种迹象。”

周戎沉沉点了点头。

卡车摇晃着翻过山坡，前方尘土飞扬，渐渐出现一片广阔的基地建筑。

带电圈的砖墙铁网在天穹下高高耸立，保护着人类在末世中的聚居地。丧尸们三五成群，茫然晃荡，聚集在砖墙下哀号着拍打铁网。

“你坚持要去崖海，她有没有尝试用强硬手段阻止？”周戎又问。

“这倒没有，”颜豪微微苦笑，“棘手之处就在这里。”

陈雅静不仅没有限制几名特种兵的人身自由，反而好吃好喝，诚恳招待，还妥善安置好了特种兵们带来的近七十名幸存者。平时颜豪等人在基地附近转悠观察，她也视若不见，毫不阻止，态度完全可以称作是坦坦荡荡。

——除了在搜索船舶出海方面不太配合外，她的所有作为都无可挑剔，颜豪简直要认为她是个完美的民间领袖了。

一方面不好意思白吃白喝，另一方面也希望能遇到南下的周戎，颜豪便主动向陈雅静要求加入警卫队伍，每天协助他们，在附近地区清除丧尸和搜救民众。

陈雅静爽快地答应了，没有任何犹豫。

不仅如此她还叫来自己手下几名警卫组长，包括这个叫万彪的，要求他们礼待颜豪，特别要注意向特种兵学习。

“哦，是吗？”周戎似乎觉得非常有趣，微笑道，“看来这位陈小姐确实挺重视你的，那为什么姓万的看你特别不顺眼呢？”

颜豪冷冷道：“我不知道，队长，你最好去问他自己……不要这么看我！我什么都不知道，也不想知道！”

基地值班室内冲出几名警卫，将铁网外的丧尸扫射干净，合力拉开了大门。

卡车轰轰驶进，SUV在喧嚣而上的尘土中随之而入，回荡着周戎憋不住的狂笑声。

万彪跳下卡车，连看都不看颜豪他们一眼，带着他的手下就径直进了前方一栋办公楼。

颜豪示意司南不用在意，直接绕过办公楼往后开，只见管理区域后几百米外矗立着一排排集体宿舍。

而几名特种兵的居所则远离宿舍区，紧挨管理层，是独立的小院。

看来那个叫陈雅静的女人确实十分礼待他们，这座小院独门独户，白墙绿瓦，用脚趾头想都知道是特殊待遇。

司南把车停在院门前，周戎啪地拍下喇叭，趾高气扬吼道：“都给老子滚出来！看看是谁来了！”

“爸——爸——”

春草眼泪狂飙，连滚带爬，犹如出了膛的火箭炮，飞扑上来与周戎热情相拥，被她的便宜爹凌空抱起来转了个三百六十度的圈。

“祥子跟大丁呢？”

“执勤去了待会儿就回……啊！司小南！！”

春草号啕大哭，冲上来紧紧抱住司南，差点把刚下车的司南拦腰撞回驾驶室。

“我以为你死了！司小南！”春草热泪婆娑，哽咽着问，“你俩咋样啦？等了你们一个月才来会合，去哪里潇洒了？”

司南心中好不容易升起的一丝感动瞬间消失得无影无踪。

“周戎，”他面无表情道，“请过来把阳春草中尉领走。”

小院里大叫大嚷，热热闹闹。周戎双手插在裤兜里，含笑看着自己的队员，突然听身后传来一声极其轻微又有礼貌的咳嗽。

他凛然回头，只见万彪推着轮椅，停在了前院门口。

轮椅上是一名年轻瘦削、五官秀丽、左脸颊却被赤红疤痕毁容的女子。她头发束起，穿着浅灰毛衣，双腿上盖着毛毯。视线与周戎对上时她谦逊地略一颔首，旋即扫过院内众人。

周戎眯起了锐利的眼睛。

他发现这女子的目光掠过颜豪和春草时都非常迅速，毫无异常。但触及司南时明显一滞，似乎难以确定，神情发生了微微的变化。

——但那只是半秒间的事，快得仿佛错觉一般。

“您就是周队长吧。”女子收敛神色，郑重地伸出手，“在下陈雅静，久仰大名，见到您非常荣幸。”

第6章

小院内部装修竟然也不错，窗明几净家什俱全，三间双人卧室，还有个吃饭的厅堂。

“条件不错，陈小姐费心了，”周戎内外转了一圈，笑道，“当兵的其实不用搞这些特殊化。”

陈雅静被万彪推着停在客厅中，坐在方形餐桌边，双手交叠在毛毯上，回答道：“周队长不用客气。你们千里护送幸存民众，令我非常敬佩，尽可能提供好些的居住环境是应该的。”

她模样非常娴静，但开口时又有种难以形容的气度，落落大方、坦诚坚决。

——看样子确实不是所谓的邪教分子用精神控制洗脑民众。那么她是凭什么本领，来领导这座庞大基地的？

周戎脸上微笑着，打量她的目光却冷淡而不客气。

陈雅静似乎对周戎的审视毫无觉察，向餐桌边另一把椅子做了个“请”的手势：“周队长，请坐。”

周戎却靠在窗台边，视线余光随时注意着在后院里吃东西聊天的司南和春草，说：“不了，一路开车太累，我站会儿。”

“好。”陈静雅并未勉强，话锋一转道，“今天的事情是个误会，我特意带万彪过来就是为了道歉。事实上……”

周戎打断了她：“劫匪是什么人，为什么自称军队？”

陈雅静沉默片刻，才缓缓道：“他们已经不能称作是军队了。”

周戎敏感道：“已经不能？”

“嗯。我们这座基地的原身是G军区直属的大型研究所，因此和军队有着千丝万缕的联系。病毒暴发后，我和研究所内部的一些领导，在对附近受灾群众的安置问题上产生了分歧……”

尽管陈雅静没有直接言明，但周戎很容易就能听出她的弦外之音——分歧的结果是暴力哗变。

哗变中的流血和伤亡陈雅静并没有提，但结果是，这些和陈雅静持不同意见的反对者们，最终离开研究所，去半岛另一端建立了他们自己的基地。

相比设施完善物资充足的研究所来说，新基地显然非常贫瘠。反对者一边劫掠市区和过路车辆，一边也并没有放弃反攻原研究所的企图。

最近几个星期两座基地间的流血冲突越来越频繁，已经到了让陈雅静非常焦虑的地步。

——颜豪这次跟万彪一同行动，就是为了打击对方半途劫车的行为，守住这条通向研究所的必经之路。

然而万彪对颜豪这个小白脸百般看不顺眼，经常给他使绊子，以至于差点害了路过的周戎和司南，这就纯属是巧合了。

“他们有些人确实曾经隶属于军区，但更多的，是在冲突中杀了G军区战士、抢了制服和枪支出来假冒李逵的李鬼。”陈雅静长叹一口气，“万彪的行为确实不妥，他不分青红皂白就动手打人，还险些误伤了周队长。我必须向各位道歉……”

“哦，没关系，颜豪早不介意了。”

周戎强行将颜豪一把钩过来，轻轻松松道：“是吧颜小豪。”

颜豪冷冷地哼了声。

鼻青脸肿、头上还贴着纱布的万彪眉毛一立，忍不住就要发作：“明明是那姓颜的不听指挥，他们还拿枪——”

“戎——哥——”

咣当一声，房门被撞开，郭伟祥热泪狂飙、连滚带爬，就像只欣喜若狂的巨型哈士奇，飞扑进门一把抱住周戎，号啕大哭：“太好了你还活着！我就知道你还活着！！我们每天都在到处找你们，为你们祈祷，幸亏你们还活着呜呜呜哇哇哇嗷嗷嗷……”

周戎猝不及防被鼻涕眼泪糊了满怀，手忙脚乱拎着郭伟祥的衣领把他拉开：“颜豪快来帮个忙，把他弄后院去找司南他们玩儿……”

“颜豪你脸怎么了？！”郭伟祥惊道，“你眼角咋破了，谁敢对你如花似玉的脸动手？！”

万彪：“……”

“谁！”郭伟祥杀气腾腾地卷袖子，“老子这就找他去算账！”

颜豪忙不迭拉着郭伟祥，把他弄到后院，陪司南春草吃东西聊天去了。

片刻后院子里传来一声惨绝人寰的尖叫：“司小南！怎么啦？怎么谁也没等等老子？！”

周戎：“……”

客厅里一片尴尬的静默，半晌，陈雅静揉了揉额角。

“如您所见……周队长。”她无奈道，“颜豪他们之前一直在拼命搜索你的行踪，现在你们会合了，下一步有什么打算吗？”

她终于提出了重点。

“颜豪之前应该已经向您阐述过，我们希望能找船出海，前往位于崖海群岛上的临时总部。”周戎彬彬有礼道，“如果您愿意派出人手协助我们的话，当然再好不过……”

“恕我直言，”陈雅静说，“您口中的总部可能已经不存在了。”

同样的话她大概已经对颜豪重复过很多次，但周戎没有立刻反驳，两人静静对视着。

后院中郭伟祥兴高采烈的叫嚷和春草咋咋呼呼的吵闹，顿时变得非常突兀和明显。

“您知道全国病毒暴发的第一片地区是哪里吗？就是您脚下这块土地。但当时政府做了什么呢？”

周戎平静地回答：“小到沿海城镇，大到国家心脏，只要能控制住病毒传播，我们会尽一切努力。”

陈雅静反唇相讥：“但后来呢？我耗费了难以计数的人力物力去修复通信基站，在冬天来临前，不断向周边地区发射信号请求支援，救援在哪里？”

周戎沉默了。

“如果不是我们敞开大门接纳民众，沿海地区早就完全陷落了。周队长，我敬佩你们这样铁血坚毅又拥有信念的军人，但可惜并不是所有官员和士兵都有同样的信念。”陈雅静淡淡道，“我们只能在末世中挣扎自救，用尽一切手段，尽量延续生存的火种。”

周戎默然良久，缓缓地道：“我跟你的看法不同，陈小姐……你觉得国家是什么？”

陈雅静并不回答。

“国家不是变化的主观状态，也不是固定的客观领土。国家不仅是政权、机构、军队和疆域，也是现在站在这里的你和我，同样是在其他地方苦苦挣扎求生的每个人。

“你是这座研究所副所长的遗孀，用国家的财产和资源拯救了周边地区上万名群众，你觉得这种行为不能代表国家吗？我是118绝密部队的少校级别中队长，我带着二十一名队员千里南下，为执行任务和保护群众牺牲了十七名战友，但未曾放弃过任何一名普通幸存者，你觉得这种行为不能代表国家吗？”

陈雅静直觉想反驳什么，但一时组织不起词句，又压抑了下来。

“我明白你的想法。”周戎坦诚道，声线仍然非常沉稳，“苍茫大地，烽烟四起，你等不来任何救援，觉得自己被抛弃了。但现在你已经看到我们在不断寻找政府和组织，那么在你看不到的其他地方，肯定还有像我一样的军人，在不断搜救幸存者，慢慢集结成军队。

“你以为政府救援民众的力量从何而来？就是这样一点一滴集合起来的啊。

如果你自立山头，我裹足不前，大家都各自成为一盘散沙，那么国家四分五裂，政府永远也不会有集中起来开展救援的力量，是不是？”

客厅陷入了久久的宁静，一线余晖穿过玻璃窗，映在陈雅静盖着毛毯的双腿上。

半晌，她终于摇了摇头，沉声道：“您说的话不无道理，但崖海茫茫，我还是不觉得你们有找到所谓的……总部的可能，死在大海上的可能性倒更大一些。”

周戎回答：“那就是我们的事了。但我可以坦率地说，成功抵达崖海基地是我们任务中至关重要的一环，即便您拒绝提供任何配合，我们也一定会做的。”

陈雅静用探究的目光盯着他，但周戎无动于衷。

他半边侧脸沐浴在金红的余晖中，另外半侧则隐没于阴影，眉眼冷酷阴沉，一边嘴角则漫不经心地勾起弧度。

如果单看外表，连那帮哗变后去拦路抢劫的所谓“军人”，看上去都比他正气凛然一点。

“恕我冒昧，周队长。”陈雅静终于缓缓道，“能在当今末世中，让您这种精英军人不惜殒命也要完成的重要任务，难道……跟疫苗有关吗？”

“戎哥！！”

房门再次被咣当撞开，丁实热泪狂飙、欢呼雀跃，就像只呼哧打滚的巨型杜宾犬，飞扑进门一把抱住周戎，号啕大哭：“太好了你还活着！司南也活着！呜呜呜我可想死你们了！我就知道戎哥这么有本事你们一定不会死的，我真是太高兴了……”

周戎再次被眼泪鼻涕糊了满怀，只得慌忙安慰丁实，好说歹说把他劝住了，拎着后领交给颜豪，示意颜豪赶紧把这头杜宾犬送去后院跟刚才那头哈士奇玩儿去。

“颜豪你的脸怎么了？”丁实愕然道，“谁打你了？谁敢对我们118大队队花的脸下手？！”

万彪再次：“……”

颜豪忍无可忍：“谁是你们家队花！”

“怎么不是，宣传表演拿奖可不都得靠你的脸吗？这可是咱队里的重要资产。”丁实卷起袖口，怒道，“谁打的你，我找祥子一道去跟他算账！”

颜豪三步并作两步，把他拎去后院，迫不及待地重重甩上了门。

周戎早有预感地捂住耳朵，三秒钟后院子里再次响起震惊的尖叫。

周戎揉着额角，深深吸了口气。

“你想错了，陈小姐。”周戎终于克制镇静下来，抬起头，直视陈雅静道，“对军人而言，任何使命都是第一重要的。但我们的任务和疫苗没关系，是在末世来临前就接收执行的，现在只是需要复命而已。”

陈雅静无可无不可地颔首，看不出是信还是不信——周戎没兴趣探究她的想法。

他知道，陈雅静这样的人是不会轻信一面之词的。

“我明白了，既然您去意已决，那我会尽量配合。”陈雅静道，“从明天开始，我会派人协助您在沿海一带搜索可用船只并准备物资和人手，希望您和您的所有队员都好运。”

周戎略微意外，欠身道：“非常感谢。”

陈雅静示意他不用谢，万彪推着她的轮椅，出了小院的门。

“陈小姐。”周戎倚在房门口朗声道。

陈雅静偏过头。

“这座基地不会是您永恒的避风港。”周戎注视她狰狞的左侧脸颊，说，“病毒已经开始进化了，丧尸逐渐有了群居动物捕猎的习性。一旦大批丧尸开始围攻这个聚居地，情况会变得异常凶险，您要随时做好迁移的准备。”

陈雅静短促地笑了声。

“不，那不是进化，只是极个别现象，不用担心。”

周戎心中突兀地浮起一丝狐疑，只听她又平静道：“正如您誓死都要找到崖海总部一样，我也会为了保住这座基地而不惜任何代价。即使您现在不理解，总有一天也会明白我的坚持。”

万彪推着她，走向小院门口一辆等待多时的保姆车。

那辆车明显是因为陈雅静行动不便而专门配置的，驾驶座车窗降下一半，露出司机小半侧脸。

那司机乍看上去其实没什么异常，三十多岁样貌的年轻男子，肤色白净，头发乌黑，形容清瘦，戴着眼镜，风度甚至有几分儒雅。

从他随意搭在车窗边的手腕可以看出，他穿着浅蓝衬衣，披一件白大褂。

——但不知为何，周戎的眼皮突然跳动起来，长久以来对危险的直觉骤然浮现。

某种不安霎时席卷了他敏感的神经。

司机察觉到注视的目光，一偏头，正对上了周戎。

“……”

两秒钟后，车窗徐徐升起，隔断了视线。

周戎眯起瞳孔，无所谓地笑起来，转身回屋关上了房门。

汽车缓缓向前发动，陈雅静低声问：“宁瑜？”

司机收回目光，指指小院中那辆几乎被霰弹枪打得报废但仍然能清晰辨别的蓝白相间 SUV：“那不是罗缪尔一行人开的车吗？”

“是的，看来那三个 A 国人……八成已经死了。”

“那个姓周的怎么说？”

陈雅静双掌并拢，用食指深深揉自己眉心，半晌，她疲惫道：“我决定尽快送这帮人走。”

叫宁瑜的司机从后视镜瞥了她一眼，有些意外：“为什么，不是说尽量把几个特种兵都留下来吗？”

“那个姓周的……特别危险。”

陈雅静语气微顿，似乎在寻找语言形容自己的感觉，随即放弃地摇了摇头：“他跟其他人都不太一样，意志非常坚定，洞察力尤其敏锐，我感觉他已经开始怀疑什么了……我不想在未来某一天为了灭口而被迫杀死这些军人，只能让他们尽快离开这里。”

宁瑜点点头，又怀疑道："罗缪尔到处寻找的异血种怎么会跟这帮人在一起？"

"这就是问题的关键所在。罗缪尔为何要不远万里赶来找这个弟弟？周队长为什么要脱离全队去救这个异血种，再把他一路带来？"

车厢略微颠簸，沿途经过的幸存者纷纷停步，向陈雅静行礼致意。

"周戎口中不惜性命也要完成的重要任务，"陈雅静轻声道，"应该就是控制住这个异血种，再安全护送到崖海吧。"

保姆车停在办公楼前，最后一丝夕阳沉入大地，天空中深蓝、苍青、暗灰等大块染料彼此渲染，暮色渐渐四合。

宁瑜一颗颗扣上白大褂的扣子，突然没头没脑冒出一句："这人很重要，不能让他走。"

"明白，我有个办法。"陈雅静低沉道，"开弓没有回头箭，如今已经没有其他选择了。"

第7章

陈雅静确实是个面面俱到的人，当天晚上专门派了手下过来，请他们几个去食堂就餐。

大型研究所本身储存了丰富的物资，灾难来临后，又在后山开辟了温室和养殖场，循环用水，自给自足，日子过得虽然精打细算，却并不捉襟见肘。

所有人排队在食堂打饭，以土豆杂粮为主食，配菜有豆子、胡萝卜、红烧鸡等。

那位胖胖的打饭大妈明显对颜豪非常偏爱，看他眼角破了，当即十分震惊，不由分说给他加了半勺鸡肉以示安慰。

颜豪在所有人羡慕嫉妒恨的目光中施施然走了。

周戎搓着手走上前："美女……"

大妈娴熟地颠了颠勺子，抖下去两块肉，然后把配菜往周戎饭盒里一盖："下一位。"

周戎："……"

周队长拂袖而去。

下一位司南走上前，直勾勾盯着大锅里的菜，面无表情一言不发。

大妈正准备抖勺，突然顿住了，好奇道："后生仔，很眼生啊？"

"……"

“是不是新来的呀？”

“……”

“多大了，有对象没啊？”

“……”

排在后面的郭伟祥听得一身汗，正想暗示司南跟大妈寒暄两句套套近乎，就只见司南眼皮一抬，琥珀似的瞳孔静静望向大妈。

那一刻，隔着大锅热菜的袅袅白气，只见司南乌黑的刘海散碎在额前，皮肤白得没有丝毫血色，嘴角干裂微微抿紧，隐约带着一丝倔强。

长途跋涉的疲惫尚未从他眼底褪去，举着饭盒的手腕瘦削伶仃，手指间隐约可见数道伤痕。

滚烫的母爱从大妈心底油然而生。

“可怜孩子，怎么这么瘦！”大妈啪叽把满勺肉盖到司南碗里，怜惜道，“快去，多吃点，吃不够再来！”

司南双手端着冒尖的饭盒，踩着惊掉一地的眼珠子转身走了。

“司——南——”

人群中吴馨妍把头发一甩，鬼哭狼嚎狂奔而来。司南敏捷地一闪身，吴姑娘闪电般错了过去，张开的手臂登时抱了颜豪满怀。

颜豪一脸茫然。

吴馨妍触电般松开手，闹了个大红脸，不住跟无语凝噎的颜豪道歉。

而司南恍若不见，自顾自坐在餐桌边，分了一半鸡肉给瞪着他饭盒发呆的周戎：“给你吃。”

颜豪先是无辜被抱，紧接着又被周戎和司南的进食方式闪瞎了狗眼，感觉内心无比郁闷，只得蹲在饭桌角落，化悲痛为食量，闷头吃了起来。

吴馨妍拖了张板凳挤在司南对面，小声激动道：“你们总算回来了，我以为你……”

“没有死。”司南回答。

吴馨妍眼圈又红了：“你这么有本事肯定不会死的。我听说你是……”

“异血种。”司南再次回答。

吴馨妍：“没事你这么能打，就算是异血种也不会有问题的。话说你们下一步怎么办？你们是不是要待在这个基地里？我想跟你们一道走。”

吴姑娘是个具有高尚情操的、脱离了低俗趣味的人，司南对此大出意料，为了表示赞赏，特意分了她两块肉吃。

“这里多好啊，有吃有喝，不用干活，干吗跟我们出海吃苦？”周戎叼着牙签跷着腿，含笑望着狼吞虎咽的吴馨妍，“你知道我们准备上哪儿去吗？”

“崖海啊。”吴馨妍满嘴是饭，含混不清道。

“死在大海上了咋办？”

吴馨妍：“……”

“我们几个没什么，国家编制，大不了当为国捐躯。但你嘛……”周戎戏谑道，“想追颜豪没追上，既没有编制，也不算军属，年纪轻轻的，要是真的回不来了……”

吴馨妍面红耳赤，颜豪在长桌另一头欲哭无泪道：“队长！”

“开个玩笑嘛，”周戎微笑道，“组织关心一下年轻同志的个人问题，不要这么认真。”

颜豪悻悻闭嘴了。

食堂里人来人往，声音鼎沸，周围吵吵嚷嚷的，几乎没人能听见他们在说什么。吴馨妍笑嘻嘻吃完了饭，跟丁实郭伟祥打趣几句，又趁司南不备从他碗里扒了块肉，看身后那桌人吃完走了，才不动声色地往周戎那边靠了靠。

“这里有些不对。”她轻声道。

周戎撑着额角：“哦？”

“我们来基地后，郑医生主动去临时医疗中心帮忙照顾病患和伤员，发现有个别发烧的病人症状很像病毒感染初期，但全身上下找不到任何伤口。他感到十分怀疑，就想追踪记录这几个病人的后续情况，但从那之后就再也没见过他们……”

周戎淡淡道：“基地这么大，一时碰不见也不奇怪。”

“不仅是这样！”吴馨妍急切地压低声音，“郑医生告诉我，他起疑心之后，就经常和前来看病的人聊天，以此搜集信息。他听那些人说这基地以前分裂过一次，反对陈雅静的人都被赶了出去，而他们离开之前曾经在基地内部散布流言，说陈雅静……”

吴馨妍向周围瞥了一圈，几乎贴在周戎耳边，小声道：“有个地下实验室，研发新型的丧尸病毒……”

食堂打扫人员经过，吴馨妍立刻咳了声，正襟危坐。

清洁工走了，周戎才抬起头，几个特种兵飞快而隐蔽地交换了下眼神。

“不至于吧。”周戎似乎没什么兴趣，懒洋洋道，“要真有这回事，流言都散播开了，她领袖的地位还能坐得稳？”

吴馨妍特别认真地反驳：“真的！因为基地所有干部和管事的都出来为她说话，向民众保证绝对没有什么秘密实验，又把几个造谣造得最凶的关了起来，这事后来才渐渐平息。具体细节你们可以去问郑医生，我绝对没有乱说……”

“行了，没事别琢磨这些捕风捉影的。”

周戎端着空饭盒站起身，笑着拍拍她肩膀：“出海太危险了，绝对不能带你，等联系上总部以后倒可以看在你对咱队花儿痴心一片的分上头一个来接你走——啊，听哥的，别闹了。”

吴馨妍急道：“喂——”

但周戎已经调侃地眨了眨眼，带着几名队员离开座位，走出了食堂。

吴馨妍又气又着急，刚想要去追，突然只见司南有意无意落下了几步，向她微微转过身。

“你……”

“嘘，”司南竖起一根食指，在她诧异的注视中将食指轻轻贴在唇边，“这件事别再跟任何人说了。”

吴馨妍一怔，司南却袖手不言，快步赶上了周戎他们。

是夜，特种兵们在三居室小院里分房睡。

周戎仔细刷牙洗脸，赤着标准倒三角形紧实彪悍的上身，站在月光下接了桶冷水，从头到脚哗啦一泼，打了个寒战。

他甩甩头发，向房里走去。

经过客厅，东角那间屋里传来丁实的声音：“小金花儿可漂亮了，当年我们村里所有小伙子都喜欢她，但我觉得她特别喜欢我。那年参军后见到她，她还给我送水送吃的呢。你说小金花现在还活着吗？她那么聪明一定还活着，她还记得我吗……”

郭伟祥打了个哈欠，安慰道：“一定啦一定。到时候哥们帮你追金花，有钱出钱有力出力……”

“快闭嘴！祥子！”另一间屋里传来春草哐哐敲墙的声音，她冷酷地说，“不可能的！不要给他不切实际的幻想！”

丁实：“呜呜呜……”

郭伟祥：“春草你太过分了！就不能哄哄他吗？！”

春草：“到时候他追不上又怎么说？不如早点换个可行性高的目标！”

丁实呜得更大声了。

“妈的这觉没法睡了……”郭伟祥撸起袖子出来找春草算账，春草悍然摔门来迎战。

结果两人还没打起来，就被周戎狠狠拍了几巴掌，一手拎一个，分别扔回屋里关上了门。

最里面的卧室紧闭，周戎咳了声，走上前。

“司小南，哥……”

周戎推开门，霎时眼皮狂跳。

司南和颜豪并排趴在双人床上，各抱一只枕头，嘀嘀咕咕不知道在交谈什么。

“后来？”颜豪微笑道，“后来进了118，认识了英杰，春草，大丁，祥子……还有很多你来不及认识的已经牺牲了的队友，就不再想当年高考志愿被调档那回事了。幸亏上了国防大学，我妈曾经想让我学生物……”

“哦，”司南睡意蒙眬，说，“我爸妈也学生物。”

“是吗？太有缘了。我妈是做蛋白质工程的，你爸妈呢？”

司南闭了会儿眼睛，才下意识迷迷瞪瞪地道：“不太……记得了，基因工程……病毒学吧。”

周戎一个箭步冲过去，拎着颜豪后领把他强行拽下床，拖过走廊，打开了春草那间屋的门。

“闺女，”周戎正色道，“把这家伙打死，队花头衔就归你了。”

颜队花：“……”

咣一声巨响，周戎把愤怒的颜豪扔进屋里，咔嚓把门反锁，溜溜达达地走了。

司南已经快睡着了，趴在枕头上，被子只盖了半截。

周戎站在床边，突然意识到了什么，狐疑道：“基因病毒？”

司南发出深长安稳的呼吸声。

“司小南？”周戎拍拍他，低声问，“别睡了，你刚才说你父母是干什么的？”

“……”司南挑起一边眼皮，惺忪睡意让他看上去非常憋火。

周戎顾不得许多了，又拍又揉把他弄醒来，一迭声问：“你父母是干什么的？跟我具体说说？”

“什么干什么的？”司南揉着眼睛坐起来，莫名其妙又异常不满，“早不记得了，没告诉你吗？”

周戎怒道：“这都什么时候了，别睡了快想想！”

司南：“想打架？！”

周戎：“……”

司南认真道：“你不会想知道上一个企图叫醒我的爆种者是怎么死的，他最后很痛苦，等我睡一觉醒来再详细告诉你……”

“……”周戎内心千万头羊驼奔腾而过，心说：这是起床气吗？这是切换人格了吧！

司南兜头倒下，哼哼两声，抱着枕头调整了一个舒服的姿势。周戎正琢磨着是不是要冒着生命危险再把他叫醒来一次，突然就只听远处响起隐约人声，紧接着车辆呼啸而过，警报声划破夜空。

“二级警戒！二级警戒！丧尸潮围城！”

“所有十六以上六十以下男性来领武器，战斗人员迅速集合！——”

宿舍灯光纷纷亮起，惊慌的议论和脚步声席卷了整座基地。

“……”司南翻了个身，手背挡着眼睛，无奈道，“这年头要睡个觉真是越来越难了……”

从陈雅静成立幸存者基地开始，她就把所有十六以上六十以下的壮年男子编成了自卫队，每十人为一组，每晚安排十组人，在半径一千米范围内持枪巡逻，稍有风吹草动便立刻发射信号弹示警，防止出现大批丧尸夜间围城的情况。

然而今天夜里，不知是天气回暖导致丧尸活跃还是其他原因，一大批丧尸在夜色和山岩的掩护下无声无息躲过了巡逻队，等基地值班员从风中嗅到浓厚的腐臭味时，整座外围工事已经被包围了。

丧尸潮密密麻麻，嘶吼着不断捶墙，在惨白的月光下，汇聚成了令人触目惊心的血色海洋。

“怎么这么多？！”春草难以置信地喊道，“戎哥！这边！过来！”

周戎拉着司南挤过人群，只见基地外围呼地燃起了数百火炬，夜空之下亮如白昼，人声鼎沸。民众有组织、有次序地向上传递火把和弹药，而受过训练的自卫队俯在城楼防御工事顶上，用机枪轮番向下射击，将顺着铁网攀爬上来的丧尸打得纷纷向后飞去。

一道沉稳女声响起：“太多了！射击队暂退！”

——只见陈雅静竟然让人把自己推到了最前线，毫无惧色地望着脚下前仆后继的丧尸群，厉声喝道：“开电网！”

射击队纷纷起身向后跑，万彪汗流满面，踉跄冲向值班室，咬着一柄手电打开电箱，狠狠拉下了电闸。

嗡——

电光霎时从整座防御工事外围的铁网上闪过，无数火花暴起，前几排丧尸霎时就被打成了焦炭！

电流噼啪传递，成排成排的丧尸瞬间倒下，浓烈焦臭冲天而起！

“C3区请求支援，C3区请求支援。”短波无线电通信响起焦急的声音，“丧尸堆成斜角往这边冲过来了，请求支援！”

陈雅静见到人群中的周戎，此时来不及打招呼了，只匆匆向他颔首致意，随即对无电线吼道：“开仓运雷管！机枪手全部顶上！！”

只见二次死亡的丧尸围绕着防御工事堆成了斜角，后续丧尸便踩着同类，争先恐后向上冲来。机枪手果然誓死不退，疯狂扫射，但丧尸数量确实太多，在枪林弹雨中彼此踩踏着登上了角楼窗口，无数枯手抓住机枪手。

血色在尖叫的人群中爆开，周戎急促喘息，猝然大步上前：“把枪给我！退后！”

万彪发出悲愤的怒吼，扛着突击步枪冲向丧尸群，冷不防肩膀却被铁钳般的力量按住了。他一回头，只见火光映出司南冷淡的面容，司南说：“给我。”

“你退——”

万彪的呵斥还没出口，怀里一空，不知怎么突击步枪就到了司南手上。

司南的体格绝对跟强壮没有关系，因为人种的关系甚至还很瘦削。这么寒冷的冬夜里，他仅穿一件单薄外套。他端起机枪，越过万彪，大步向工事边缘争相攀爬的丧尸走去。

砰！

砰！

砰砰！

点射弹无虚发，每声枪响后，都有一只丧尸摇晃扑倒。

司南停下脚步，站在周戎身侧，咔一声把突击步枪调成连发模式。

他们身前是源源不绝的活死人潮，以及更远处伸手不见五指的黑夜；身后是惊恐叫喊的人群和烧红了大半夜空的火炬。

他们彼此对视一眼，周戎微笑问：“我有两千六百发子弹，你呢？”

“两千二。”司南眯起眼睛盯着瞄准镜，轻声道，“但秒你足够了……爆种者。”

周戎回之以嚣张的哼笑，两人随意一碰拳头，后背相抵，同时开火！

特种部队用十数万发子弹喂出来的顶级狙击手，对于射速、精度、子弹利用率方面的熟练，远远不是民间射击队所能比拟的。原本平均七八发子弹才能解决一个的丧尸，在两人高达每秒 15 至 20 发子弹的射速下，几乎一弹一个，甚至一弹几个。

周戎和司南凭借着高火力压制，向着丧尸群稳步前进。两把重机枪口绽放出灼目的火花，所向披靡，活死人海潮般向后溃退！

“雷管！燃烧弹！后续火力跟上，快！装甲车预备出发！”陈雅静几乎嘶吼着下令，随即扔了无线电，举起扩音器，顶在工事最前沿吼道，“——所有人前压！机枪手不能退！！”

“后面是你们的基地！你们的家园！你们的妻儿！！”

“凡牺牲者。”她顿了顿，声音低沉下来，传遍整个战场，“基地将代你们抚恤家人、抚养儿女，直到人类存在的最后一刻。”

机枪手们眼眶发红，慨然应允，跟在周戎和司南身后，向丧尸潮疯狂扫射前压。

连女人和孩子都从营地中奔来，帮忙传子弹和炸药，在火光交织中组成了人体的运输链。男人们则抓起燃烧的酒精瓶，冲上工事，奋不顾身地往一波波涌动的丧尸潮中扔。

轰炸此起彼伏，震动大地。

丧尸潮发出咆哮，仿佛死神无可奈何的尖啸，在血与火中传遍夜空。

数分钟后，爬上防御工事的活死人被彻底清除，尸横遍野，血肉交融，分不清是战死的活人还是丧尸。

机枪手们简直是从尸潮中杀出来的，崩溃地喜极而泣，纷纷跪倒在了墙头上。

——而在他们脚下，广阔的山坡空地上，炸药包如雨点般投向丧尸潮，数不清的血肉横飞上天。丝网前围城的丧尸潮终于不再严严实实，而是被初步清理出了数米空地。

“开门！”陈雅静的喊声响彻战场，“装甲车出发！”

轰鸣由远而近，春草和丁实各开一辆经过改装的装甲车，冲出被众人合力拉开的铁门，向不远处的丧尸碾压而去。

“司南！”颜豪拍了拍车载重机枪，朗声笑道，“不下来吗！我接着你！”

司南眉梢微挑，后退两步助跑，在所有人的惊呼中，闪电般从七八米高的防御工事顶上一跃而下，就地翻滚起身，单膝跪地端起机枪。

周戎吼道：“副队长想挨揍吗，当着队长的面这样？！”随即也跟着跳了下去。

地面上丧尸受到活人的气息吸引，再次苟延残喘，汇聚成一股冲上山坡，旋即被改造出撞角的装甲车迎头撞上，履带碾压出腐肉横飞的道路。

周戎落地起身，再次与司南同时开火。他们活生生就像两座人形炮台，极高射速让子弹带飞快压进发射筒，犹如飞舞的巨蟒，在车载重机枪的掩护下一步步向前压去。

“不是说秒我吗？”周戎在弹壳飞迸中揶揄道。

司南漫不经心：“秒你还不简单？”

“小司同志。”

“嗯？”

“知道为什么以前那些爆种者会被你揍得哭爹叫娘吗？”

司南瞄准镜后的眼睛一横，正撞上身侧周戎的目光，后者嘴角邪气一勾。

“因为你之前遇见的爆种者都太弱了。”周戎微笑道，扣下扳机。

——砰！

子弹穿越夜空，将装甲车上春草抛出的汽油弹准确击爆。

熊熊燃烧的金属片划出数百火弧，霎时切进了无数丧尸的头颅！

司南眯起瞳孔，冷冷打量周戎数秒，旋即咔的一声，把机枪调成了单发模式。

“你那个干家务的赌约。”他问，“还作不作数？”

第8章

“他俩干啥呢？”郭伟祥在车载机枪震耳欲聋的连发声中嚷嚷道。

颜豪单膝半跪在车顶，边开枪边怒吼：“别说了！我要黑化了！”

春草换挡踩离合器，漂亮地撞飞一圈丧尸，将装甲车停在空地丧尸潮前沿，用力抛洒出汽油弹链条。

远处，周戎和司南几乎同时开枪，汽油弹在夜空中精确爆开，炸成了无数朵致命的礼花。

郭伟祥：“副队长，你听我说！这不是你的错！虽然队长直男癌、沙文主义、看不起异血种，更重要的是脸也不如你……”

颜豪：“求求你别说了……”

“但人家自己乐意啊！”郭伟祥扯着嗓子大声安慰，“所以非战之罪，不用难过！！”

颜豪名为理智的那根弦啪地断了，掉转机枪口对准郭伟祥，悲愤道：“我叫你别说了！——”

丁实手忙脚乱调转方向盘，载着车顶上的郭伟祥一溜烟跑了。

无数土制炸药包再次从工事顶上抛出，在黑暗的天穹下坠向丧尸群，随即被子弹击中，爆发出惊天动地的连串巨响。

周戎松开扳机："27/27。"

"36/36……"司南斜睨瞄准镜，轻声道，"枪型不同，不占你这个便宜。"

周戎刚想调戏他两句，突然前方又坠下大批炸药包，两人同时举枪射击。

基地土制的炸药扔出去经常没反应，容易哑炮，有时需要被子弹击中才能引燃。周戎和司南背抵工事、肩并着肩，在装甲车的掩护下击中那些凌空而下的土黄色包裹，炸药坠在丧尸头顶，掀起无数对撞的气流和火光！

活死人潮被扫荡一空，零星欢呼从人群中响起，随着炸弹和装甲车清空出的区域越来越大，渐渐形成了雷鸣般激动的呼喊。

枪声一停，周戎笑道："不行，还是百分之百，这样下去……"

"戎哥！"郭伟祥向山坡下溃退的丧尸群扔出一物，吼道，"终极大招！C4！——"

C4 炸药包旋转着飞向基地外最后一批丧尸，周戎和司南同时转身举枪，就在这时，司南闪电般偏过头。

周戎食指霎时一松，而司南毫不犹豫地扣下了扳机。

砰——

C4 爆炸了。

冲击波将山坡下所有丧尸绞杀殆尽，同时将它们向后掀飞，重重摔倒在草地上，飓风中枯草砂石盖了一身。

"司小南！"周戎吼道，"你这是在作弊！"

司南一骨碌爬起身，得意地眨了眨眼。

大批活死人终于被彻底清除，只剩小股丧尸在满地尸骸中跌跌撞撞地转悠，随即被颜豪和郭伟祥点射秒杀。

凌晨四点半，丧尸潮清除干净，生死攸关的基地危机终于解除。

牺牲的战士们在痛哭中被致敬、抬走，机枪手则受到了英雄般的凯旋仪式。尤其当大门缓缓拉开，几个特种兵驾车回到防御工事内时，蜂拥而上的幸存者们差点把他们从车顶上硬生生拉下来。

颜豪：“好好说话，不要动手……”

郭伟祥抻着脖子吼道：“来动我啊！！”

周戎笑着谢绝了一个来拉他手的激动的姑娘，勾着司南脖颈，大步穿过营地向后方走去，笑道：“这次不行，你赖皮……”

司南一手插兜，断然说：“没有。”

“你干扰我我才手抖的。”

“但我没手抖啊。”

周戎斜睨他，司南回以镇静的目光。

周戎于是想了个主意，说：“那你再对我服个软，就算你赢，不算赖皮了。”

东方天际已泛出了微微的鱼肚白，黎明淡薄的天光下，人们热火朝天地来回搬砖运石、修整工事，周遭一片人声鼎沸。

司南眼睫快速扑闪，周戎知道那是他隐蔽地害羞了的表现——果然片刻后，司南把头往外一扭，佯作无事望向别处。

周戎大笑，不容拒绝地令他转回头来。周戎戴着狙击手套的食指和中指并拢，指腹按在他颈动脉上，调侃道：“干吗要激动？嗯？”

那一刻周遭人来人往。

“……”司南从紧抿的唇缝中吐出一个字，“碗……”

“戎哥洗，戎哥洗。”周戎立马哄道，“洗碗多好玩儿啊，戎哥最爱洗碗了！”

司南凉凉道：“说得好像你有钱买得起碗一样。”

周戎：“……”

“小司同志！”人潮中周戎紧跟在司南屁股后头，悲痛道，“老子降衔后也好歹是个少校！虽然国家暂时发不出工资，但别那么看不起人好吗！”

伤者被担架抬着穿过营地，运到办公楼内临时设置的医疗点。基地里的几名医务人员忙得不可开交，一名医生端着满盆被血脏污了的绷带急匆匆走下楼梯，撞到了周戎身上。

“哎哟，”周戎一把扶住他，“小心！……郑医生？”

他们昨天下午才到的基地，还没时间去找幸存者中认识的人，没想到郑医生自己撞上门来了。周戎放开手正要说什么，郑医生却突然反手抓住了他，口中“哎哎”虚应着，明显神情有异，向周围迅速扫了一眼。

周戎对旁人微表情的洞察几乎已经到了炉火纯青的地步，立刻感觉到他是故意撞上来的，便笑问：“怎么啦？您没摔着吧？”

“哎哎，周队长，好久不见……”

营地前众人吵吵嚷嚷，轻伤者一瘸一拐地扶着墙走过去，没人注意到楼道口的动静。

郑医生凑近了，迅速而小声道：“麻烦抽空来我宿舍一趟，周队长，我这儿似乎有点儿事……”

周戎神色不变：“怎么了？”

“我好像认出了一个人。”郑医生皱起了眉头，“是个有名的生化学家，进修的时候见过……按理说不该出现在这儿，我总觉得这座基地有点不对劲……”

“老郑！”

郑医生整个人几乎惊跳起来，匆匆回头。

只见不远处的临时医疗点，有个身材清瘦、相貌儒雅、鼻梁上架着一副金边眼镜的男子。男子一手插在白大褂兜里，一手向他们挥了挥。

此人似乎全然没注意到周戎，只客客气气地叫郑医生：“这里有个机枪手可能骨折了，能帮忙看看吗？”

——刚在背后议论的人，转身就出现在了自己面前。那一瞬间郑医生整个脸色都变了，虚汗唰地从额角淌了下来。

周戎不动声色，重重一捏他手肘，刺痛令郑医生全身打了个激灵：“哎，来、来了！”

凌晨天光穿越扶栏，在走廊上投下青灰色的影子。那人静静站在一地呻吟的伤员中，半边身体隐没在阴影里，面色苍白而目光锐利。

他似乎散发出某种无形的、令人森寒的力量，让郑医生不敢再看周戎，赶紧低着头，急匆匆向医疗点赶去。

周戎突然意识到了什么。

——他是开车来接陈雅静的，那个司机。

周戎若有所思，转过身来，不远处有人礼貌地轻轻咳了声。

陈雅静不知何时被警卫推着停在了几步之外。

“他叫宁瑜，是我的助手，基地的医生。”陈雅静似乎完全没注意到异常，主动开口化解了尴尬，“周队长想找他看病吗？是不是刚才哪里受了伤？我立刻就——”

“啊不不。”周戎笑了起来，眉眼神情略有点痞，往左右看了看。

司南不知从哪个感激崇拜的小姑娘手里得了个奶糖，正悠闲地坐在栏杆上，嘴里含着糖吃，晃荡着两条修长的小腿。

周戎不由分说把他拽下来，指着他的脑袋对陈雅静笑道：“司小南刚才突然心跳加速、呼吸过快，可能要晕过去了，所以我请郑医生看了看……”

陈雅静：“……”

陈雅静险些没咬到舌头，勉强找回了自己的声音：“要是有事的话尽管找宁瑜看，他是我们这儿水平最高的医生。我来是……是想感谢周队您的，如果不是您一举扭转局势，我们绝对没有这么快击退丧尸，机枪手也不知道会牺牲多少，真是太感谢了。”

陈雅静在轮椅上稍微欠下了身。

“不用不用，”周戎一摆手，“倒是丧尸能绕过巡逻队的原因，您问过了吗？”

陈雅静皱起了秀气的眉：“我知道您想说丧尸已经发展出了哺乳动物协作捕猎的智力，但我还是坚持我的观点——那只是个别现象，不能用进化来形容，进化是群体性的。至于丧尸围城的原因可能有很多，天气回暖或受到活人气息引导都有可能，还需要进一步调查。”

周戎摩挲下巴，似乎觉得很有趣：“唔，你觉得丧尸有可能保留部分意识本能，会自发向生前生活过的地方聚集吗？”

——他这话其实很诛心，似乎在暗示基地里曾有很多人变成了丧尸。

但陈雅静平静的神色丝毫未变。

“不觉得。”她平淡道，“我只负责让基地运转下去，至于丧尸病毒的变化和发展，宁博士或许可以跟您做更深入的探讨。”

周戎立刻恳切道：“抱歉抱歉，您别多心，我没有其他意思。”

陈雅静更多解释的话被堵在了喉咙里，只得无奈一笑。

“沿海一带有大型游轮和各种快艇公司，我会遵守诺言，立刻派人去搜索可用的船只，相信这两天就会有回音。再次感谢您和您的队员，一有消息我会立刻来通知你们的。”

供电室那里有人匆匆奔来，低声向陈雅静请示什么，似乎非常着急。陈雅静无暇再说什么，只得再次向周戎感谢地一欠身，向司南笑了笑，然后警卫推着她向供电室方向走去。

“陈小姐！”周戎突然朗声道。

陈雅静立刻示意手下停声，回头问：“周队？”

“你的腿是怎么回事？”

大庭广众之下高声提出这种问题，可以说是相当没礼貌了。但陈雅静只稍微一愣，语气还是很温和：“是医疗事故，神经方面的问题。”

周戎仿佛没看见她手下气愤的神情：“太可惜了，您以前是做什么的？”

周围似乎安静了一瞬，陈雅静缓缓道：“芭蕾演员。”

她自嘲地摇了摇头，不再多说，转身被推向远处。

第9章

陈雅静说到做到，第三天就传来了消息。

巡逻队在沿海找到一艘废弃的海警船，已经拖至港口清理完毕，只等把物资、淡水和设备运上去，就能出海了。

整管淡红色血清被推至底，宁瑜拔出针头，陈雅静长长吸了口气。

办公室里静得一根针掉在地上都听得见，万彪等亲信负枪守在周围，不知过了多久，突然，陈雅静脸色一变，似乎非常痛苦，猛地抓住了轮椅扶手。

“啊……”

“雅静！”

“陈小姐！”

“啊……”陈雅静剧烈喘息，身体不断颤抖，手背青筋暴起。

她腿上的毛毯滑了下去，只见因为瘫痪而松弛的双腿肌肉竟然开始渐渐绷起，数秒之后，她竟然按着轮椅扶手，略微起了身！

万彪惊喜失声：“起效果了？！”

宁瑜却断然道：“等等！”

只见陈雅静离开轮椅数厘米后，面色青红交错，双臂开始发颤。紧接着在众人焦灼的视线中，她骤然脱力，再度重重坐回了轮椅上！

砰的一声。

亲信争相上前要扶，却被宁瑜抬手制止了。

极度的痛苦令陈雅静面部痉挛，左颊伤疤扭曲，冷汗顺着苍白的脸颊一层层流淌下来，看上去竟有些丑陋和恐怖。但周围没有任何人露出侧目之色，相反人人神情凝重，万彪沉重地闭上了眼睛。

几分钟后，海潮般一浪大过一浪的痛苦终于渐渐退去，陈雅静发着抖吐出一口气，脱力地仰在了轮椅里。

“又失败了。”宁瑜声音沙哑道，放下了空针管。

万彪的失望简直难以掩饰：“为什么会这样，宁博士，您不是说疫苗研究已经取得突破性进展，快接近成功了吗？！”

宁瑜想解释什么，但被陈雅静阻止了：“别这样，万彪……”她疲惫地说，“这不是宁瑜的错。”

她一使力抓住轮椅扶手，坐起身，目光从办公室中每一张凝重的脸上扫过，伤感地笑了笑：“从接受病毒注射的那一刻起我们就知道任何事都有可能发生，而我至今还能坐在这里，已经是非常好的结果了，不是吗？至少我们还有成功的希望啊。”

“不，雅静。”宁瑜收拾好医疗箱，站起身，缓缓道，“你的免疫系统已经承受不了更多改造和实验了，哪怕再失败一次，都有可能致命，你随时会死于免疫紊乱，或更严重的……”

“你会彻底丧尸化。”他终于在周遭震惊的目光中，艰难地说出了这句话。

万彪嘶吼道：“宁博士！”

陈雅静轻轻垂下了眼帘。

宁瑜说：“我确定疫苗的研究方向是对的，但是，灵长类进化史上从未遭遇过这么强大和致命的病毒，以至于人类脆弱的免疫系统根本就无法生成足够强壮的、能与之匹敌的抗体。我曾经以为罗缪尔手中的血清能够让我彻底完善疫苗，但罗缪尔明显已经……”

他抬手按住眉心，似乎以此勉强抑制住情绪，摇头不再说下去了。

“是的，宁瑜。”陈雅静平静道，“有时候‘快接近成功’和‘事实上的成功’之间，就是隔着遥远的、渺茫的、几十年甚至几代人的距离。公元十四到十八世纪肆虐欧洲大陆的黑死病，杀死了三千年前埃及法老的天花……如果有人告诉我丧尸病毒会在地球持续存在上百年时间，我丝毫也不会感到惊讶。”

“但是，”她说，“这并不代表我们这一代人就可以坐在这里，静静等待它随着时光自然消弭于地球上，我们还是必须与它斗争到死。”

办公室里十分安静，只听见人们此起彼伏的呼吸声。

门被敲了两下。

“进来。”

一名警卫闪身而入，匆匆走来，轻声道：“陈小姐，您要请的周队长来了，正在外面等着。”

陈雅静和宁瑜迅速交换了一个眼神，问警卫：“他身边那位叫司南的呢？”

“没有跟来。”

万彪向手下示意，带着他们悄无声息地进了办公室另一扇门——那是个单隔出来的休息间。

直到休息室的门被虚掩上，陈雅静才对警卫一颔首：“请周队长进来。”

警卫领命而去。

宁瑜提着医药箱向后退，与陈雅静苍白的面容相对。房门外已响起了周戎由远及近的脚步声，宁瑜张开口，声音轻微而清晰：“最后一次了。”

陈雅静微笑道：“应该说，至少还有最后一次机会呢。”

周戎推门而入。

宁瑜一个急转，白大褂飘扬出弧度，他与周戎擦肩而过，却看也没看任何人一眼，大步走出了办公室。

周戎目送宁瑜的身影在走廊上快步远去，似乎有点诧异，回头打量了陈雅静一眼：“陈小姐不舒服？”

“例行身体检查而已，”陈雅静抬手示意，“请坐。”

周戎说：“没事，我站着就行。”

周戎穿着黑色短夹克、牛仔裤，脚上踏着高帮军靴，戴露指狙击手套，非常精干的打扮，再加上他的身高，看起来极有压迫感。

陈雅静若有所思地眯起眼睛，许久笑道：“我突然意识到，周队长在我面前从没坐下来过呢。”

“是吗？”

“可以询问一下原因吗？难道是感觉出我有哪里不对，出于战士的本能，随时准备行动或撤离？”

陈雅静问这话的时候口气竟然很镇定，甚至还带着一丝好奇。周戎居高临下与她对视，眼角余光却在刹那间将整间办公室巡视了个遍，片刻后笑着摇了摇头：“不，军人习惯站着而已。”

陈雅静点头示意自己接受了这个解释，态度十分自然：“好的，周队长。”

她顿了顿，又道：“我今天请您来，是想和您商量有关出海物资的问题……我写了张清单，是我目前能力范围内所能提供的最大帮助，请您过目。”

陈雅静打开文件夹，两根手指按着一张纸，将其按着从桌面上轻轻推向了周戎。

与此同时，食堂前。

一双满是机油的手套抓住车轴，司南整个人从车底盘下滑出来，擦了把汗。

他只穿一件黑色背心，露出上身白皙的肌肉。因为仰躺的姿势，背心薄薄的布料展现出了平坦紧实的腹肌轮廓。

颜豪问他：“怎么样？”

“扳手。”

颜豪从工具箱中拿出扳手递过去，司南重新滑进了车底。

正午金灿灿的阳光洒在空地上，远处的操场沙尘略扬，换上薄夹衣的人群三三两两经过，空气中已经略微带上了初春的暖意。

“你要帮忙吗？”颜豪蹲着问。

司南的声音从车底传来："不。"

"我去给你拿点喝的？"

"不。"

颜豪茫然若失，半晌后再次确认："你真的不要帮忙？"

司南探出头，认真道："真的不用，我自己可以搞定。"

司南躺着，颜豪蹲着，两人一上一下对视片刻，司南终于忍不住问："你干吗不去帮春草修那辆大巴？我自己真的可以，还是因为作为爆种者的自尊心，你不能眼睁睁看着我一人修车？"

"不，"颜豪无奈道，"队长交代我绝不能让你一人落单，所以盯着你是我的任务……尽管我觉得这只是一种精神折磨而已。"

"嗯？"

颜豪喃喃道："还不如打一架来得痛快呢。"

司南伸手拿了螺丝刀，钻回车底说："我不知道，但你们两个直男癌之间的殴打、竞争……大概是一种情趣吧，我不太想理解这个。"

颜豪蹲在地上扶着额头，几乎要无力了："那是军队上下级之间的服从关系……"

"在我们普通人眼里，"司南忍俊不禁，"这叫情趣。"

叮叮当当半晌，司南终于把最后一根螺丝拧上，滑出车底后钻进驾驶室，换挡踩下了离合器。

装甲车引擎启动了，发出沉闷的轰鸣声。

"行了！"司南摘下满是机油的手套，随便一扔，"待会儿让人换个保险杠，车灯也要换，然后就差不多了。"

颜豪负手靠在车门边，他那忧郁的表情让人很难分辨是看破红尘还是自暴自弃，半晌，他终于鼓起了勇气："我能问你一个问题吗？"

司南："什么？"

"我想问为什么你选择了队长当搭档……真的只是因为你陷在潭城的时候，从直升飞机上跳下去并最终找到你的是队长，而不是我吗？"

司南拔下车钥匙的手略微顿了顿。

少年时代浓郁茂密的雨林气息，裹挟在初春午后的微风中，徐徐拂面而来。

但那是个酸甜的秘密，仿佛熟透的野果散发出芬芳，长久而隐秘地留存在心里，他不愿意与任何人分享。

“那倒不是。”司南笑起来。

颜豪扶着车门，略微探身盯着他，司南手肘支在方向盘上托着腮：“那天下午我经过T市，把你们从停车场救出来的时候……

“我驾机车冲过街道，你们开装甲车撞过来接应，周戎在车顶上抛出钩索，把我凌空接住，同时滚进了车厢里。”

“——那是我与你们初次见面，我第一眼看到的人是周戎。”司南悠然道，“可能从那时候起就注定了吧。”

颜豪现在的感觉很像是要看破红尘了，但还残存着一丝不服输：“那如果、如果当初在潭城找到你的人是我，半途中大雪封路，在你身边的人也是我……”

“谁知道呢？”司南反问，“事实就是那个人是周戎啊，一切假设条件客观上都不存在，是不是？”

——他说的话其实很在理，颜豪也明白那个意思。

只有周戎兼具在那个时候拉开舱门跳下去的决断和能力，也只有周戎，能缜密、从容、顽强地深入丧尸密集的城市腹地搜寻两天两夜，最后成功把神志不清的司南带走。

任何一个环节都是必须由周戎来完成的，因此所有假设和可能，实际上都不会发生，或者即便发生也不会导致最终的结果。

颜豪有些失望，叹了口气。

司南探身拍拍他的肩，跳下了车，十分体贴地问：“我去给你买点喝的？”

“不，我得跟你一起去。”颜豪抱紧车门悲哀道，“但我需要点时间消化一下……等我三分钟就行……”

“啤酒？”

“唔。等等——”

颜豪转身想跟，司南却阻止了他：“不用，我还想去换个衣服，难道你也要来？”

颜豪："……"

"在我们普通人眼里，"司南一本正经道，"这叫骚扰。"

颜豪只得待在原地消化他那无处安放的青春去了，司南走进食堂，刷脸在小卖部要了杯啤酒，等待的时间去洗手间换了件T恤。

黑背心上沾满了脏污和尘土，司南把它搭在水池边，仔细冲洗满手黑乎乎的机油，突然瞥见不远处闪过一道眼熟的身影。

——是郑医生。

郑医生站在食堂洗手间外的树下，看看周围，似乎欲言又止，随即向司南招了招手。

有话要说？

这个点食堂后门没什么人，附近安安静静的，不远处传来厨房大妈洗菜和唠嗑的声音。

绕过食堂前院，装甲车停在空地上，颜豪正满怀酸楚，用力拆卸下变形的保险杠。

司南关上哗哗作响的水龙头，顺手在裤子上擦了一把，走向郑医生。

第10章

办公室。

周戎放下那张写满了字的纸，斟酌片刻，缓缓道："你的慷慨和配合让我非常惊讶，陈小姐。"

陈雅静说："我还可以更慷慨和配合一些。"

陈雅静向后靠坐在轮椅里，双手交叠，那模样看上去非常闲适："我可以每十天派人去港口接应你们一次，也就是说如果你们找不到崖海基地，每隔十天就可以定期靠岸补充淡水和物资。另外我会提供武器、人手，我可以派人在沿海搜索经验丰富的船员和渔夫，以优厚的条件说服他们随行协助你们……"

周戎笑问："你是打算当个慈善家吗？"

"不，"陈雅静淡淡道，"我是有条件的。"

周戎转身就走。

"周队！你连做交易的兴趣都没有吗？"

周戎冷冷道："交易？陈小姐，从来都是我给别人提条件，什么时候轮到别人来跟我做交易了？"

陈雅静一时无言，只见周戎快要走出办公室了，情急之下喝道："你所谓的任务！"

“那个异血种。”她见周戎脚步微顿，缓缓道，“你们都可以走，那个你们叫他司南的人不行。”

“为什么？”周戎偏头问。

“不要问为什么，但你可以祈祷……”陈雅静一字一顿地说，“为全人类的命运祈祷你总有一天能知道。”

周戎点点头，吁了口气，陈雅静眼前突然一花。

她根本没来得及反应，周戎速度快得好像原地消失，突然出现在了她面前，俯身伸手就撕开了她的裤脚！

刺啦一声，陈雅静躲闪不及，整节灰白腐败的小腿暴露在了空气中。

“丧尸化，”周戎冷笑道，“你果然被感染了，陈小姐。”

周戎伸手就要把她从轮椅里拽出来，然而这时陈雅静的动作却出乎意料——她猛拍轮椅扶手上一个极其不引人注目的电钮，下一瞬间轮椅犹如安了马达，嗖地退出数米！

哐当！休息间门被撞开，十数名负枪警卫齐出。万彪闪身挡在陈雅静面前，吼道：“动手！”

变故陡然而生，周戎瞳孔紧缩，闪身骤然退出办公室外。警卫们紧追而至，只见周戎伸手钩住门框顶，借力腾空，将最前头两名警卫一人一脚，当场踢得狂喷鲜血，倒飞了出去！

嘭嘭！

那名手下摔倒在地，抽搐不已，眼看就没法爬起来了。

——谁也没想到周戎竟然这么快又这么狠，万彪大骂：“妈的！”抬手就是一枪！

子弹紧贴周戎脚后跟，几块地砖迸溅飞起。

“不要杀他！”陈雅静吼道。

十多个警卫如狼似虎扑了上去，竟完全无法拦住周戎的脚步，任何人只要沾身，不是筋骨折断就是头破血流，几乎一招之内就被废了战斗力。

短短数秒间周戎就突破了包围圈，犹如被激怒的雄狮，飞身一记重达千钧的后踢，将拦路者重重横踹上墙，霎时击碎了大片墙灰！

“站住！”

剩余警卫怒吼开枪，全都瞄准了他脚下，然而周戎全然不惧，几乎踩着满地子弹跃起。就像电影中的特效镜头化作现实，他一脚踩在走廊边窗沿上，凌空数米跳下地面，眨眼间冲过走廊，眼见就到了楼梯口！

办公室内，万彪冲到墙边，按下了警铃。

尖锐声划破整栋大楼，警报机制猝然启动，楼梯口前的铁门轰然落下！

周戎脚步一阻，硬生生被挡在了铁门前，霎时转身。

咣当！咣当！咣当！——视线所及内，所有出口皆被铁门封闭，连通着办公室的走廊顿时成了密闭空间！

周戎眯起眼睛，只见万彪走出办公室，扔了手枪，从后腰抽出另一把枪形的东西。

“没用的，周队长。”陈雅静转动轮椅，出现在万彪身后，轻声道，“你以为我会等你乖乖把那个人交出来吗？郑医生那边应该已经得手了。”

周戎的神情终于有了变化：“你说什么？”

后食堂。

“诺贝尔什么？”司南诧异道。

“诺贝尔生物奖。”郑医生边走边回答，不时向周围看看，似乎非常警戒。

“宁瑜念博士的时候，他导师所带的团队就获得了一次提名，可惜与最终奖项失之交臂。他回国后在导师的基础上拓展了新的研究方向，短短几年就取得了重大突破，再次获得了诺贝尔奖提名……可惜紧接着病毒暴发，末世来临，否则按当时的说法他是很有希望获奖的。”

食堂后门连接着一条僻静的小路，一边靠宿舍楼的外墙，一边是茂密的树丛。

司南若有所觉，站住了脚步：“他的研究方向是什么？”

“某种……某种通过病毒修复基因，使人类寿命延长的技术。”郑医生颤声道，“我怀疑和丧尸病毒的来源可能有些联系。”

周围安静异常，食堂那边的人声一点也听不见了，微风拂过树丛，发出极其细微的沙沙声响。

郑医生又向前走了两步，司南却站着没动，仿佛某种直觉阻止了他继续向前。

“我……我想说，”郑医生咽了口唾沫，结结巴巴道，“也许我们能溜进那个宁瑜的实验室，看看他们到底在干什么……”

司南思忖片刻，却摇了摇头：“等周戎回来再说吧，我带着你不好行动。”

“可是……”

“我出来太久了。”司南打断了他，“那边车还没修完，我回去看看。”

司南转身顺来路向回走，突然身后纷沓脚步声响起。

“站住！”

司南一回头，赫然发现几名荷枪实弹的基地人员不知从何处冒了出来，迅速包围了这条僻静的过道。而郑医生口中那个叫宁瑜的生化学家，就插着手站在不远处！

被跟踪了？！

郑医生面部急速抽动：“快跑！”

事发突然，但司南竟然瞬间就镇定了下来，不仅没往后退，反而上前了半步。

——随着他这个动作，包围圈立刻缩小，几个人同时拔出了枪对准司南。

宁瑜一指郑医生，冷冷道：“带走。”

郑医生大叫起来，司南箭步而上，宁瑜的几名手下同时冲了过来！

“颜——豪——”司南暴吼道。

他蹬上墙面，旋身踢飞两人，抢先抓住郑医生，喝道：“跑！”

“很惊讶吗？”陈雅静平淡道，“宁瑜说服了郑医生。即便你把那个你们称之为司南……实际叫 Noah 的人护送去崖海基地，军方也不会有比宁瑜更专业的研究人员了。”

仿佛乱麻中突然抽出了一端线头，周戎隐约觉得有什么影影绰绰的疑点被串起来了：“等等，谁是 Noah ？护送？”

他怀疑什么的时候，那种玩世不恭的神态就被冷峻取代了，面孔轮廓变得异常阴沉和犀利。

陈雅静以为他在装傻，便不欲再多解释，直截了当地反问："你很奇怪为什么我知道？罗缪尔上校来过这里，告诉了我有关于他弟弟的事。但我可以明确告诉你，你和罗缪尔我一个都不相信。他只是个情感扭曲的变态，而你是只想完成任务不顾任何大局的军人，竟然想让珍贵的实验目标陪你葬送在茫茫崖海上……"

"罗缪尔来找过你？"周戎粗暴地打断了她，"什么实验目标，是不是跟疫苗有关？！"

陈雅静注视他片刻，短促地笑了一声："周队长，你为什么要当军人，进军好莱坞早拿到小金人了吧？"

周戎意识到从陈雅静那里是绝不可能得到任何信息了。他的目光移向万彪手上那柄造型特异的枪械，认出了那其实是麻醉枪。

"举起手慢慢走过来，"万彪低沉地道，"别耍花招，不然崩了你。"

周戎思索几秒，举起手，一步步向万彪走去。

被打翻在地的警卫们呻吟着，痛苦地捂着腹部或肋骨。周戎跨过他们的身躯，目光死死盯着麻醉枪口，走到了走廊窗台前。

——紧接着，万彪眼前一闪。

只见周戎闪电般抓起一名警卫，强行顶在自己身前，万彪下意识扣动扳机，瞬间射中了手下的腹部！

"站住！"万彪吼道。

周戎侧手翻上窗台，整个人撞碎了玻璃，从三楼上跃了下去！

陈雅静当即失色，万彪狂奔到窗前——只见周戎如鹰隼凌空，稳稳落地，瞬间翻身而起！

"这他妈是什么怪物……"万彪又惊又怒，麻醉枪伸到窗外瞄准了狂奔的周戎，暴吼道，"来人！拦住他！"

周围树丛沙沙而动，周戎眼角余光向周围一瞥，脚下霎时刹住。

只见周遭警卫纷纷起身，在眼前形成了严密的包围圈，竟然早已埋伏了数十人！

“再见了，周队长。”万彪冷冷道，扣下了扳机。

嗖——

子弹破空而来，紧贴司南耳际射中了墙！

司南一手扶着郑医生，一手抓住迎面扑来的警卫，咔的一声脆响，拧断了对方手肘。

那人惨叫着摔了枪，枪半空被司南闪电般捞住，咔嚓一声，子弹上膛，将左右两名警卫脚腕打断。

鲜血和痛叫激起了其他人的狠意，另外几人一拥而上，混乱中司南闪身避过子弹，却被踢中腹部退了半步，咬牙将身后紧紧护着的郑医生一推。

郑医生似乎被吓傻了，趔趄着站住脚，欲言又止地看着司南。

——如果仔细分辨的话，其实可以看出，刹那间他眼底闪烁的分明是难以掩饰的歉疚和痛苦。

“快跑！”司南头也不回地喝道，“去食堂前门找颜豪，快！”

郑医生喘了口气，勉强忍下哽咽。

司南偏过头：“你——”

说时迟那时快，郑医生抬起手，对着司南脸上一喷。

他掌中竟藏着一瓶医用乙醚喷剂。

司南的反应其实非常快，在还没意识到那是什么的时候就屏住了呼吸。但乙醚的挥发速度并不是他屏住呼吸就能抵抗的，那瞬间他喉间感到微甜的气息，当即心一沉。

他咬住舌尖，指甲深深嵌入掌心，却没有刺痛感。

啪！

手枪掉落在地，所有声响和动静都退潮般迅速远去。

为什么？司南心里下意识划过这个念头。

丧尸围城那晚的紧张接生，千里艰辛跋涉的互相扶持，那满手鲜血抱着婴儿号啕大哭的郑医生，在他越来越恍惚的视线中渐渐远去，逐渐幻化成了面前不认识的人。

“对……对不起……”

郑医生双目通红含泪，冲上前似乎想搀扶他，却被司南用最后的力气狠狠推开了。

司南转身踉跄走了两步，每一脚都像踩在云端，随即被周围伸来的几只手同时抓住了。他再也没力气挣开束缚，顺势向地上一跪，随即向左软倒。

“把他带走……”

“动静小点，快……”

声音杂乱不清，朦朦胧胧，仿佛耳朵里进了水。司南短促喘息两下，竭力抬起手，凭借向左侧身时产生的视线死角，按下了左耳的定位仪。

——但那是他昏迷前最后的意识了。

宁瑜走上前，半跪下身，伸手轻柔地合上了司南的眼睛。

嗡——

颜豪敏锐地抬起头：“司南？”

阳光洒在食堂前的空地上，不远处走过三两行人。

颜豪按住震动的耳钉，环顾周遭一圈，心中骤然升起不安，随手放下了换到半途的保险杠，快步走向食堂后的洗手间。

一件沾满机油和尘土的黑色背心搭在水管上，但附近连个人影都没有。

“司南……”颜豪声音不太稳了，“司南？”

午后静悄悄的，无人应答。

颜豪心脏狂跳起来，不敢再大声呼喊，三百六十度转了个身。定位仪在他面对某个角度时骤然狂震——不远处树丛掩映，其后是一堵围墙。

怎么会在围墙后？

颜豪后退几大步，发力助跑，两米多高的围墙他侧手翻过，呼一声稳稳落地！

眼前是基地宿舍区的边缘地带，不远处矗立着几栋废弃水泥大楼。一条僻静小道与前方的食堂相连，弯弯曲曲穿过这几栋楼，通向基地深处。

颜豪似乎发现了什么，目光猝然定住，大步上前。

只见小道尽头的绿化带明显有被多人脚步压过的痕迹，翻倒的草丛和被踩断的枯枝还很新鲜。颜豪目光落在水泥墙上，愕然顿住，只见墙脚竟有放射龟裂的孔洞——是弹孔！

颜豪止不住地战栗起来，霍然站起身，就在这时定位器震动一停。

他简直不敢相信，下意识伸手摸到耳钉，米粒大小的红宝石安安静静。

五脏六腑霎时生出极度的寒意，颜豪环顾四周，意识到司南失踪了。

——周戎叫他绝不能在这座基地内让司南落单。

但现在，司南失踪了。

“你答应过我绝对不伤害他的性命……

“他保护平民，救过很多人，如果不是他我们很多人都活不到现在！

“绝不能伤害他，总之你答应过我！……”

脚步和交谈声忽近忽远，意识就像沉浮于深海中，倏然浮上水面，转而又沉进海底。

“我知道。”一个冰冷沉稳的男声说，这次近在耳边，每个字都非常清晰，“我答应过你。”

司南眼睫剧颤，几秒钟后恍惚睁开了眼睛。

灯光——这是他的第一印象。

室内恒温微凉，身下是柔软的皮质躺椅。白色灯光环绕整个空间，明亮而不刺眼，但刚醒来模糊的视线看不清周遭的景象。

司南尝试一动手脚，果不其然被铐住了。

他勉强抬起眼皮，几秒钟后涣散的视线恢复焦距，他发现自己置身于一间巨大的实验室中，前方不远处是宽大而凌乱的实验台。

宁瑜坐在扶手椅里，双腿交叠，十指交叉放在大腿上，金边眼镜后的目光毫无波澜。而郑医生站在靠门的墙角，看见他醒了，冲动地向前走了两步。

司南挪开视线，没看宁瑜或郑医生一眼，目光落在自己身侧。

在他左手边两三米远的地方有一个手术台，上面躺着一名肤色灰败、眼圈青黑的男子。他全身被控制精神病人的束缚带严严实实绑住了，但仍茫然挣扎着，从口中发出含混不清的“啊啊”声。

他被感染了，正在转化为一个新鲜的丧尸。

司南收回目光，因为乙醚残留而声线沙哑：“这是什么地方？”

“你好，Noah。”宁瑜开口道，语气出乎意料地低沉和缓，“如你所见，这是我的实验场。”

第11章

实验场。

——这几个字出口，空旷巨大的实验室里顿时陷入了死寂。

两三米外男子不住挣扎，那窸窸窣窣的动静突然变得格外鲜明刺耳。

宁瑜面无表情，而郑医生急促喘息，两手垂在身侧，下意识握紧了拳头。

“那你现在是要干什么？”司南注视着宁瑜，缓缓问，“把我也变成丧尸吗？”

宁瑜似乎对司南的稳定有些意外，随口回答：“不，疯了我才会这么做。”但顿了顿之后，他又加了一句，“但如果有必要的话，我会的。”

“你到底想干什么？”司南皱眉问。

宁瑜笑了笑：“你没有抓住重点。问题不是我想干什么，而是我已经干了什么。”

他起身走向实验台，司南的目光跟随着他，只见宁瑜打开桌面上一台有点像电饭煲的装置，他用镊子夹出了一根采血管——

司南认出了那个“电饭煲”，它是血液离心机。

他猝然低头，果不其然在右臂静脉发现了医用胶带固定住的、尚带血迹的棉花团。

“这是你的血清。”宁瑜把采血管放进装置进行脱盖，专注地说，“本来应该左手采血的，但我听罗缪尔说你是个非常杰出的单兵作战专家……所以我决定采右手，格外上一道保险。”

司南握紧右拳，果然有一次性大剂量采血留下的后遗症，手指冰凉无力且略微发软。

“罗缪尔？那他有没有告诉你我左右手是一样的。”司南嘲讽道，“真上保险的话你应该把我四肢轮流采上 400CC 才行。”

宁瑜回答：“如果有必要我会的，不用激我了。”

司南挣了挣手铐，发出哗啦声响，但金属岿然不动。

宁瑜头也不抬：“别费劲，那是精钢的。”

“……”司南终于倍感荒谬地放弃了挣扎，“你抽我的血清做什么？”

宁瑜用已经过时的办法进行手工计算和脱盖操作，在纸上记录着什么，出乎意料的是他竟然没有置之不理，而是有条不紊回答了这个问题：“几个月前罗缪尔来到过这里，以他手中的半成品抗体为诱饵，让我们在沿海一带注意搜索你的踪迹。他那种莫名其妙的执着引起了我的好奇，直到你们的人带着一批幸存者来到这里……”

宁瑜的计算速度飞快，并不因为他的叙述而有丝毫减慢：“我问过郑医生，得知你第一次加入幸存者阵营时，曾经声称自己被丧尸咬了，并且当夜就开始发高烧。”

“事后证明那不是丧尸，因为我没被感染！”

“不。”宁瑜说，“我怀疑你那次确实被感染了。”

司南疑道：“什么意思？”

宁瑜终于停下计算，从实验台上拎起一串坠饰，冲司南晃了晃：“这是你的父母？”

——那赫然是司南从不离身的黄铜颈链。

“会还你的。”宁瑜看了看司南的表情，说，“只是我看过这张照片后发现，可能你就是我一直在寻找的……不好意思，是我一直怀疑存在的实验目标。”

司南心说，怀疑存在？

“我见过令尊令堂。”宁瑜仿佛看穿了他的疑问，但没有解释，而是话锋一转，“十六岁那年我去A国攻读博士时，钟晚博士及他的妻子爱丽莎·费尔曼博士是我的同门师兄姐。当时我们在同一位导师手下研究某个与病毒基因学相关的课题，主旨是通过病毒侵入基因链，促成改造和完善，增强人类基因素质，以及延长平均寿命。”

司南在猝不及防的情况下得知了自己父母的真名，瞬间呆了一呆。

“看在大家都是C国人的分上，钟晚博士给过我很多专业上的帮助。但好景不长，几个月后，钟晚博士在一场实验事故中感染病毒，不幸罹难，爱丽莎·费尔曼博士带着他的遗体和你，从研究基地中消失了。”

“你……”司南的声音开始不稳，“这些我不记得了，你再多说一些，当年我父母他们……”

他迫切想知道记忆中素昧平生的父母是什么样的，他想知道更多、更具体的细节，哪怕是几件无关紧要的童年小事也好。

但宁瑜没有丝毫表情，只用六个字回答了他：“没时间，没兴趣。”

“实验事故发生后，”宁瑜置换了一下采血管，继续道，“课题被认为具有高度危险和机密性，因此军方出资接管了整座研究所，开始四处搜寻费尔曼博士的行踪。她所携带的钟晚博士的遗体，以及遗体产生的一系列变异行为，成了军方极感兴趣的目标。”

司南注意到了他的用词：遗体产生的一系列变异行为。

遗体可以有行为？

“虽然你那时年纪很小，但应该能记得家里始终有一位嗜血的、哀号的、不断试图暴力攻击你、在你身上留下各种伤口的父亲吧。钟晚博士的这种行为……不好意思，我不想用钟晚博士来称呼那个东西了……它的这种行为被军方人员监测到后，被认为是病毒研究的极大验证，具有里程碑式的意义。也就是从那一年起，科研基地在军方的指使下，开始了实验。”

在边上听着的郑医生已经活生生惊呆了。

司南闭上眼睛，无数错乱的记忆走马观花般从脑海中掠过，他睁开眼睛颤声道：“白鹰基地？”

“我不知道它后来改名叫什么了，”宁瑜说，“因为那一年我退出课题组，逃回了国。”

宁瑜用镊子取出试管，里面是被分离出的淡黄色的血清。

司南一瞥身侧呻吟声不断粗重、渐渐变为沉闷哀号的男子，又望向宁瑜：“你回国后继续实验，导致了病毒暴发？”

“我有病吗？”宁瑜不耐烦道。

司南：“……”

“实话告诉你吧，当时世界上有能力的国家都在进行这方面的研究，人类在对‘更好的自己’和‘更长的生命’这两方面的追求是永无止境的……区别只在于是否插入病毒作为基因改造手法，以及是否使用人为实验对象而已。顺便说一句，我十分确定我国用的是黑猩猩，且毫不怀疑这将是灾难发生前浓墨重彩的一道伏笔。”

宁瑜走到那个正在丧尸化的男子身侧，推出针筒内的空气，将生化合成后的血清注射进他的血管。

“至于我，”他说，“是在病毒全面暴发后，才开始这么做的……比方说你面前的这位。”

男子胸膛剧烈起伏，发出浑不似人的惨叫，郑医生重重闭上了眼睛。

司南声音沙哑地问：“这就是陈雅静接纳幸存者的原因？”

“当然不是。但我确实会用反对者和落单的幸存者作为实验对象，比较难被发现。”宁瑜推完一整管血清，拔出了针头，“比如这个人，前段时间因为压力过大而精神失常，疯疯癫癫地到处跑，即便失踪了也很容易圆过去。”

他说这话的语气没有丝毫凶狠，相反跟“中午盒饭里多加个鸡蛋”或“今天天气有点阴”没有任何不同——因为太平静、太自然了，以至于令人从骨髓中蹿起一丝冰冷的战栗。

“你给他注射病毒，让他感染后再实验血清？”司南难以置信地质问，“为什么不用动物，或者干脆用模拟免疫系统？！”

宁瑜没有立刻回答他，而是拿起相机对手术台上的男子拍了几张，然后翻开笔记开始迅速记录起来。

男子已被彻底感染，但并未完全转化为丧尸。血清在他体内迅速分解、吸收，锁定抗原，开始了肉眼看不见的、硝烟弥漫又声势浩大的战争。

“丧尸病毒不感染动物，想必你已经发现了。”宁瑜头也不抬地道，“不论如何减小剂量、降低毒性，丧尸病毒进入动物体内的唯一结果就是立刻死亡；只有在人类和黑猩猩身上注射病毒才能产生变异效果，而我又不是开动物园的，上哪儿去抓那么多黑猩猩？”

“至于模拟免疫系统就更可笑了。我需要非常特定的条件下、转化过程中的感染者，各方面要求都非常高，你知道我花了多长时间才建设起这座实验室？你以为我能赤手空拳造出一台超级计算机来做人工模拟系统？”

男子的惨叫猛地加大，瞳孔骤然扩散，又急速收拢！

宁瑜抬起眼睛，充满嘲讽地与司南对视。

足足过了十秒，司南才从牙缝中轻声挤出一句话：“你已经杀了多少人？”

宁瑜说：“谁记得这个。”

“真这么有科研精神，怎么你不先拿自己做实验，为什么不先给自己打一针病毒？！”

“如果有必要我会的。”宁瑜第三遍重复这句话，与前两次相比语气和声调都没有丝毫不同，与司南的愤怒形成了鲜明的对比，“现在，请你躺回去，实验进行到关键阶段了。”

司南眼眶发红，紧咬着牙，几乎是强行压抑地靠在了躺椅里。

“啊……哈……啊！——”

男子突然全力一挣，筋骨几乎被束缚带活生生勒断！

那一瞬间的爆发力简直太可怕了，郑医生条件反射性退后了两步，但宁瑜疾步而上，啪地打起了手电。

他仔细观察面前五官扭曲、嘴巴大张的面孔，丝毫不在意对方的牙齿几次差点碰到自己的手。

每分每秒都漫长得如同过了一个世纪，整整几分钟后，男子瞳孔发生了明显的变化，眼球迅速充血，脖颈青筋暴起！

郑医生结结巴巴地迸出几个字：“心……心跳！”

宁瑜和司南同时偏头一望。

仪器上那条变成水平的直线突然有了曲折，继而上下跳跃，开始搏动。

宁瑜手一松，手电哐当落地，骨碌碌滚到了手术台底下。

“啊啊啊啊——”男子发出野兽般撕心裂肺的嘶吼！

但在场所有人都听得出不同，那吼声并不是丧尸深长的哀号，而是人类在精神错乱状态下无意识的发泄行为。

宁瑜冲到实验台前抓起一支针管，还没来得及奔回来，只听男子断断续续发出了声音：“救……救救……救……”

“——他说话了，”郑医生连咳带喘，分不清是极度的兴奋、激动或恐惧，“他说话了！！”

那只是短短几秒间的事。

男子紧抓床单，整个人向上反弓，就像被吹到了极限的气球，下一刻砰然破了。

他重重倒回手术台上，口鼻、耳朵迅速溢出鲜血，刹那间就没了声息。

仪器曲线再度平复，发出单调的嘀嘀声响，笼罩了整座死寂的大厅。

宁瑜喘息着，全身骤然松懈，颓丧地后退了好几步。

“他……他死了，”郑医生双手一个劲颤抖，哆哆嗦嗦做完了检查，说，“丧尸化……丧尸化迹象消失了，那个血清……血清……血清疫苗竟然管用……”

虽然只有短短瞬间，但血清确实起到了效果——

病毒和血清的综合作用绞杀了这条生命，血清却成功阻止了病毒将这具躯体丧尸化！

宁瑜抬起手掌，紧紧捂住脸。

“不可能……”司南茫然喃喃道，“不可能，我怎么会……”

宁瑜重重抹了把脸，说：“跟我预想的一样。”

司南和郑医生都眼睁睁盯着他，宁瑜却不再多说什么，转身回到实验台，快速开启离心机——

司南这才发现试管架上居然放着一排采血管。

宁瑜下手太狠了，看样子趁他昏迷时起码抽了 800CC 全血。

司南体重轻，体内血液总量不高，怪不得郑医生在边上看的时候还以为宁瑜要直接杀了他。

“我需要一个人。”宁瑜突然沉声道。

开始司南没意识到他在说什么，然而刹那间，他反应了过来。

“我要重新配比病毒。”宁瑜低声重复，目光投向被铐在躺椅里的司南，说，“我需要一个活人。”

两人对视片刻，金边镜片挡住了宁瑜的眼神，司南心底缓缓泛起一丝从未有过的冰凉。

突然一道战栗的声音打破了安静：“这里……这里有……”

两人同时望去，只见郑医生踉跄走上前，用身体挡住了司南，继而从怀里取出一把贴身隐藏多时的手枪，枪口赫然指向宁瑜：“这里有……一个活人，”他哽咽道，枪口不住颤动，另一手却稳稳地指着自己，“可以给你做实验。”

第12章

门板发出哐当巨响，郭伟祥从床头愕然抬眼，只见颜豪直冲了进来，脸色简直能用青白来形容，颜豪劈头盖脸问："春草大丁呢？"

"跟人巡逻去了。"郭伟祥莫名其妙，"怎么？"

颜豪直勾勾盯着他，那目光有些瘆人，粗喘半晌才从牙缝里憋出了一句话："我把司南弄丢了。"

"哦，是吗？"郭伟祥把漫画书翻过一页，兴趣缺缺道，"你不早把司南丢给戎哥了吗？让这段往事随风而逝吧副队长。戎哥这辈子烧了三十年的香才抓到司南这么一只瞎耗子……"

颜豪抽走漫画书："跟我来。"

"哎你干啥！还我！我好不容易跟人借来的最新话！"

颜豪没理抓狂的郭伟祥，一阵风似的刮进里屋，眨眼工夫已抓起了微型冲锋枪和两只战术背包，啪地把其中一只扔到郭伟祥面前："队长叫我别让司南落单，但我没盯住，他失踪了。"

两人对视几秒，郭伟祥难以置信地张大了嘴，颜豪嘶哑道："他被这座基地的人带走了。"

“队花……”郭伟祥认真地说，“戎哥会杀了你的。”

“嘶……”

麻醉剂造成的眩晕还残存在脑海里，周戎睁开眼睛，霎时天旋地转。

“给他水。”一个男声粗声粗气道。

凉水被强行灌进嘴里，但经过训练的特种兵反应与常人不同，周戎没有下意识吞咽而是往外吐，顿时呛咳起来，清醒了。

车厢随行驶而不断晃动，窗外天色已暗，山路飞快向后退去。

万彪坐在对面，拿枪指着周戎的头，旁边还有个五大三粗的手下虎视眈眈盯着。

周戎用力闭了闭眼睛，视线逐渐适应昏暗的天色：“几点了？”

“五点。”万彪冷冷道，“你把我二十多个手下送进了急救室，别乱动，否则老子真的崩了你。”

“你要把我弄哪儿去？”

“上船。”

“我的队员呢？”

“那女娃和乡下小子跟我的人出基地巡逻去了，小白脸和官二代我待会儿也叫人送来。别担心，你们一个都漏不下，全都能上船。”

周戎用力揉按眉心，对咫尺之遥的枪口无动于衷，问：“司南呢？”

“他？”万彪一把抓起周戎领口，似乎觉得很可笑，“搞没搞清楚，你们所有人的小命都在我们手里，好吃好喝送你们出海已经仁至义尽，你还跟这儿得寸进尺上了？”

周戎懒洋洋道：“好好说话，别动手动脚。”

周戎的样子实在太油太不像特种兵了，甚至连刚入伍的新兵都比他正经点。万彪心里对于那天深夜周戎帮忙守城的最后一丝感谢都消失得干干净净，只想挥拳揍他一顿，深呼吸好几下才勉强压住了这个念头。

“那个叫司南的，”万彪用枪口点着周戎额头，咬牙切齿道，“我不管他是你爹妈，是你祖宗，还是谁。宁博士说他的血清里可能有抗体，他就是全人类的，他就应该留下来做实验，你懂不懂？！”

周戎思索片刻，一本正经道：“你说得对。”

万彪：“……”

“我是公民纳税政府养大的，他是公民，说是我衣食父母也可以。至于祖宗嘛，全队人都知道他是我们家小祖宗，所以你确实说得很对……”

万彪再也忍不住，反手一枪托把周戎砸得向后仰去！

鲜血从周戎额角缓缓流淌下来，那手下已经骇呆了，万彪不住愤怒地粗喘。

“哈哈……”周戎却像完全感觉不到痛，随手蹭了蹭血迹，伸舌头一舔，嘴角勾起毫无掩饰的坏笑，“怎么这么开不起玩笑，哥们？”

万彪一句“谁他妈要跟你开玩笑”硬生生憋在喉咙里，只见周戎突然面色一整，吊儿郎当的笑容消失得无影无踪：“——宁瑜博士说司南的血清里可能有抗体，是罗缪尔到你们基地说的？”

“不知道！”

“八成是了。”

周戎仰躺在后座上，一丝鲜血浸透鬓发，让他俊美的五官显得更加阴鸷。但他仿佛毫无觉察，沉思着喃喃道：“所以罗缪尔不远万里到C国来找他，因为他知道司南是末世求生的关键……但如果司南真有抗体，为什么罗缪尔要电击刑讯他呢？直接绑回去抽血不就行了？逻辑上说不通。”

万彪没听懂他在说什么，但下意识紧张起来：“什么意思？”

周戎没理他：“除非司南知道一个比抗体更珍贵、更关键的秘密，让罗缪尔不惜刑讯也要知道答案……但不可能啊，有什么东西比抗体还重要？除非司南根本就没有抗体，或他的抗体对一般人没有用。”

万彪眼睛都瞪圆了：“什么……你说什么？不可能，宁博士问过郑医生了，那个司南被丧尸咬过但没感染，他肯定有抗体！”

周戎眼睛一翻，似乎很不耐烦：“有又怎么样？”

“什么怎么样，那他就应该留下来做实验！全世界的人都在眼睁睁等着研制出疫苗……”

“应该？”周戎冷冷问。

万彪一哽。

“这世上谁都不欠谁，没什么是应该的。如果真要说应该，就算司南的血清真能拯救全世界，你们也得跟他说明情况、征得同意后再去做那见鬼的实验，这他妈才是真正的‘应该’！”

周戎骤然起身怒吼，万彪下意识就向后一缩，等反应过来后登时恼羞成怒：“你……你干什么？！你懂什么，要是他不同意呢？要是他贪生怕死呢？！你们这种人根本什么都不懂……”

周戎嚣张至极，用食指点着自己面前黑洞洞的枪口：“我告诉你司南是什么样的人。他在素昧平生的情况下冒险救了我们，跟我们一起救助群众、出生入死，无数次为保护他人而赌上了生命，面对数十万丧尸的包围都毫无退缩……他比你们这些龟缩在幸存基地里的懦夫勇敢多了！”

“如果他觉得自己的血清能整出疫苗，他会把最后一滴血都抽给你！”周戎的怒吼震耳欲聋，旁边那名手下一动都不敢动，而万彪嘴唇哆嗦着说不出话来，只能直愣愣盯着周戎，“——但你们绑了他！伪善！小人！慷他人之慨，圣他人之母！还在这里跟我扯什么应该不应该，滚你妈的！”

咣当！

车身剧烈一震，似乎撞上了东西，司机猛地踩下刹车。

所有人在惯性作用下一歪，同时回头向车前望去。万彪的怒骂被硬生生堵了回去，只听司机瑟瑟发抖的声音从前方传来：“万……万哥，好像不太对……”

为了省电，除非可视条件非常差，否则在这段熟悉的山路上基地人员开车都是不打灯的。众人一时静了，只听车窗外旷野寒风呜呜咽咽，仿佛冤魂凄厉的哀号，正迅速从远方席卷而至。

——砰！

一只腐烂的手，重重拍在了侧窗上！

砰砰乱拍声接连响起，司机立刻打开远光灯，瞬间所有人都惊呆了。

只见视线所及，几十只丧尸从山路上蹒跚而来，包围住了这辆车。不远处旷野上，更多丧尸正密密麻麻涌来，很快汇聚成了壮观的活死人潮。

“万哥，”司机的声音登时就带了哭腔，“完完完，完蛋了……”

万彪脱口而出：“快倒车！快！”

司机手忙脚乱倒车，慌乱间挡却换错了，差点直直撞上护栏。就在这节骨眼上，只听车窗碎裂的哗啦声响，几只枯手同时伸进了车厢！

“啊啊啊啊——”

司机和手下同时崩溃尖叫，万彪猝不及防被丧尸抓住了后领。千钧一发之际，周戎扑上来劈手夺了他的枪，一个点射将抓住他的丧尸打得爆头，吼道：“别喊！住口！”

万彪与死亡擦肩而过，大脑刹那间空白。

只见周戎反手拔匕，把伸进车窗抓挠的几只丧尸手臂斩断，抓住已经快尿出来的司机推到副驾驶，然后硬挤上了驾驶座。其他人都在巨大的恐惧中没反应过来，周戎已经换挡、倒车，在轮胎刺耳的碾压声中撞翻了两三个丧尸，紧接着一个干净利落的三点掉头。

哐当！几声骨头爆裂的脆响。

周戎把侧面扑上车门的丧尸推上公路护栏，狠狠挤得尸体变形，然后一脚油门踩到底！

源源不断的丧尸呼号涌来，但吉普车已开足马力，飞一样蹿了出去！

吉普车一路呼啸，将不断从四面八方围拢上来的丧尸远远甩在车后。然而远光灯映照下，更远处的旷野上，难以计数的丧尸正集结成军队，向基地的方向跋涉而去。

司机结结巴巴地问：“怎么……怎么可能，从哪儿冒出来的，怎么会这样……”

万彪其实已经惊骇至极，但他还算有几分血勇，猛地一咬舌尖，逼迫自己勉强镇静了下来：“别慌，怕个屁！只要我们快点回基地报信，基地一定守得住！”

“但……但这……这……这阵势，比前两天还大……大得多……”

“闭嘴！”万彪怒道，“前两天都守住了，现在更不用怕！再说老子把你揍死！”

司机吓得面色青白交错，牙齿咯咯直响。手下在边上肉眼可见地一个劲哆嗦，这时候突然憋出来一句：“我们……我们不该回去。”

万彪呵斥：“胡说八道什么？！”

“我们不该回去！”手下崩溃了，“太多了，你看这起码有好几万！我们应……应该继续去港口，趁还来得及赶紧上船！”

司机和万彪都愣住了，紧接着万彪勃然大怒，一拳把那手下打得摔在了座位上：“给老子闭嘴！你说的还是人话吗？谁的老婆孩子不在基地里，难道我们就这样一走——”

砰！

子弹贴耳擦过，手下整个人僵住。

周戎一手开车一手持枪，枪口正对着身后保镖的头，后视镜中映出了他锋利阴沉的双眼。

“我的人被你们扣下来了。”他淡淡道，“谁不想回去，现在就给我滚下车。”

手下颤若颠筛，缓缓地尿了裤子。

象征硝烟与死亡的黑夜降临，基地在夜幕中犹如固若金汤的城堡。远光灯从山路尽头闪现，吉普车轰鸣飞驰，远远就听见万彪声嘶力竭的狂吼：“开——门——”

岗哨中，几名警卫探出头：“万哥？”

“万哥回来了，这么快？”

“开门——”万彪的嘶吼尖利破音，“丧尸来了！一级战备！！开门！！”

吉普车几乎紧贴着轰然拉开的大门冲进了基地。车未停稳，周戎已经跳了下来，只见不远处值班室里狂奔出两个人，正是春草和丁实。

“我就知道有鬼！你们不是说戎哥跟司南去船上了吗？！”春草拽着一名警卫咆哮，“这是怎么回事？你们在搞什么名堂？！”

那手下还强词夺理：“陈姐说的，周队长是在你们巡逻时出发的，叫你们一回来就去港口会合……”

周戎二话不说，上前卸了他的枪塞给春草，随即一脚把那人踹得狂喷鲜血飞出了数米。

春草和丁实同时：“戎哥！”

“司南被陈雅静和宁瑜绑走做实验了。”周戎简短道，“老子马失前蹄，被他们抓走送去船上，半路发现大批丧尸正往基地走，就逃了回来。”

周围基地众人原本正气势汹汹地过来要算账，一听这话，瞬间色变。

万彪连滚带爬狂奔而来：“拉警报！快！几万个丧尸正往我们这边聚集，叫所有人出来！”

周戎腿一伸，把万彪绊得结结实实摔了个狗啃泥。

旁人阻止不及，只见周戎重重一膝把万彪抵在地面上，手肘勒住脖颈，一使力，勒得万彪差点眼球突出。

“司南在哪里？”

万彪满脸血红，一字不发。

春草反应过来，立刻上前用枪抵住了万彪的头：“说不说？不说老娘这就崩你个满脸桃花开！”

“别过来！”丁实举枪指着周围众人，威风凛凛地喝道。

“你可以选择不说，但我们也可以现在就杀了你。”周戎俯在万彪耳边轻声道，语气如同恶魔冰凉的呢喃，“然后我们杀光这里的所有人，打开大门，任丧尸涌进来，拉着这座基地里上万个人的性命一同下地狱……”

万彪面皮一阵剧烈抽动，几乎不敢相信自己听到了什么：“你……你……你不是军官吗？！”

周戎冷冰冰道：“哦，老子哪里看上去像正面人物了？”

万彪：“……”

警报声划破了基地的夜空，高处岗哨上传来警卫恐惧到变调的大喊：“来了！看见了！”

所有人心神一凛，只听警卫吓得连不成句：“几万个丧尸正从北边过来，快准备武器！通知陈姐——”

狠的怕愣的，愣的怕不要命的，周戎就是那彻底不要命的——情势万分火急，万彪终于崩溃了。

“废弃宿舍区最南，研究所地下，有个秘密……秘密实验室。”万彪咽了口唾沫，嘶哑道，“宁瑜平时待在那里，研究资料都……都在……”

周戎掐着他咽喉强迫他站起来：“你跟我一起去。”

“不行！我要坐镇指挥，还有武器和人员调配……”

“别他妈给我废话。”周戎粗暴地打断了，“春草大丁，你俩待在这儿协调指挥，让这帮废物把武器库全打开。去通知郭伟祥过来这里协助守城，叫颜豪去实验室找我，快，你知道为什么。”

春草毫不犹豫：“是！”

“听着，我们不想让任何人死。”周戎用枪顶着万彪脑门，目光残忍凶狠，但每一个字都冷静到让人毛骨悚然，“我希望所有人都平平安安活过今晚，但你别逼我，否则我总有办法让你们每个人都付出代价……老子杀过的人比你杀过的丧尸都多，明白了吗？”

万彪停在车门前，喘着气，半晌，竭力平稳音调：“明白了。”

“很好。”周戎发力把他推上车，说，“现在带我去那个见鬼实验室，以及时刻为你的性命，祈祷司南还好好地活着。”

同一时刻，实验大厅。

宁瑜眯起眼睛盯着不远处的枪口，继而目光上移，略带嘲讽地笑了笑：“现在想起救命恩人的安危了，晚了吧。”

郑医生怒吼：“你答应过我只是抽取血清，另外扣留他一段时间，你没说要拿他做实验！你……你要研究疫苗，你拿我做实验不行吗？我不是活人吗？！”

“别天真了。”一道声音从他身后响起。

郑医生下意识回头，只见开口的竟然是从刚才起就不愿正眼瞧他、更别说搭理他的司南——这时身前动静一响，郑医生反应过来，立刻又回头牢牢指向宁瑜。

宁瑜已经从实验台后走了出来，见状站定脚步，冷笑不语。

“什么，什么意思？”郑医生在情急之下已经糊涂了，结结巴巴地问。

司南平淡道：“他本来就打算把你当作下一个实验对象，如果你失败了，他会再去抓几个人，试到血清研究取得重大突破为止。这期间可能需要几周、几个月甚至几年，但他的实验对象总有一天会轮到我，躲不掉的。”

郑医生下意识问：“为什么？”

司南沉默下来，没有再回答他，似乎陷入了某种思考。

实验大厅里安静无声，空气紧张得近乎凝滞，犹如冰凉的凝胶塞满了每个人的鼻腔。

良久后，司南突然轻轻说了一句话：“你改良了病毒。”

郑医生愣在那里，而宁瑜矜持地抬起手来，一下下鼓掌：“继续说。”

“我们在基地外发现的，以及前两天晚上绕过警卫前来围城的丧尸，都具备了群居动物捕猎的初级智力和本能，因为你改良了病毒原。”

司南略微停顿，又继续道：“潘多拉病毒之所以难以攻克，不仅因为它在人类史上前所未见，更重要的是它状态极其不稳定。丧尸病毒几分钟内即可完成生命周期，它传播时结构和功能的变化快到了难以想象的地步，因此很难研制出有效的疫苗来对付这种情况。”

“哦，费尔曼博士给它起名叫潘多拉吗？”宁瑜眉梢一挑，“人类在死了这么多同胞后终于知道了它的名字，真是可喜可贺。”

司南没搭他这个话茬。

“我不知道你采用了什么办法，是将潘多拉与其他病毒共生，还是利用其他手段令它的变异速度减慢……总之你让病毒完成了进化，成了一种新型的……有机体。

“而进化后的新型病毒与普通丧尸病毒相比，在感染症状上出现了一些变化——被感染者呈现出极其低级的智力和生物本能，丧尸群因此更加狡猾，难以应对。但同时新型病毒的变异速度大大降低，令它有了被攻克的可能……”

司南缓缓道：“换言之，它现在可以被治愈了。”

郑医生目瞪口呆听着，面上神情如遭雷殛。

宁瑜双掌合拢，仿佛在沉思什么，半晌，他承认道：“不是共生，是解码。

“我解开了潘多拉病毒基因中人类未知的最后一环，令它完成了最终的进化。”

"潘多拉的魔盒已然开启，这世上没有解药，我无能为力……"

"从今以后将没有众神，人类自己就可以实现永恒！"

"将普罗米修斯盗取火种而受到的惩罚，彻底湮灭在烈焰焚烧之下……"

那一刻记忆碎片纷纷扬扬，如雪片般从脑海中洒下，司南眉心紧拧，喘息着仰起了头。

"而我不是第一个做到这点的人，"宁瑜平静地说，"虽然毫无凭证，但我确信第一个做到的是爱丽莎·费尔曼博士。因为她根据进化后的病毒初步研制出了某种抗体，她的独生子——你，从几岁起就开始接受病毒和抗体的交替注射，你的免疫系统已经和病毒达到了完美共生的状态。"

司南用力闭上眼睛，试图从混沌的脑海中捕捉到更多蛛丝马迹，但他失败了。

每当他竭力想回忆起什么的时候，剧烈的眩晕和刺痛都像针扎般，席卷了他的全部意识。

"所以你说得对，我会不断进行实验，直到分析出新型潘多拉病毒和你体内抗体的最完美平衡，由此培育出疫苗。"

宁瑜说着笑了一下，单手插在白大褂兜里，闲适地举步上前："而你作为验证以上理论的关键，必然是这场人类生死之战的最后一块阵地……你是绕不开的。"

"站……站住！"郑医生条件反射性喝道，"站在那儿别动！"

宁瑜走到郑医生面前，以胸膛抵着枪口，随意嘲道："开枪啊。"

"……"

"我是个恶贯满盈的杀人犯，来开枪打死我啊。为什么不敢？"

郑医生持枪的手剧烈发抖，宁瑜捏住他手腕，闪电般利索一掰，便卸了枪，随手远远扔到了墙角。

"懦夫。"他嘲笑道。

哐哐哐！

实验室合金大门突然被重重拍响，宁瑜头也不回："怎么？"

“宁博士，基地发布特级警报。”门外手下的声音掩饰不住恐惧，“丧尸……丧尸又来了，整整几万个，已经围住了大门。”

所有人同时变了颜色！

“等着。”宁瑜简短道，疾步走回实验台，把血清等一堆试管和资料扫进医药箱，提在手里打开合金大门，闪身走了出去。

“——你们待在这里，”他最后瞥了司南一眼，警告道，“不论发生什么都别出来。”

紧接着他在门外按键，无声无息地滑上了合金门板。

第13章

宁瑜一离开，实验大厅瞬间变暗，只剩几只应急灯还幽幽亮着。

看来宁瑜在设计这座实验室的时候考虑到了能源因素，司南向周围环顾一圈，思考着可能的电流回路，突然瞥见郑医生走向墙角，捡起了宁瑜之前随手扔掉的手枪。

他走回来，不太敢看司南，低着头尝试用枪口瞄准司南手上的精钢链条。

“……”司南问，“你干什么？”

宁瑜走的时候并没有带走这把枪，凭他的智商应该不至于是忘了，而是笃定郑医生不敢为司南打碎手铐，否则司南脱困后的第一件事肯定是把郑医生亲手掐死。

“宁瑜博士向我展示了他对疫苗的初步研究成果，”郑医生一边生疏地拉扯链条，一边低声说，“他告诉我，他需要你的血清来实现这套关于进化病毒取得疫苗的……方案，我劝他直接告诉你，取得你的配合……”

郑医生笨拙地推弹上膛，说：“但他拒绝了，说你肯定在第一次被咬伤时就知道自己带有抗体，但你从没说过，因此他对你是否愿意献血这点非常存疑……而且他说，相比他而言你必然更信任周队，而周队固执己见要去寻找政府。

他们用通信基站发过无数次求救信号，政府都没出现，所以你们肯定会在找到那个并不存在的政府之前就死在茫茫大海上，那样的话研制疫苗的唯一希望就会断绝……”

司南又重复了一遍：“你干什么？”

郑医生满头大汗，咬牙道：“别动，等我把手铐打断！”

司南冷冷道：“你在打断链条前会先打断我的手。”说着咬牙一挣，左手背青筋暴起，精钢链条发出了不堪重负的咯吱声！

郑医生如见怪物，目瞪口呆。漫长的几秒钟后只听一声——咔嚓！

躺椅扶手猝然断裂，半截当场飞了出去！

司南左腕吊着链条和另半截扶手，手腕皮开肉绽，鲜血直流。但他毫不在意地舔舐干净血迹，从呆若木鸡的郑医生手中拿走枪，砰！砰！砰！砰！四声点射，手脚全部恢复了自由。

“你……你……你……”

“什么？”司南冷漠道，把空枪随手一扔，“不用解释了。”

郑医生垂首站在原地，半晌，他长长叹了口气，声音轻得几乎除了他自己谁都听不见：“对不起。”

出乎他意料的是不远处传来一声：“没关系。”

郑医生猛地抬头，只见司南走到实验台边，随手打开宁瑜的笔记翻阅着，头也不抬道：“不用解释，我原谅你了，但从此也不会再信任你。就是这样。”

司南把宁瑜的笔记本收进怀里，在实验台上四处翻找，片刻后终于在废纸篓里看见了他要找的东西——一粒闪烁的红宝石耳钉。

司南一时不知道该感叹宁瑜的聪明还是宁瑜的自大，他按下定位仪，戴上耳钉，环顾周围，想再找点有价值的东西带走。

然而司南的生化知识有限，粗略观察一圈后只觉得所有东西都很有价值。试剂、粉末、各种器皿，甚至几张随便画了图写了字的纸都隐藏着稍纵即逝的灵感和线索，他竟然很难分清哪些更重要。

——如宁瑜自己所说，他是个杀人犯，但也确实是个有着可怕智慧的杀人犯。

司南拧起眉心，突然耳际传来震动——定位仪收到了讯号！

尖锐警报从地面传来，变得沉闷而不清晰，在地下基地一遍遍回响。警卫们冲去整理装备，飞奔上地面，纷乱脚步踏过走廊，没人注意到拐角阴影里的颜豪和郭伟祥。

颜豪打了个手势，指指自己的耳钉，继而往前方某处一指。

郭伟祥无声地点点头，明白了他的意思——定位仪收到信号了，司南就在不远处。

警卫们的脚步声渐远，颜豪郭伟祥两人对视一眼，默契非常，同时闪身出了走廊拐角，贴着墙根向前疾行。

他们身上的装备都有三十公斤往上，但脚步轻得几乎发不出声音。穿过几道走廊，定位仪震动得越来越明显，终于在长长的地下过道尽头发出一声轻微的："嗡——"

应急灯昏暗的照耀下，一扇暗色合金大门隐没在阴影里，不注意几乎看不出来。

颜豪轻轻叩了叩门，每声之间间隔三长两短的停顿。

瞬间门内传来司南的声音："周戎！"

"……"颜豪在郭伟祥同情的目光中捂住了脸，欲哭无泪，"是我，颜豪。"

司南："……"

"什么人？！"

"不许动，举起手来！"

走廊尽头突然响起警卫的怒吼，颜豪十分诧异："不会吧？我咋这么背？"说着叮嘱郭伟祥，"弄开这扇门！"

司南："不不，等等！"

颜豪举枪点射，几个警卫同时散开躲避，瞬间交上了火！

郭伟祥四处找门锁，合金大门却像是镶嵌在砖石里的，周边光滑严丝合缝，只有门框边的墙壁上装着一只指纹控制的开关键。此时事态紧急，绝无可能找到符合指纹的人来开锁，郭伟祥从战术背包中飞速摸出手雷，喝道："司南！退后！"

司南："不！别破坏这扇门！你听我说……"

轰！

砖石迸溅，尘土飞扬，整座实验大厅巨震，合金门板和墙壁连接处被炸开了半人宽的缝隙。

司南无奈地揉了揉眉心，只得把郑医生从缝隙中推出去，随即自己也钻出了大门，只听郭伟祥那大嗓门愕然问："郑医生？你怎么在这儿？"

郑医生："是我的错，我……"

司南断然道："别问了！他是被绑来的！"

数颗子弹打在墙壁上，在黑暗中溅起灼目的火光。颜豪飞快探身扣下一梭子弹，喝道："快走！外面特级警报，基地被丧尸包围了！"

郭伟祥把司南和郑医生推进掩体，顶着弹雨冲上前，端起微型冲锋枪加入了战团。有了他的火力支援，颜豪压力骤解，走廊另一端的几个警卫立刻不敌，纷纷向外跑去。

郭伟祥拔腿就追。

"等等！祥子！"突然，颜豪瞥见警卫们跑进了下一道走廊，转身在墙上拍下电钮，随即向过道方向扔出了什么，骨碌碌顺地面滚来。

颜豪想都没想，飞身直扑上去："小心！"

嘭然重响，郭伟祥被颜豪扑倒在地！

与此同时，那只东西止住滚动，正停在郭伟祥前方几米外。

手雷？！

刹那间郭伟祥心跳几乎静止，意识中只有一个感觉——颜豪死死把他护在了自己身下。

下一秒那只手雷开始漏气："刺刺——"

"妈的！"颜豪狂咳痛骂，"催……催泪弹！"

不知道这土制催泪弹是不是宁瑜那五行缺德的玩意弄出来的，黄绿色气体瞬间喷出来，黑暗中迅速向整条过道弥漫。距离最近的颜豪和郭伟祥两人首当其冲，被刺激性气体喷了满脸，当场就连站都站不起来了。

司南紧捂口鼻，以猎豹般的速度冲到走廊尽头，然而为时已晚，只听面前——咣当！

那是金属交激的重响，沉重栅栏从天而降，紧贴着司南的鼻尖稳稳落地，把这条长长的过道给封闭住了！

警卫在栅栏另一侧快速后退，司南下意识就去摸枪，然而摸了个空——

他没武器。

"给我枪！"他大吼道，但转头一看就知道不可能。

颜豪和郭伟祥正处在刺激剂泄露的最中心，那里已经完全被黄绿色覆盖，并且气体还在不断向这边蔓延，眼看过来就是几秒钟的事了。

人在情急时往往会头脑空白、无法思考，但也有人越到紧急时刻脑子动得越快，司南就属于后一种。

他把手伸出栅栏缝隙，往外面的墙上一摸，摸到了盒装的开关，知道是控制这道金属栅栏的电子终端。这种设计与国内研究所的保安措施迥异，应该是宁瑜后来改造实验室时加的。

司南心中隐约掠过一丝熟悉感，意识到自己以前见过。

——白鹰基地。

宁瑜逃出白鹰基地后，把那里的一些设计思想带回了国，带到了这座秘密的地下实验场。

如果是电路控制的话，接通电源后金属栅栏会落下，只要断开电源……

黄绿色气体恶魔般缓缓飘来，司南剧烈咳嗽，头晕眼花，无法再思考更多了，咬牙反手狠狠捣碎了盒装开关！

因为视线角度的关系他看不到那个开关，但从小接触过无数遍的熟悉，让他根本不需要用眼睛去看。千钧一发之际，司南手指精确到可怕地拉出了墙内一根电线，瞬间扯断。

刺啦！

电光噼啪乱闪，把司南打得向后飞了出去！

砰的一声，司南仰天摔倒在地，瞳孔急速扩散，身体微微抽搐。

金属栅栏发出无可奈何的嗡鸣，缓缓打开了，刺激气体顿时飘移而出。

"喀喀，喀喀喀……"

昏暗中一道微胖身影跌跌撞撞扑过来，咳得涕泪横流、狼狈不堪，摔跪在司南身侧，探了探鼻息和心跳，立刻开始做人工呼吸和胸外按压。

片刻后，司南猛地呛咳出来，喘息抽搐半晌，艰难地恢复了神志。

"没……没事……"司南颤抖着手扶住地面，支撑起上半身，挡住又要上来的郑医生，"别……别，好好说话，别动手动脚……"

郑医生明显没明白他们这帮特种兵玩的梗，急切道："你没事吧？你知道那是多少伏的电压，就敢伸手摸？！"

司南无奈道："习惯了……"

宁瑜应该没条件做出真正的催泪瓦斯，否则杀伤力绝对比现在大得多，饶是如此还是把他们搞得够呛。

郑医生把全身发软的司南架起来扶出了过道，又堵住口鼻，去把颜豪和郭伟祥分别拖了出来，平放在地上一个劲扇风。

几分钟后他俩先后恢复了意识，各自咳得鼻涕眼泪一起出，郭伟祥差点把胆汁都吐出来了。

司南把事情经过简单说了一遍，略过郑医生反水向他喷乙醚这一段不提，重点说了宁瑜的实验进展和对他血清的猜测。

郭伟祥好不容易吐完了，精疲力竭地抹着嘴坐在地上，听完之后愤愤骂道："这个精神病，简直……"

"他的实验室非常关键，储存着很多珍贵资料，我让你别用暴力手段破门就是因为这个。"司南扶着墙站起身，活动了下脚腕，"不过现在来不及了，你把他几台精密仪器都震坏了，回去准备被周戎揍吧。"

郭伟祥："……"

颜豪平躺在地上动不了，望着头顶黑黝黝的天花板，有气无力下令："很好，撤退时我们一定要带走宁瑜。另外从现在开始保护司南，什么空手摸电门之类的心跳play……都不许玩了，玩成霹雳贝贝怎么办，指望你拯救世界呢。"

这本来是个激动人心的消息，但被宁瑜缺德带冒烟的催泪弹一砸，所有人都别说激动，连说话的力气都快没了。

司南扶着墙穿过走廊，去实验室那里搜集一切能带上的资料和文件。其他人原地休整了几分钟，直到司南回来，才纷纷摇晃着站起身，收拾枪械准备出发。

“宁瑜肯定还在这一层，我们去把他找出来，带走，上去跟其他人会合。”颜豪跺了跺麻木的脚，说，“队长他们应该在外围对抗丧尸，我们争取抓住陈雅静，然后去支援他们。有异议吗？”

没人有异议，郭伟祥突然若有所思道：“队花。”

颜豪：“……”

“我都不知道原来你这么在意我，以为那是手雷，舍生忘死地扑过来把我护住……”郭伟祥感动得抹了把鼻涕，上来要抱颜豪，“呜呜呜，队花你太好了，我真是……”

颜豪脸色煞白：“走开！说话可以，别动手动脚！”

一行人走向地下层错综复杂的深处空间，与此同时，位于他们头顶的地面入口，一辆吉普车唰然停在了树丛后。

周戎用枪顶着万彪的后脑勺下车，只见不远处一辆保姆车飞驰而来，刺的一声停在大楼前，紧接着两名手下把陈雅静的轮椅抬下来，一人守在外面，另一人推着她匆匆向里走去。

周戎轻声道：“你要是敢发声就死定了，知道吗？”

万彪紧盯前方，点点头，紧接着突然提气：“……”

他还没发出声音，周戎已经察觉到了他即将叫喊的胸腔扩张，反手把他勒得嘴巴大张，紧接着一枪托把他狠狠打晕。

“敬酒不吃吃罚酒。”周戎冷冷道，托着血流满面的万彪慢慢放倒在了树丛里。

陈雅静已经被推进大楼，周戎想了想，躬身潜行上前，就像捕猎的老虎，无声无息绕到那名守卫身后，劈手一记手刀！

守卫都没搞清是怎么回事，当场昏了过去。

周戎照例托着他小心放倒，闪身跟着陈雅静进了大楼。

这是研究所废弃之前的实验楼，周戎跟进去时，陈雅静正进了电梯，电梯门缓缓合上，随即数字显示出负二。

看来万彪口中的地下秘密实验室果然不假，但陈雅静去做什么，找宁瑜？

周戎眉梢一挑，径直进了安全楼道，风一般掠下两层楼梯，在电梯“叮”一声打开的同时闪进了负二层。

展现在他面前的走廊十分空旷，四周静寂无人，只有应急灯闪着晦暗的光。

陈雅静的手下推着轮椅快步前行，周戎幽灵般尾随几分钟后，只见他们拐进了曲折回廊底部的一个房间。

“谢谢。”陈雅静轻声说，“帮我把宁瑜叫过来吧。”

手下应声而去，刚走出门，只觉昏暗中迎面袭来一道厉风：“什——”

他只来得及发出这短短的半声，便眼前一黑，失去了意识。

陈雅静倏尔回头：“谁！”

地下办公室门口，她的手下颓然软倒在地，紧接着黑暗中闪现出了周戎恶魔般修长结实的身影，他手中平举一把枪，枪口死死钉住了陈雅静的眉心。

“别动，不许叫。”周戎平淡道，“司南在哪里？”

看见周戎的那一刻陈雅静全身僵住，但短短几秒钟后，她又松懈下来，向后轻轻靠在了轮椅背上：“不愧是118部队。万彪还活着吗？”

“活着。”周戎说，“我擅长杀人，但也不乱杀人，除非你做出不可挽回的事情。”

陈雅静耸了耸肩：“你想多了周队长，没有任何不可挽回的事发生。Noah在这里安全到你无法想象的地步，即便基地沦陷后我被丧尸咬死，他和宁瑜都不会的。”

周戎毫不掩饰地上下审视陈雅静，这个手无缚鸡之力的残疾女子平静回视，目光没有任何回避。

片刻后周戎微微眯起眼睛，像是暂时相信了她的话，用枪口指着她，快速扫视了一圈脚下的房间。

这处空间不大，不过二三十平方米，白色布帘从天花板上悬挂下来，半挡住了墙角一架急救床。周戎很难认全的各式医疗、生化仪器靠墙摆放，而陈雅静面前则有一张摆满了器皿的实验台。

——有点类似于急诊室和生化实验室的混合体。

周戎走上前，与陈雅静隔着实验台对峙，戴着狙击手套的五指在台面上随便摸索什么，碰到了一本摊开的笔记。

他还以为是宁瑜那个精神病科学家的实验记录，但拿起来随便扫了眼，竟然是一行行整齐的钢笔字，每行记着一个人名及对应日期。

笔记每页十行，已经写了八九页。

“这是什么？”周戎低声问。

陈雅静回答：“实验对象名单及死亡日期。”

周戎往前一张张翻，直到首页时，突然瞥见有一行死亡日期是空着的。

那一行对应的人名是——

陈雅静。

周戎目光微变，只听陈雅静的声音沙哑而缓和：“这里光线暗，你可能看不清楚。蓝墨水写下的名字是志愿者，主要是原研究所领导及科研骨干；黑墨水是当初分裂出去的部分反对派，在几次械斗中被俘虏而来，以及一些落单后不幸被抓的民众。

“前者共六十三名，后者共三十二名。宁瑜记下了他们的名字，加起来共九十五人，其尸骨累成了今天疫苗研究成果的基石。”

第14章

周戎嘴唇动了动，似乎想说什么，又忍了下去。陈雅静立刻敏感地问：“你是不是想说‘你们这群丧心病狂的疯子’？”

周戎无动于衷：“不好意思我是个当兵的大老粗，没什么文化，不足以评价你们的行为。”他指着死亡名单第一页第一行问，“这个人是谁？”

“是我丈夫。”

陈雅静顿了顿，几乎无声地出了口气：“外子念大学本科时，宁瑜带过他们班的专业课，因此互相认识了。”

从年纪来看陈雅静的老公怎么也得有四十了，也就是说宁瑜去带本科专业课时，可能连十五岁都不到——周戎没说什么，转而问：“你刚才说疫苗研究的成果怎么样？”

陈雅静反问：“外面数万丧尸围城，你确定要在这时候谈疫苗？”

周戎说：“如果你们真的研发出了解毒疫苗，至少在这一刻，我会把疫苗的重要性置于所有任务之上。”

陈雅静打量周戎片刻，似乎看出了什么：“你真是个目标导向者……”

“是的。”周戎承认，“所以我没有在刚才看到这份死亡名单的时候立刻枪决了你。别扯其他的，说疫苗。”

“哦？看来我还能多活几分钟。”陈雅静嘴角略微扯了扯，意兴阑珊地说。

“关于疫苗和宁瑜……”

陈雅静在周戎不耐烦的目光中换了个坐姿，缓缓道：“如我之前所说的那样，丧尸病毒暴发的第一时间，研究所牺牲了你所不能想象的人力和物力去做两件事——第一是修复当地通信，第二便是去搜寻宁瑜。

“宁瑜曾经参与过A国对丧尸病毒的研究，甚至见过身为研究资助方的罗缪尔。他退出研究回国后，一度隐居在乡村地区，被我们接回研究所后他提出了一个骇人的设想。

“他觉得丧尸病毒之所以难以攻克，部分原因是它太低级了，在传播的过程中不断变换形态，以至于很难研制出能够死死锁定它的疫苗。为此他决定用基因重组技术来促使病毒‘进化’，当病毒达到高级形态时，分裂和变异速度会相对稳定，研制疫苗就从‘几乎不可能’变成了‘可能’。

“他很快开始了针对病毒的基因重组实验，但新型病毒需要测试，我们无法提供他必要的实验对象——大猩猩或黑猩猩。研究所唯一一台可以模拟人体免疫系统的超级计算机早在灾难之初就被砸坏了，它的系统太精密，我们花了很久都无法修复。在束手无策的情况下，研究所进行了第一次抽签……”

陈雅静长长吸了口气：“抽出了你手中名单上的头五个人，外子也在其中。”

昏暗中空气流动变得非常缓慢，沉沉压在周戎的肺和血液里。

“如果研究病毒的事暴露，这座基地将迎来前所未有的大面积恐慌和暴动，惊弓之鸟的民众太恐惧了。所以最开始宁瑜在基地之外进行实验，牺牲掉几十名志愿者之后，病毒进化终于取得了成功，新型病毒具有令感染者呈现出动物智力、捕猎本能的特点。

“但在一次意外中，实验丧尸逃逸了，并将新型病毒带了出去，这就是你在外面看到的那些低级智力丧尸的由来。”

周戎沙哑地问：“那疫苗呢？”

“针对进化后的新型病毒，宁瑜进行了数十种合成抗体的尝试，但基本都失败了。最接近成功的范例在你眼前，就是我。”陈雅静指指自己的腿，“但抗体并没有完全杀灭病毒，与我一起接受注射的其他四名志愿者都成了丧尸，只有我，是半丧尸化。”

“然后宁瑜就一直在你身上实验改良版抗体？”周戎怀疑道。

“知晓内情的人已经很少了，像万彪，是负责基地安全的中坚力量。所以后来在我们基地和隔壁基地的几次武装冲突中，我们抓捕了不少战俘，之后又拦截了一些落单的……无辜的幸存者……”

陈雅静抬手用力搓了把脸。

周戎终于回过味来：“所以我跟司南被拦路劫车时，万彪拦着颜豪不让他打死那几个劫匪，因为他想把那几个人带回来给宁瑜？”

“是的，”陈雅静无奈道，“但颜豪枪法太快了。”

周戎一时不知该说什么。

“详细理论你可以让宁瑜说，我只给你简略解释下这套疫苗方案。”陈雅静竖起一根手指，“第一步，宁瑜会先在实验对象身上注射新型病毒使其感染，然后合成抗体，尝试治愈。如果第一步有成功的迹象，第二步为了验证，他会把抗体拿来给我注射。只要我的丧尸化程度能够逆转，就证明抗体取得了最终成功。目前为止我已经接受了五次实验，抗体离成功只有一线之遥。”

“宁瑜认为，Noah 的血清就是这一线之遥的关键。如果以他为培养皿，能培养出最终疫苗来结束这场世界范围内的浩劫，那么毫无疑问，你的异血种就是整个人类的救世主。”

周戎头脑一片空白，按着扳机的食指难以察觉地微微发颤。

陈雅静盯着周戎的眼睛，黑暗中她眼底闪动着微渺的光，分不清是讽刺还是悲哀：“不论你或 Noah 愿不愿意，只要血清中有抗体……这个救世主，他就算当定了。”

周戎耳朵嗡嗡作响，他用力闭了下眼睛，似乎想凭借这个动作强行稳定情绪——但就在他眨眼的刹那间，陈雅静猝然低头，整个人躲在了实验台后。

周戎瞬间前趋，但来不及了。

冰冷坚硬的枪口顶在了他脑后，宁瑜冷酷的声音响起：“放下枪，周队长，子弹不长眼。”

周戎目视前方，走廊昏暗的灯光从身后映来，照在不远处被白布帘盖住一半的病床上，铁制床架隐约反射出晃动的人影。

周戎察觉到了什么，轻轻一松手，手枪掉在了实验台上。

“现在，”宁瑜提着医药箱，不耐烦道，“给我出去对付丧尸，武器库出门左转三百米，别在这儿添乱……唔！”

宁瑜的咽喉被人从后勒住，与此同时，另一把枪的枪口抵在了他太阳穴上！

“放下枪，宁博士。”司南淡淡道，“子弹不长眼。”

宁瑜的表情看上去很想骂人，但他被司南勒得血管暴起，连音节都发不出来。

周戎旋风般转身，劈手拎起宁瑜，扔给颜豪，整个动作一气呵成。颜豪默契地把宁瑜手肘反拧按在墙边，随即郭伟祥挤进这个房间，用枪指住了从实验台后无奈起身的陈雅静。

宁瑜礼节性挣扎了两下，随即在颜豪铁钳般的力道下放弃了，脸贴着墙咬牙问：“你们怎么在这儿？不是叫你待在实验室吗？”

司南偏过头瞥着他，那眼神意思很明显：你要我待哪儿我就待哪儿？

“蠢货。”宁瑜喃喃骂道，简直要无力了，“那座实验室的合金大门非常牢固，即使堵满了丧尸都不会被突破，后面还有个备用仓库，堆着足够三个月的食水物资，足够你好吃好喝活到丧尸潮过去……”

“恕我冒昧，”周戎一手圈着司南，彬彬有礼道，“宁博士，你现在是俘虏了，不要太多话比较好。”

宁瑜别过脸，紧紧闭上了嘴巴。

周戎从兜里小心摸出一颗水果糖，递给司南吃了，跟颜豪迅速交换了下彼此的情报和外面的现况。

“春草跟大丁在协助防御，但民间武器库存有限，万一工事告破，上万丧尸会全部涌入。”周戎沉吟几秒，转而问陈雅静，“我不相信你们基地没有应急措施，起码有转移工具吧？”

陈雅静迟疑着望向宁瑜。

而宁瑜面无表情，完全一副听天由命的模样。

空气陷入了僵持的安静，直到一个略微暗哑的声音响起：“你们基地的秘密已经曝光了，陈小姐，死守在这儿已经没有任何意义了。”

陈雅静觅声望去，开口的竟然是司南，他嘴里还含着糖。

“如果我的血清有用，宁瑜的实验到哪儿都可以继续。如果我的血清没用，宁瑜守在这儿也只会被丧尸杀死，实验室大门已经被我们炸坏了。”司南右脸颊因为含着水果糖而有点鼓，但表情非常平淡，“这座基地庇护了上万人，如今是它完成使命的时候了，做好撤离的准备吧。”

这一天总会来的，其实他不说陈雅静也知道。

虽然结局来得比疫苗面世要早，但冥冥之中注定，也是没办法的事。

陈雅静仰起头，心中为自己做好了决定，然后疲惫地笑了一下：“是的，你说得对。

“从这栋大楼出去往北走，基地最拐角有个信号发射塔，附近的灰色水泥楼顶上藏着一架直升机，是专门预备基地沦丧那一天保护宁瑜用的，你们可以让宁瑜和Noah先登机撤离。”

陈雅静撕了张纸，迅速画了个路线图：“基地东端停车场上有我们搜集来的大巴和公交车，共六十八辆，一次性即可转移六到七千人。我会安排老幼妇孺先登车准备，如果防御工事真守不住，战斗人员再轮班撤离。”

她双手把路线图交给周戎，抬起下巴：“拜托给你了，周队长。”

周戎手指在图上比画了下，从郭伟祥的战术背包里抽了把冲锋枪，向天一指：“颜豪跟我护送司南和宁瑜去找直升机，祥子，你用枪押着陈小姐跟外面那位倒霉万兄，去前线找春草大丁，我跟颜豪随后就来支援。有异议吗？”

司南突然向他回头一瞥，但昏暗的地下，他难以言喻的神情被隐藏在了阴影中。

周戎快走两步，抓住了司南。

然而他不敢与司南对视，抬头望着前方咳了一声：“很好，没人有异议，出发吧。”

他们回到地面的时候万彪刚醒，晕晕忽忽的，见到周戎登时就要冲过来拼命。

然而他还没来得及冲两步，紧接着就瞥见了被郭伟祥用枪指着的陈雅静和被颜豪用枪指着的宁瑜，立刻哑火了。

郭伟祥让他们上了保姆车，掉头回前线去支援春草他们。

另外还有一辆吉普，宁瑜自觉钻进了驾驶座，颜豪则坐在副驾驶席上，始终用枪指着他的头。

“你这样有什么意义？”宁瑜蹙眉问，“就算我现在往树上撞你都不会开枪，甚至还会扑过来用身体保护我，所以威胁何在？”

颜豪回答：“但往树上撞的话司机会第一个死的，宁博士。”

“我看上去像怕死？”宁瑜反问。

颜豪沉思片刻，赞同道：“你说得对。”然后枪口下移，指住了宁瑜胯下。

宁瑜面皮不住抽动，无奈只能发动汽车：“你赢了。”

周戎大概预感到了什么，一言不发地坐在后车座上。吉普在夜色中僻静的废弃区穿梭，驶过一栋栋无人的研究楼，他们两人紧挨的心跳随着车厢微微颠簸。不知过了多久，司南小小声唤了句：“周戎。”

“没事，别多想。”周戎同样小声说，“戎哥刚看了，这基地结实得很，肯定不会破的。就算攻破了也不要紧，我跟着大巴车就撤出来了，咱俩在港口见，戎哥给你摸个巧克力吃……”

司南双手手肘搭在周戎宽厚的肩膀上，两人在狭小的后座面对面。

“遇到危险的时候记得叫司南……”司南轻轻道，“只要你叫我，不论多远都去救你……”

周戎眼眶里满是血丝，盯着他琥珀般清亮的眼睛。

“嗯？”宁瑜在前面顺口问，“你不是叫 Noah 吗？”

司南头也不回：“Noah 是什么玩意，忘了他吧。”

周戎情不自禁微笑起来。

咣当！

吉普车猛然刹住，所有人猝不及防被惯性带得一冲，颜豪差点就扣了扳机，霎时脸色煞白：“你干什么？！”

宁瑜却压根没管自己胯下的问题，紧盯着前方车灯中的阴影，从牙关里挤出了几个字："有东西。"

颜豪探手打开远光灯，雪亮光柱登时延伸开去，只见前方的茫茫夜色中，十几个歪斜晃荡的身影，正向着吉普车蹒跚而来。

第15章

丧尸？

但基地里怎么会潜入丧尸？！

“不是我，跟实验无关。”宁瑜断然道，“应该是今晚所有巡逻队都集中到前门去了，北边丛林里藏着的一小股丧尸压塌铁丝网钻了进来。现在怎么办？”

周戎当机立断：“全速碾压！”

周戎和颜豪同时从车窗探出枪口，砰砰开火！

七八个丧尸瞬间倒下，然而远光灯映照中，更多丧尸三三两两从黑暗中冒头，现出了狰狞扭曲的身影。吉普车横冲直撞，周戎反手把弹链缠在手臂上，怒道：“宁博士！你这一小股丧尸有点多啊！”

宁瑜：“你……你得跟前面几万个比……”

宁博士显然不擅长高危驾驶，司南从后座探过上半身，一手抓住方向盘，二话不说猛地打旋，千钧一发之际避开了迎着车头撞过来的五六个丧尸。

嘭嘭几声闷响，车身以侧面将丧尸撞飞。与此同时，一只血肉翻滚的黑手从破碎车窗中哗啦伸进来，盲目抓挠着，差点抓到了周戎的后颈！

司南打开车门重重一推，紧接着长腿飞踹，那只扒着车门的丧尸翻滚出去，瞬间消失在了车后的黑夜里。

“前方五百米就是信号塔！看到灰楼了！”颜豪在冲锋枪连发声响中吼道，“队长，要不要拿两个定位仪……”

颜豪一回头，只见周戎正转过身，趁着换弹匣的工夫争分夺秒地跟司南说悄悄话。

“……”颜豪木然道，“你们太过分了。”

周戎嚣张地用枪口点了点他：“你想说什么？”

宁瑜开车手不稳得厉害，连带车厢不住摇晃。颜豪扶着椅背向前一指，周戎顺着他的手望去，只见前方树丛掩映后出现了零星几栋楼，信号发射塔就建在其中一栋顶上。

颜豪问：“陈雅静说她修复了通信基站，信号塔应该能用，要不要拿两个定位仪去试试？”

这倒是可行的。定位仪发出的特定频波可以令118总部单向锁定他们，但鉴于硬件局限，信号一直都比较弱。如果使用发射塔增强频波、增大辐射范围，总部收到定位信号的可能性无疑会骤增成百上千倍。

“没用。”

三人同时望去，只见宁瑜淡淡道：“灾难爆发时我们尝试呼叫过上百次，并没有什么人来搭理。虽然你们坚持所谓的军方，但恕我直言……军方应该已经不存在了吧。”

颜豪点射掉从路边扑向吉普车的丧尸，征询地望向周戎。

夜幕中闪现出的活死人渐渐成群结队，基地一旦破口，潜入进来的丧尸只会随着时间推移越来越多。

周戎思索了几秒钟，瞥向司南。只见司南俯在车窗边，一只眼睛微微眯起盯着瞄准镜，几不可见地点了点头。

“——试试。”周戎做出了决定，说，“我们用的是军方绝密通信频道，值得冒一次险。你俩把耳钉给我，待会儿信号塔前把我放下，颜豪护送司南和宁博士去找直升机。我发射完信号就去跟你们会合……”

颜豪说：“不，队长，还是我去吧，你送司南他们。”

周戎冷冷道：“说什么呢，你射得根本不行。当年军校你挂过电子通信课，别以为我没查过你们的毕业成绩单……”

颜豪：“挂科的是大丁！我射得很好，你要不要试试？！”

周戎：“呵呵，谁试谁？来来来……”

子弹出膛，“砰”的一声亮响打断了他们，司南一弹击毙两只丧尸，认真道：“宁博士，拜托你在信号塔前把我放下，让他俩走吧。”

周戎：“……”

颜豪：“……”

“让我去吧，队长。”颜豪叹了口气，“丧尸数量在可控范围之内，没那么危险的。发射完信号我就下来，司南再给我点子弹……你看我一个人完全没问题。”

吉普车唰地停在信号塔前，二百米外，灰色水泥楼静静矗立在黑暗中。

周戎沉默几秒，沙哑道：“谢谢。”

颜豪打开车门，打爆了七八米外的几个活死人，回头微微一笑：“自家兄弟，谢什么谢？”说着闪身下车，箭步冲向了信号塔所在的大楼。

这时空地上丧尸并不太多，粗略数还不到一百个。宁瑜再次踩下油门，二百米只用了区区几秒，吉普车风驰电掣停在了灰色水泥楼前。

周戎冲下车一枪打坏门锁，司南默契地持枪殿后，两人把宁瑜保护在中间，狂奔进了静寂无人的大厅，在丧尸追进来前推开安全门冲了进去。

这里早已断电，楼梯里黑得伸手不见五指。宁瑜每三步就要摔一次，到最后几乎是司南把他架在肩上一路狂奔，七八层高楼转瞬就到了最顶。

“这……这边……”宁瑜上气不接下气，金边眼镜都歪了，用尽最后一点力量推开了通向天台的门。

天穹下，天台上盖着一座巨大的灰色布幕，周戎和司南合力将布幕拉下，露出了一架小型直升机。

周戎拍拍手上的灰：“你们基地可以啊，藏得这么严实？”

宁瑜筋疲力尽地坐在地上：“因为是单独给我准备的，知道这架飞机的只有我和陈雅静，以及负责检修的万彪。”

周戎颔首不语，戴上单片夜视镜，只见远处大楼顶，一个淡绿色人影敏捷地爬到信号塔上，旋即塔顶开始闪烁两道红光。

那是颜豪。

到颜豪那边任务完成，他们还有约五分钟单独相处的时间。

周戎从自己脖颈间摘下一串细铜链，伸手往司南脖颈间套。

“这是我们从 B 军区拿到的病毒资料芯片和你找到的实验抗体，抗体本来有两管，去见陈雅静之前我把一支交给春草，一支给颜豪保管了。”周戎拉着司南小声道，“刚才上车前颜豪把他那支还给了我，你拿着……”

司南一手抓住铜链，不让他往自己脖颈上挂。

星光璀璨的天穹下，两人僵持了片刻，周戎注视着司南的眼睛，几乎用哀求的口气道：“司小南……”

“你不是要来港口跟我会合吗？”司南反问。

周戎立刻说：“所以会合后你再还给我啊。”

司南挑起眉梢，他五官轮廓带着混血的深邃，这个动作让他的脸看起来十分的俊秀又无情：“那么如果你不来，我就把它丢海里去，再一枪杀了宁瑜，大家抱团死好了。”

宁瑜在远处问：“我招谁惹谁了？”

周戎笑起来，紧贴在他耳边轻声说：“你不会的。如果我不来，你会连着我的份一起拼命，努力找到军方总部，告诉他们你的身份，每个月可以领一万八千块抚恤金呢……”

司南喉咙有些发堵，面无表情道：“哦，你值一万八那么多吗？”

“那当然了，国家还欠我一大笔工资，等灾难过去后戎哥拿钱给你买好东西。”

司南闭上眼睛，片刻后仿佛发泄怒气般，在周戎结实的肌肉上狠狠掐了一把。

“哎哟！”周戎笑着躲闪，“你太过分了小司同志！”

宁瑜扶着额角转过了头。

周戎伸手摸了摸司南的鬓发，良久后带着遗憾说：“其实现在想想，那时应该带你去药房找抑制剂，万一我有什么……三长两短，大不了你假惺惺掉几滴小白眼狼的泪水……”

司南问：“不是说当时最近的城市在两千公里外吗？”

“没有，又不是去外太空。”周戎承认道，“其实当时开车半天就能找到药房。”

司南：“……”

远处发射塔顶的红点熄灭，颜豪迅速落回天台，开始向楼下进发。

周戎冲下楼，跳进吉普车，车头调转的同一时间，刚好颜豪出现在了对面大楼门前。

司南无聊地端着枪靠在天台边缘，突然一怔。他没有夜视镜，从这么高的地方看不清楚，但吉普车前灯一打，映出了空地上密密麻麻的丧尸群——刚才说话的这会儿工夫，潜入基地的丧尸竟然暴增到了这么多！

“小心！”司南厉声喝道，随即从高处开火！

堵在车前的丧尸被打得血花暴起，吉普缓缓开动，配合司南在高处的火力压制，在丧尸群中碾出了一条混合着腐血和碎骨的道路。

颜豪一出大楼就被前方追来的丧尸包围了，当场只得举枪扫射，退回楼里。这时吉普车已经开了过来，周戎精妙至极地掉头甩尾，他随即吼道：“颜豪！上来！”

颜豪在子弹声响中大吼：“过不去！需要支援！”

周戎三下五除二把弹链缠在身上，在跃出车门的同时扣下冲锋枪扳机，火舌急速喷吐，将前方丧尸包围圈狠狠撕开了裂口。他跃起抓住大门顶框，从所有丧尸头顶飞身而过，落地瞬间再次开火，扫翻了大厅内的五六个丧尸：“颜豪！”

颜豪狼狈不堪，已经被丧尸逼上了楼梯：“在这儿！”

周戎原本想跟他会合，两人凭借高压火力从大门口硬杀出去，但没想到颜豪已经快被逼回二楼了。无奈他只得抓住楼梯扶手侧身一跃，身形迅猛至极，直接攀上了二层楼梯，将脚下嗷嗷追来的丧尸们打得脑浆迸溅。

“这边！”颜豪的声音从身后传来，“快！我没子弹了！”

丧尸关节僵硬，爬楼梯的速度慢，周戎一边扫射一边疾步倒退，眼角余光突然瞥见身侧伸出了丧尸的枯手。然而那腥臭的利齿还没落到他脖颈上，颜豪狂奔而来，徒手抓住那丧尸狠狠一拽，情急之下来不及思考，直接从走廊尽头的窗口推了出去。

哗啦！玻璃窗粉碎，丧尸摔在一楼地面上，当场就不动弹了。

爬上楼梯的活死人越来越多，黑暗中就像无数形态各异的、扭曲的树枝，一歪一扭向走廊涌来。周戎一把冲锋枪已渐渐无法压制丧尸潮，颜豪从战术包里摸出他最后一枚手雷，在枪林弹雨中紧贴着周戎耳边嘶吼：“数到三就跳！”

周戎：“快！”

颜豪把手雷丢出二楼窗口。四秒钟后，楼下丧尸群中传出了惊天动地的大爆炸。

“三！”颜豪爬上窗台向前一跃，“跳！”

周戎：“妈的没有一二吗？！”

周戎一个倒栽葱，犹如专业跳水运动员，漂亮至极地落地，浓厚的硝烟登时从脚边四散。

颜豪：“别管一二了！跑跑跑！”

人在危急关头往往能爆发出难以想象的潜力，从落地处到大楼前门的吉普车，五十米距离他们只用了区区五秒，世界冠军来都不过如此了。拦路的丧尸不是被手雷炸飞，就是被冲锋枪爆头，周戎和颜豪同时脚底漂移，打开吉普车冲了进去，砰砰两声重重关上了门。

丧尸们紧追而至，在车窗边嘶吼拍打着。

跑过来的时候没注意，颜豪刚巧在驾驶座那边，便顺手发动了汽车，碾压着丧尸群向前开。突然，他瞥见周戎放下冲锋枪，伸手摸了摸自己后颈。

“怎么了？”颜豪随口问。

周戎没回答。

“怎么了？”

一股森寒不安的预感突然从心底幽幽升起，颜豪偏过头，只见周戎的手从后颈放下来，向他缓缓摊开。

——他指尖上，竟赫然沾着一丝紫黑色的血迹。

颜豪的呼吸停止了。

司南紧盯着天台门，虽然他俊秀的脸上没有一丝表情，但不论是谁都能看出他的耐心已经到了极限，随时随地都有可能突然扑出去。

就在司南瞳孔快要竖起来的那一刻，突然——嘭！

天台门大开，周戎和颜豪裹挟着寒风走了进来。

“你俩爬八层楼用了十五分钟，”司南点点军用腕表，戏谑道，“老实说在楼道间里干什么去了，试出谁射得比较好了吗……唔……”

司南被周戎迎面抱住，重到司南刹那间失了声。

“司小南，”周戎声音嘶哑不稳，深深吸了口气，喃喃道，“戎哥相信你，知道吗？我这辈子最信任的就是你。能遇到你真好，遇到你我就什么都不后悔了。往后一定什么都依着你，什么都顺着你，永远都看着你好好的……”

司南不由嘴角一勾，刚想回答什么，突然只见颜豪站在不远处，猛然捂住嘴，偏过了头。

不知为何，那动作给了司南一些不对劲的感觉。

“周戎？”司南轻声问，“没事吧？”

无人看见的阴影里，周戎喉结剧烈滑动，仿佛硬生生咽下了喉咙里酸热的硬块，继而抬眼露出了一个微笑。

“没事，戎哥要走了……要回去多杀几个丧尸。来，你赶快上飞机，让我再看看你。”

宁瑜发动了直升机，螺旋桨转出呼呼风声，周戎把司南圈在臂弯里，半强迫地推着司南往驾驶舱方向走。

司南几次想稍微停步说点什么，周戎却像毫无察觉，甚至回避他的目光，硬把他推到了舱门前。

“快去吧！”周戎发着抖往后退，大声道，“快去！时间紧！”

司南登上舱门口一级台阶，突然又回头，皱眉望向周戎。

“快去，司小南，戎哥真得走了……”

“你不再说些什么吗？”司南突然问。

周戎一怔。

司南转过身来，语调平静而疑惑：“不趁现在吗？电影里都是这么演的啊。”

周戎急促喘息，垂在身侧的手剧烈发抖，那频率甚至难以掩饰。

“等……等在港口见面了再说。”他终于强迫自己一字一句地发出声来，“现在没……没时间……”

司南闭了闭眼睛，突然疾步冲上前来，周戎还没反应过来，就被他一把推到了地上！

“司小南你听我说……”

“你怎么了？！”司南声音绷得极紧，扳过周戎的脸检查他下巴、脖颈，又强行捋起袖口检查手腕，“你是不是被咬了？！”

周戎急促躲闪：“没有，真没有，你在乱想什么？”

话音未落，司南摸到了他后颈不断涌出的温热，颤抖着抬起手。

颜豪的脚步凝固在了原地。

——直升机舱的灯光从他们身后投来，映出了司南手指上，那一片淋漓的黑血。

“怎么回事……”司南整个人都在抖，眼神几乎是茫然无措的，“为什么，怎么会被咬，怎么……”

“不是被咬……是玻璃。”周戎扳过司南的脸，绝望地看着他，“是被沾了丧尸血的玻璃划了一下，可能不会感染，啊，乖，听话，快上飞机……”

司南呆呆愣了几秒，紧接着抬手就去拽自己领口上那条细铜链——铜链上拴着他们从B军区带出来的抗体管。

“你干什么！”

周戎大怒喝道：“颜豪！”

司南坐在周戎身上，力气大得简直不像人，猛地把抗体管从自己脖子上拽了下来，咬掉三段式管盖，就要把针头往周戎脖颈上扎。

然而就在这时他手上一空——颜豪踉跄扑来，劈手把抗体夺走了。

“回来，”司南颤声道，“还给我！”

颜豪眼底噙满了泪水，一边摇头一边后退："对不起，对不起司南，对不起……"

"闭嘴！"司南爆出尖厉到破音的嘶吼，几乎是闪身消失，同一刻又出现在颜豪面前，"轰"一声重响把他仰天狠狠掼到了地上！

"松手！"司南一手紧紧掐住颜豪的咽喉，另一手就去夺抗体管，如同走投无路而格外疯狂的赌徒，"我叫你松手！——"

颜豪死死握着试管，周戎冲上前强行掰开司南的手，用手肘勒住他往后拖，但两个人竟然都制不住他。

"抗体是我找到的，是我拿了两支给你跟张英杰打！是谁救了你的命？！是谁他妈救了你这条命？！"司南跨坐在颜豪身上，手腕被周戎死死抓住，他声嘶力竭地对颜豪怒吼，"凭什么你打了抗体，别人就不能？！"

颜豪被掐得不住呛咳，断断续续道："我们本来……就不该用……最后两支都未必够研究，万一春草再……"

"不该用你也用了！不该用你怎么不去死？！"司南暴怒地打断了他，"滚去给你用掉的那支抗体赔命，去啊！"

颜豪的热泪终于顺着脸颊流了下来。

"司南，你听我说司南……抗体真的不能给你，"他哽咽道，"我把命赔给你，我把我的命给你好吗？对不起，抗体真的不行，对不起……"

第16章

风声裹挟着呜咽从房顶掠过，丧尸成群的脚步声伴随着嘶吼，从空旷黑暗的大楼内部响起。

司南一双手腕被周戎死死反拧在身后，他扬起下颔居高临下盯着颜豪，许久之后，一字一顿反问："你的命值几个钱？"

乌云中漏出惨淡的月光，映出颜豪青白的脸色。

"司南你冷静点，你听我说。"周戎贴在司南耳边的声音相当急促，一边使力把他向后拉，一边竭力低声安抚，"是我的主意，跟颜豪没关系。戎哥一定没被感染，啊，听话，听话司小南……司南！"

尾音倏然变调，周戎只觉大力从身前袭来，那是司南——他竟然挣脱了手腕，电光石火间以难以描述的姿态反拧过身，雷霆般一记扫堂腿把周戎摔了出去！

那身手太迅猛了，周戎迅速起身，但在司南咄咄逼人的近身攻击下竟然只能步步落败。颜豪趁隙起身退后，但来不及退出去两步，只见司南抓住周戎手臂，旋风般把他整个人从肩头甩下地面。

眨眼间司南掠到颜豪面前，一脚踏上他胸口，借力飞身而起。颜豪只能感觉到劲风扑面而来，身经百战的特种兵连反应的时间都没有，就被又深又狠的空中后旋踢击中颅侧，当场喷血摔了出去！

变故来得太快了。司南从未真正对这帮特种兵动手，但此刻他像一匹终于抑制不住凶性的野生猎豹，不到五秒就解决了他俩。

宁瑜只来得及拉开直升机舱门，在猎猎风声中大声喊道：“等等——”

颜豪感觉腰椎一沉。在剧烈眩晕中，他意识到自己被司南的膝盖抵在了坚硬的水泥地面上，随即他紧攥着抗体的手指被一根根掰开了。

“司南，司南你别这样……”颜豪痛苦道，“司南……”

司南置若罔闻，喘息声嘶哑含血。就在他即将把颜豪的最后一根手指硬生生掰开时，咽喉突然一紧。

周戎从身后踉跄而来，手肘紧勒住司南的脖颈，几乎用全身的力气把他从颜豪身上拖开了，活生生拖拽出好几米，紧紧护在了自己身边。

“你看着我，司南，看着我。”周戎把他挤进墙角，用这种绝望的姿态堵住了司南所有挣扎的出口，强行令他望向自己的眼睛，“我是你戎哥，看见了吗？你怎么忍心对戎哥动手？啊？”

司南的短发被汗浸透了，修长乌黑的眉毛扭曲在一起，相比之下脸色简直白得惊人。周戎颤抖着手护住司南的头，迫使他不能挣脱，只能正视自己的眼睛：“没事了，别哭了，没事了……听话司小南，你让戎哥打了那个针，万一抗体就此没了怎么办？戎哥有什么脸活下去啊？”

司南一字一顿道：“你们约好了的，你们……”

周戎说：“是，是我的主意，不关颜豪的事。你冷静下来听我说……司南！”

周戎把再度开始挣扎的司南死死按了回去：“你听我说！那抗体十个里只有一个能活，你要拿全人类的希望来赌这十分之一的概率吗？啊？赌输了怎么办？！”

司南一点点松开周戎领口，掌心已经被汩汩而出的黑血浸透了。

那血是冰冷的，但灼得他手指剧痛。

“万一……万一赌赢了又怎么办？”周戎发着抖问，“你让我怎么活下去，怎么面对自己呢？你还不如杀了我来得痛快，是不是？”

另一边宁瑜大步奔来，白大褂的领口和衣摆在狂风中剧烈摆动，他跪在地上打开了他的医药箱。

司南颓然靠在墙角，双手深深插进头发，黑血随之蹭在他眼角眉梢，被周戎抬手用力地擦去了。

“算我求你，好吗司南？你听着。”周戎扳开他的手，又撩起自己的T恤下摆去擦他掌心上的血，一遍遍沙哑道，“你得活下去，算我求求你活下去。你还年轻呢，还没见识过比戎哥更好的……咱们难过一会儿，难过一会儿就忘了好吗？”

周戎喃喃地重复，刚硬的脸颊上温热潮湿，他不知道自己还会流泪。

那其实是后悔。

司南会难过一阵子就忘了吗？

不会。

如果司南还是个自由来去的异血种，那他确实有可能难过一阵子，也许几个月，也许一两年，总有一天悲伤会随着时光从他心头淡化，如同阴影在渐渐升起的日光中褪去。

然而共患难过后一切都变得不同，从心理上建立的联系很难随着死亡而自动断裂，他可以一死了之，但司南会在漫长孤独的时光中行走很久很久。即便用手术抹去，灵魂中更加深刻的印记却永远也不会消失。

这个残忍的认知比死亡更令周戎恐惧和后悔。

心肝肺都被利刃穿透了，刀锋还在心脏最虚弱的肉里绞，绞得内脏都烂成了一摊血泥。

司南是无辜的。

他完全是被引诱着，懵懵懂懂走进了致命的陷阱，把他那极度珍贵的、人人都想得到的东西，毫无保留奉献给了一个根本不值得的人。

周戎从没像这一刻这么清晰地感觉到自己的自私和卑劣。

但现在一切都来不及了。

周戎每喘一口气都带着粗哑的腥热，他把司南的头强行扣在自己胸前，转头不断示意颜豪先走。

颜豪眼底满含泪水，紧盯着司南片刻，那目光悲凉绝望。然后他视线又转移到周戎身上，仿佛在做最后的告别，他缓慢地一步步向天台铁门方向后退。

但就在他快退到门口的时候，宁瑜突然站起身，在狂风中摇摇晃晃冲向周戎：“等等！”

周戎一分神，紧扣司南后颈的手劲便松了，司南抬眼瞥见快退出去的颜豪，登时迸发出新一轮挣扎。周戎立刻把他死死紧护，大吼着问宁瑜：“你想干什么？！”

“这个！”宁瑜单膝半跪在周戎面前，指着手里的淡黄色玻璃瓶，又指指司南，在直升机引擎的轰鸣声中竭力嘶吼才能让周戎听清声音，“血清！”

周戎一愣。

“我抽了司南800CC血，临走前只来得及分离出这一支血清，准备给陈雅静做实验，还没注射就被你们带走了。血清有可能暂时抵抗毒性，你打不打？”

周戎紧盯着面前那瓶淡黄液体，这才恍然想起陈雅静在丧尸围城时独自一人来到地底实验室的原因——为了在最后关头实验血清的抗毒性。

他刚要开口，突然只听司南愤怒道：“不！”

“司南？”

“血清有致死性。”司南嘶哑道，“宁瑜只实验过一次，注射后几分钟内……那个人就猝死了……”

刚刚升起的一丝希望转眼冰冷，霎时周戎什么都说不出来。

宁瑜冷冷道：“是，或者你也可以去试试那支不知道过没过期的抗体。你们应该是从军方实验室找到它的吧？病毒暴发初期医学界曾经展开过研究，初级抗体的治愈率不是十分之一，而是在1%到3%之间。”

他转头打量颜豪一眼，问：“你打过抗体？”

颜豪不知所措，点了点头。

宁瑜说：“很好，小伙子，你买彩票一定能发家致富的。”

周戎不知道自己该露出怎样的表情，绝望中突然升起一丝扭曲的荒谬和搞笑。

司南抓住他的肩膀想站起来，随着这个动作，颜豪立刻向后退了两大步，死死握住了天台铁门的把手——然而下一秒周戎骤然发力把司南拽了过来，就像嗅到新鲜血肉的雄狼般，贪婪地吸了一大口他的气息。

仿佛借由这个动作获得了无穷的勇气，他在司南鬓发上嗅了嗅，抬眼道：

“我打。”

“你干什么？”司南厉声呵斥，“你会死的！”

“我现在也会死啊。”周戎温柔地回答他，眼眶通红道，“你不希望我打你的血清吗？你不信你能救戎哥吗，嗯？司小南？”

司南无法回答他，只能颓然靠进角落，一只手深深插进额角的头发里，遮住了半边眼睛。

周戎站起来，又俯下身抚摸他青筋暴起的瘦削手腕。那一瞬间他们挨得那么近，神情迥然不同。司南痛苦地闭上了眼，而周戎深锁的眉宇间却带着虔诚。

宁瑜举起手电打量周戎后颈的创口。那原本只是半个小指甲盖长度的细微划伤，在潘多拉病毒的作用下迅速溃烂和感染，现在创面已经糜烂了。宁瑜把注射器内的空气缓缓推干净，对着创面比画了下，头也不抬道：“恭喜你成为我的第九十六个实验者，周队长。”

周戎自嘲道：“有什么特殊寓意吗？”

“没有。”宁瑜说，“不过九十六起码是个吉利的数字。”

司南背靠墙壁坐着，把脸深深埋进双掌里。周戎想拉拉他的手指，但刚抬起胳膊，早已麻痹的后颈突然传来刺痛，让他猝不及防“啊”了一声。

“创面太大，会很疼。”宁瑜在他身后嘲弄道，“不过你应该感谢我分离了很多血清，多到足够做浸润式注射。”

周戎这辈子没经历过这种剧痛的注射，只感觉火流逆着神经往上烧，连说话声音都变了：“血清多……难道有助于……抗病毒……”

“有可能吧，”宁瑜说，“万一引发猝死，也会死得比较快，痛苦少一点。”

周戎苦笑起来，足足过了好几分钟才结束注射，长吁了口气。

“别哭了，司小南，看戎哥这次跟你真是……”周戎强打精神想开玩笑，讨好似的探身去钩司南，谁料刚一动作便天旋地转，连声音都发不出来，下一秒只听耳边传来重重的——嘭！

隔了漫长的好几秒，他迟钝的神经才意识到：哦，摔倒了。

宁瑜和颜豪都冲过来，但都被司南挡住，朦胧中他看见颜豪可能还被司南抓住领口挥了一拳。他想阻止但连开口的力气都没有，只见司南半跪在身侧，把他一条手臂环到自己肩头，继而把他半扶半扛了起来。

颜豪双眼通红，摸着流血的嘴角上前半步，但又站住了。

周戎的体重对司南来说还是太吃力了，他走得很踉跄，但没有抬头看任何人一眼，就这么摇晃着把周戎扛到天台背风处，互相依偎着在角落里坐了下来。

“别动，你冷……”周戎含混不清道。

但司南还是脱下外套，坚持裹在周戎肩上，紧紧握住了周戎曾经十分温暖有力的双手。

“你不能走，”司南把他的手举到自己面前，沙哑道，“我为了你才回来的，你不能走。”

强大的血清和病毒在体内进行一场无声惨烈的生死搏杀，腐烂在肌肉深处不断发展，又不断逆转，战况瞬息万变，每根神经都仿佛燃烧在剧痛的地狱中。周戎无力地动了动嘴唇，半晌，才发出艰难的声音：“什么？”

“——我还没问你叫什么名字呢，戎哥。”司南小声说，“只要叫戎哥，不管在哪儿都来救我，是不是你说的？”

周戎神志昏沉，视线涣散，脑海深处很多年前丛林的深夜和此刻重叠，司南的身影奇异般回到了少年时代，他在篝火中向自己微微一笑，眼底深处荡漾着妖异又狡黠的光点。

“我还没问你叫什么名字呢，说出来让我记住嘛。”

“我姓周……”

“兵戈戎马的戎，你呢？”

十一年前的阳光穿过树丛，在草地上投射出千万斑斓光圈。

汗水蒸腾而下，蝉鸣震耳欲聋，年轻的特种兵被绑在树干上气急败坏地大吼着什么，直到眼前看不清面孔的少年踮起脚，伸出手在他下巴上调皮地弹了一下。

“钟。”少年笑嘻嘻道。

“……”

“名字就不说了，如果能再见面的话，一定告诉你。”

那张曾经印象深刻却随着十一年风沙流逝而渐渐模糊了的脸，终于在周戎眼前又一次清晰起来，清明漂亮的瞳孔仿佛珍贵的琥珀，隔着时空浮现出一丝笑意。

“Noah，”司南削薄冰冷的脸贴着周戎的手指，低沉道，“我曾经叫Noah。”

“不是故意骗你的，周戎，那个时候你也很帅。”

“从那一年开始起，我就有点仰慕你了。”

血清注射十分钟后，周戎失去意识，旋即进入深度昏迷。

宁瑜用手电密切观察他的情况，周戎躺在地上，上半身依靠着司南，眼底青黑，呼吸微弱，时断时续。因为不断出汗，他几乎脱水，性感英挺的面孔变得灰败憔悴，后颈溃烂创面周围不断泛出黑色的血点。

在手电光的照射下，病毒让那些血点不断从皮下浮起，血清的力量又令它们相继消失，创口表面呈现出非常不稳定的状况。

宁瑜站起身，只听颜豪在身后轻声问：“怎么样？”

宁瑜不太想触司南的霉头。他算是看出来了，这位样貌秀美的单兵作战专家发起狠来当真是一只手吊打所有人绰绰有余，因此他退了两步才摇头道：“不算很好。”

颜豪本来就很白的脸色唰地更白了，简直可以称得上是泛青。

宁瑜问：“刚才周戎在楼梯间里跟你说什么？”

颜豪不答，宁瑜镜片后的眼睛闪烁着微许揶揄的神色：“该不会是找你托孤吧，把这个异血种托付给你，确保你们能把人安稳带回军方基地？”

宁瑜没有立刻等来回答，回头一看，只见颜豪眉心紧锁，平常温文尔雅的他看上去竟是一反常态的冷峻肃厉，颜豪说：“宁博士，你再这样说的话，我会忍不住动手揍你的。”

宁瑜笑了起来，完全不以为意：“那你们说了什么？”

颜豪定定望着不远处的背影。司南靠着周戎，他乌黑的发梢覆在脖颈上，脊背显出流畅漂亮又有力道的弧线。

半晌，颜豪别开了视线：“我们离开118大队前往T市的时候，接受了一项机密任务。有一位从A国叛逃的军界人士正携带重要资源前往我国，我们必须成功与他接应，并护送他回到B军区。

“任务目标的年龄、外貌、职业均不详，我们被告知他是异血种，他已获悉有关我们的所有信息，会在抵达目的地后主动前来联系，因此我们只能在T市被动等待。两周后，我们却只等来了任务目标飞机失事，有可能已经丧生的消息。我们还没来得及启动沿航线搜救，丧尸病毒就全面暴发了。”

宁瑜问：“所以你们最终也没完成这项任务？”

“没有。”颜豪说，“但队长刚才在楼道里告诉我，他开始怀疑我们也许已经找到了这个人。”

宁瑜挑起眉梢，只听颜豪放轻了声音：“我们是在T市遇到司南的。他出手救了我们，绝口不提以前的经历，带着幸存者千里南下，途中还曾被A国军方的罗缪尔等人追捕。队长说如果他的血清有抗毒性，那么他很有可能就是当初118大队负责接应及保护的任务对象。

“而所谓的‘携带重要资源’也有了解释——

“他并不需要携带任何东西，他本人就是最重要的资源了，只是不知道为何要从A国叛逃回来。”

直升机前灯穿过狂风射向夜幕，宁瑜缓缓回过头，语气带着微妙的嘲弄：“那么，如果周戎死后他要走，你打算怎么办？”

颜豪沉默片刻，摇摇晃晃地坐到了地上，握着试管的那个拳头用力抵住嘴，长长的眼睫毛下有些黑暗难以掩盖的悲凉。

“我不知道。”良久后他说，“但我会用尽一切办法护送队长的遗体回军方基地，希望……希望司南能看在最后这点上，跟我们一起走。”

前方突然响起司南的声音：“周戎！”

两人同时抬头，宁瑜拔脚冲了过去，只见周戎呼吸又急又短，紧闭的眼皮急剧颤动，身体痉挛绷紧，后颈创面在挣扎中被活生生撕裂，宁瑜拿手电筒一照，流出的竟然全是大股大股的紫血！

司南两根手指一按周戎脉搏，厉声道：“血清呢？！再给他打一管，快！”

“没有了，”宁瑜摇头倒抽着气，“没有了，全打完了。”

“他会失血过多的！”

“现在这种情况只能听天由命……”

司南屈膝半跪在周戎身侧，重重捶击他胸口数次，继而俯身听他心跳，颤抖着手用力做体外心脏按压。

“周戎！醒醒！”他嘶哑着嗓子吼道，“周戎！”

嘭一声闷响，周戎身躯猛地弹跳，后颈就像动脉破裂般喷出数道血箭！

宁瑜：“周队？！”

颜豪：“队长！！”

司南瞳孔猛然缩紧，在其余两人失控的惊呼声中，他看见那血箭哗地洒在地上，紫黑中慢慢泛出了鲜红的痕迹。

“队长！”

“队长！”

有道声音穿过午后微风，在远处喊道：“队长快过来！”

周戎的头昏昏沉沉，眼前景物忽近忽远，犹如色彩形成的旋涡。不知过了多久他才缓慢地睁开眼睛，面前是洒满阳光和尘土飞扬的操场，一队队军绿色犹如拔地而起的白杨。

突然，不知发生了什么，士兵们轰然炸了起来。

“妈的！”

“住手！”

他在梦中下意识奔跑起来，挤过群情激愤的人们，停在了训练场边。空地中央躺着一个男人，周戎认出那是他们118大队的刘总指导，他满脸是血、意识不清，胸骨明显塌陷进去一块。

“卑鄙！”

“下这么重的手！”

“打架厉害有什么用，演习还不是打成十九对八战损比！”

……

一个年轻人指尖悬空停在刘总指导咽喉前，背对着他们，缓缓站起身。

他有一头乌黑的短发，身穿灰白色雪地野战服，左臂佩有金属白鹰军徽。

格斗并未对他整洁的仪容造成任何影响，周遭沸反盈天的喝骂似乎也完全传不进他的耳朵。

周戎莫名觉得那背影有一丝熟悉，但梦境太过喧杂混乱，他恍惚站住了脚步。

“就是他！”有人愤怒道。

“白鹰教官，妈的这变态！”

那年轻人仿佛察觉到什么，微微偏过头来。

他戴着飞行员墨镜，额前黑发精神地竖起，镜框边缘露出笔直斜挑的眉。虽然代表A国军方，但他身高和发色的亚裔特征非常明显，下半张脸俊秀的轮廓又比东方人更为深邃。

隔着人群，他的目光恰好与周戎互相撞上了。

年轻的白鹰教官似乎没认出他来，但数秒钟后他眉梢浮现出微妙的上挑，仿佛有一点点隐秘的意外。梦境中周戎茫然站在了原地，只见对方向他勾了勾嘴角。

那是一双色泽很浅又抿得很薄，乍看上去十分冷淡无情的嘴唇。

脑海深处有一团烈火在烧，四肢百骸剧痛无比，让思维混乱得就像煮沸了的泥汤。在那混沌不清的痛苦中，周戎朦胧回忆起接下来发生了什么——

那白鹰教官跨过被打断了四根肋骨的刘总指导，举步穿过人群，若无其事地走向了远处。

然而梦境中的发展却和事实完全相反。

他眼睁睁看着对方转过身，一步步走来。

意识在深海中沉沦，喧嚣和叫骂都在水面以上迅速远去了。周遭变得十分安静，白鹰教官走到周戎身前，摘下了墨镜，向他伸出手。

——所有动作就像这场景发生过的一年后，在那个相似的下午，T市药房里。

刚刚才在大街上救过他们的年轻人摘下机车头盔，皱着乌黑修长的眉，不信任地打量周戎片刻，终于伸出手：“我叫司南。”

梦境中午后操场上的白鹰教官开了口，两道声音在虚空中重合，带着熟悉的沙哑和慵懒：“司南，南北的南。”

“我为了你才回来的……”

“你可千万不能走。”

夜幕中的楼顶天台，周戎骤然喷出一口乌血！

颜豪狂吼着什么，宁瑜抢步而上，直升机掀起的风搅得所有呼喊都破碎不清。周戎在强烈的痉挛和倒气中翻过身，一手肘撑住地面，猛地咳出几大口血沫。

“喀喀……喀喀喀！喀喀——”

司南伸手一摸，抬头道：“红的。”

宁瑜啪地打起手电，只见光芒中司南指端上，周戎最后咳出的血液竟脱尽黑紫，呈现出了完全的鲜红！

“司南……”周戎筋疲力尽地说，“我……”

司南一手撑住他仔细观察着，手电映照下，周戎后颈的溃烂创面完全被鲜红的新肉覆盖，渐渐愈合为一层薄痂。

“我……”周戎恍惚挣脱了司南搀扶他的手，张开臂弯，“戎哥不走……别离开我……”

他视线无法聚焦，喃喃地道：“别离开我，戎哥不走。”

第17章

“有点发烧，呼吸心跳正常。”宁瑜翻开周戎的眼皮看了看，声音带着压抑后的战栗，说不清是震惊还是激动，“这是被新型病毒感染后治愈的第一个成功案例，真是……真是太幸运了。”

除了幸运之外确实没有任何词能形容眼前的状况，宁瑜看看人事不省的周戎，又看看颜豪，心中突然升起一丝荒谬之情：这几个特种兵的运气未免也太好了吧，百分之一甚至千分之一的概率，这都能被连续两次碰上？

还是说，抗体对接受者的基因素质有非常严苛的要求？

司南弓起身体，护住周戎的头，一言不发。他在别人面前很少表现出激烈的情绪，这短短几秒的拥抱已经是极限了，随即他深吸了口气抬起头，说：“我必须带周戎上直升机。”

宁瑜点点头，还没说什么，突然，颜豪走上前，半跪在地摊开手。

他手中是那支装着初级抗体的试管。

“我要走了。”颜豪低头看着地面，话却是对司南说的，“把戎哥带回基地，这个给你保管。”

“你去哪儿？”

"前线。春草他们还在那里，我得去协助他们撤退。"

司南淡淡道："你走不了。"

颜豪一怔，只见司南拇指向天台下点了点。

伸手不见五指的夜幕中，空地不断翻滚涌动，呼声排山倒海。从夜视镜后望去，不知道何时丧尸汇聚成了黑色的海浪，而他们来时开的那辆吉普车已经成了怒海中载浮载沉的小舟。

除非配备车载火箭炮，否则大罗金仙下凡都没法从这片血海中杀出去！

颜豪略微色变，半晌，他道："我以为你恨不得我死在下面。"

"没有的事。"

颜豪回头一瞥，见司南的癫狂和狠劲都已经过了，神情有种不自然的冷淡："你一个人出不去。宁博士把周戎送上直升机，我跟你配合杀到楼下，开车去前方找春草和郭伟祥他们。陈雅静应该已经在安排撤退了，上车后我们在港口集合。"

颜豪想也不想，一把抓住司南的手："不行！"

宁瑜劈头盖脸地呵斥："血清有抗毒性不代表你就不会死，被丧尸五马分尸怎么办？"

司南把颜豪抓住自己腕骨的手指一根根掰开，挑眉问："你们还有其他办法么，要不然四个人一起挤直升机？"

所有人登时答不出话来。

双人座小型机舱挤三个人的危险系数已经非常大了，再加上颜豪，他跟周戎两个雄性爆种者的体重，绝对能让直升机飞不出二百米就坠毁。

"你们再犹豫下去，楼顶也安全不了太久，丧尸很快就会顺着楼道上来。颜豪还有多少子弹？"

"没了。"颜豪生涩道，"戎哥也没了。"

司南摊开掌心，手中是他最后的弹夹。

几个人面面相觑，突然宁瑜狐疑问："你们谁在敲地？"

司南和颜豪同时一静，只听寒风呼啸，地面传来遥远沉闷的震动，几秒钟后越来越响亮、清晰。

"……"颜豪霍然起身，"铁门！"

咣！

楼道通往天台的铁门发出撞响，紧接着门后震动纷沓而来，那是爬上顶楼的丧尸！

宁瑜：“怎么这都能找来？！”

颜豪如梦初醒：“戎哥！戎哥在流血！”

周戎毒液出尽后开始流鲜血，比一般爆种者更强烈的雄性气息随着螺旋桨狂风向四面八方散播，被丧尸捕捉到了。

而被新型病毒感染的活死人具有集体捕猎意识，只要有一个发现了新鲜血肉，一群活死人便蜂拥而动，转瞬间他们便被活生生堵死在了天台上！

“带周戎上飞机！”司南在宁瑜耳边厉声道，“快！”

昏迷中的周戎似乎感觉到什么，紧皱眉头挣扎起来，似乎有些醒转的迹象。宁瑜顾不得许多了，脱下外套死死堵住他尚在渗血的创口，勒着后领就把他往直升机方向硬拖——宁瑜不是战斗工种，这一勒差点把快醒转的周戎直接送上西天。

司南抬手将最后那枚弹夹扔给了颜豪：“接着！”

颜豪抬手啪地抓住弹夹：“不行！你……”

铁门被捶得咣咣作响，墙灰碎石不断洒下，司南用食指嚣张地向颜豪点了点：“顾好你自己！”

一声比金属刮蹭还让人胆寒的刺响平地而起，门闩在不断撞击下弯曲，以肉眼可见的速度渐渐形成了可怕的弧度。

颜豪咔嚓装上弹夹，推弹上膛，声音刚落，面前炸起门闩崩断的脆响。

轰——铁门终于不堪重负，被彻底撞开了！

黑夜中冲锋枪口爆发出火光，冲上天台的活死人被爆头后摔倒，挡住身后的丧尸。

但短短瞬息后，更多活死人踩着同类的尸体爬了上来，就像被炸了窝的蚂蚁，争先恐后向前涌来！

宁瑜全力把周戎推上后座，贴着耳朵吼了两声“周队”，见没效果，撸起袖子心一横，下狠劲抽了他几嘴巴，他还是没有任何醒转的迹象。这下宁瑜真没办法了，怕把周队这张帅脸抽毁容了待会儿司南找他拼命，回头一看丧尸那阵势，当即胆寒：“司南！回来！”

他的声音刚出口就被湮没在了冲锋枪声中，颜豪一边疯狂扫射一边后退，然而子弹根本无法震慑无知无觉的活死人。

少顷枪声一停，颜豪吼道：“没子弹了！”

司南双手同时拔出三棱战刀：“保护宁博士，退后！”

最后一个字落音时，他已经箭步上前，特种部队设计的三棱刀刃无声无息刺入两只丧尸的颅骨，犹如热刀切黄油，在喷溅的黑色血线中毫不费力拔出。

丧尸群涌而上，咬住了他右手腕。下一秒被他左手刀尖从咽喉插入，自下而上，瞬间刺穿了大脑！

尽管更大的可能性是不会有事，但见血的那一瞬间，颜豪的瞳孔还是控制不住地猝然放大。

“他妈的快回来！”宁瑜暴怒吼道。

但颜豪置若罔闻。

七八个丧尸从各个方向趔趄而来，颜豪止住喘息，劈手用没子弹的冲锋枪狠狠一砸。最前面的丧尸脑浆迸溅，后面几个还没张嘴就被颜豪握住脖颈，咔嚓拧断了颈骨！

宁瑜耳朵嗡嗡作响，所有厮杀和吼叫都化作了恐怖电影里怪诞的镜头，丧尸狰狞的血盆大口时而远在天边，时而贴在眼前，把他的神志撕成无数支离破碎的片段。

宁瑜全身发抖，抓不住东西，想冲下去抓住司南，想把他拖回直升机上，但那道身影被飞速卷入尸体组成的旋涡，连看清他在哪里都做不到。

完了，混乱中宁瑜心底升起一丝无比清晰的念头。

这次真的完了。

在宁瑜的设想中，最好的情况是由自己带着司南立刻起飞，只要找到合适的实验环境，他很快就能利用血清培养出疫苗。

但司南是个独立于集体观念之外的人，他和正常社会的维系很大一部分在于周戎。如果司南不配合的话，他也可以接受自己留下，由司南带周戎立刻起飞，只要保住了活体抗原的性命，将来谁做出疫苗都是一样的。

但如果司南死了，希望就真的断绝了。

宁瑜拉开舱门，踉跄着冲下了机舱。他腿脚已经软了，落地瞬间差点摔倒，恰好错过了一只满面腐烂、斜扑上来的丧尸。

“司南，”宁瑜狼狈不堪爬起来，撕心裂肺狂吼道，“司南！——回来！”

“让你带周戎走！快回来！——”

突然身后一声尖叫，宁瑜猛地回头，只见周戎把丧尸狠狠掼在地上，砸碎了颅骨。

“你自杀吗，博士？！”周戎在直升机轰鸣中嘶哑不清地骂道，把宁瑜狠狠推回机舱。

宁瑜疯狂吼道：“把你的人带回来！把他弄回来！！”

周戎简短道：“我知道。”

“你可能没有生成抗原，别再被咬了！”

周戎砰一声重响狠狠关上了舱门，把从边上爬来的丧尸夹成了两段，转身头也不回地走向尸群。

天台上的丧尸越来越多，司南已经无法分辨满身黏稠的血迹哪些属于自己，哪些是丧尸喷溅上来的。鲜血和腐肉混杂在一起，让他的军靴底部黏腻不堪，每一步都像是踩在湿泥里，全身上下唯一干净的只剩一对三棱刀刃。

它们浴血而出，依旧森寒夺目，刺进颅骨又轻易抽出，数不清的丧尸倒在脚下。

上臂传来熟悉的剧痛，热血流逝的感觉几秒钟后才迟钝地沿着神经末梢传进大脑。司南一刀把那个咬住自己胳膊不松口的丧尸结果了，还没来得及抽出刀刃，肩头又被咬住。

真的太多了。

司南咬牙挣扎，没挣开。手臂、侧腰、大腿，几个地方同时传来刺痛，他分不清同时抓住自己的有多少个丧尸。

鼻腔中呼出带血的热气，司南将三棱刺插进身后丧尸的太阳穴，然后抓住它脏污的头发，硬生生将它掀翻，拧身用它将几个咬住自己的活死人扫了出去。

嘭！

丧尸被掼得全身骨裂，司南拔出插在它太阳穴里的三棱刺，摇摇晃晃单膝跪倒，用刀尖扎地稳住下倾的身体。

丧尸还在如潮水般涌来，从四面八方。

他闭上眼睛，继而睁开，抬起因为血迹纵横而格外冷峻肃杀的面庞。

就在这时有人从身后抓住了他。司南反手横刀就刺，却在千钧一发之际住手，眼睛眯起。

是周戎！

黑暗中两人看不清彼此的模样有多狼狈，甚至连认出对方都只能靠直觉。周戎徒手狠狠撕开了司南身后那个丧尸的喉管，扔了尸体，俯身护住司南，剧烈喘息着向后奔去。

“放……”司南一开口喉咙就被血呛住了，每个字都带着血腥的暗哑，“放开我！”

周戎摇头不语。

“放我下来！”

“戎哥带你走，”颠簸中周戎喘息道，“咱们不……不管别人了，来，戎哥带你走，听话。”

司南忍无可忍：“骗谁呢！”

周戎笑起来，这笑容浮现在他俊美的眉眼和刚毅的嘴角边，有一丝令人心折的苍凉。

颜豪的咆哮从不远处炸起：“戎哥小心！！”

周戎猝然止步。夜幕中眼前人头攒动，鬼影挡住了他们通向直升机的路，从视线所及的每一个方向摇摇晃晃向他们走来。

“被包抄了，”周戎环顾周围，“完了，咱俩今天得折在这儿了。”

司南要下地，却被周戎丧心病狂地拦住了。这个姿态让两人失去了最后一点困兽犹斗的可能性，司南贴着他耳边喝道：“你干什么？”

周戎笑着回答：“咱们被吃的时候，我就这么抓着你，先吃了我再吃你……”

司南本来想吼他，但话没出口，借着远处直升机的光看见周戎注视自己的眼神，便停住了。

“好吧，”他无可奈何道，“那你抓紧点，别把我摔了。”

周戎对他戏谑地挑起眉梢。

丧尸一步步靠近，腥臭的呼气已经清晰可闻。终于，最前方几个活死人同时低头咬了过来，就在落齿的刹那间，周戎突然把司南放下，往身后一推。

然而没想到的是司南借势落地，如同内心演练过千万次那样，把周戎护住当头扑倒！

活死人残缺的牙齿毫无意外地落在司南后颈、脊背和肩胛骨上，鲜血泉涌而出，被数不清的腐烂的嘴巴争先恐后吸吮。

周戎意外又暴怒，发力推翻司南，紧接着肩头一热。

——那是鲜血。

司南咽喉呛出血沫，无力地洒在了周戎身上。

“妈的！”周戎破口大骂，就着半躺的姿势狠狠踹开两只丧尸！

沉重的高帮军靴把它们踢得筋骨断折，但饕餮者不会因此被震慑，仍然拖着身躯贪婪地爬上来继续它们血肉的盛宴。

触目所及，四面八方。

数不清的鬼影幢幢，太多了。

周戎不知道咳出了几口血，他几乎是拖着司南往前，但丧尸就像大海一波接着一波地涨潮，永远也没有尽头。

——永无止境的血肉汪洋。

周戎终于再次趔趄着跪倒在地，鬼影们立刻蜂拥而上。那一瞬间他感觉到很多利齿已经贴近了自己裸露在外的肌肉，从来没有像现在这样，他清晰地意识到自己和司南都将被撕成肉块和碎骨。

结束了，他内心深处浮现出这个念头。

嗖——

比活死人利齿更快的，是数道灼热的气浪。

轰！

周戎在爆炸响起的瞬间瞳孔紧缩，旋即听见了夜空中不容错认的巨响——直升机！

巨型直升机急速而来，强光、旋风同时降临，周戎几乎是下意识狂吼出声："趴下！！——"

颜豪、宁瑜同时抱头蹲地，周戎不要命地护住了司南。紧接着空中机枪狂响，子弹如同暴雨般席卷天台，将成百上千的丧尸扫成了肉泥！

哒哒哒哒哒哒——

枪林弹雨压得人无法抬头，混乱中所有人都以为自己要被打成马蜂窝了。长达十多秒疯狂的弹药倾泻后，机载重机枪倏然停住。

紧接着舱门打开，抛下绳梯，十多名荷枪实弹的士兵迅速跃下，为首那名军官箭步而来："二组三组重火力预备！前门支援！

"一组降落待命，清查现场！"

士兵们应声行动，另两架军用直升机调头向基地前门飞去。

天台上，军官的脚步倏然收住，环顾四周吼道："谁发射的定位讯号？这里有 118 特种大队成员？！"

军用手电四处扫射，人声纷沓而近。周戎喘息着，抱住浑身是血的司南，颤抖着手指探他的鼻息。

"中校！"有士兵呼道，"这里！"

不远处有人扶起了颜豪，几个人把宁瑜从坍塌的墙壁后拉了出来。

那名军官蹲下身，似乎看见什么稀奇物件似的打量了片刻："118 大队第六中队，周戎少校？"

周戎的意识其实非常恍惚，他失血太多了，看东西是重影，并不能看清面前那军官长什么样。

"这个……这个人，"他指着司南，每个字都极度含混勉强，"这个人有血清抗体，你们务必要救他，快……救救他……"

军官愤怒且无奈，指了指自己："崖海总部搜救大队中校，汤皓。"

紧接着他抱起双臂，冷冷质问："你他妈都感染了，还发射个屁求救信号？！”

周戎长长吐出灼热的气，就像走投无路的狼王，在旁人的惊呼和阻止声中，用沾满了血的拳头一把拎起汤皓的军装衣领：“你他妈没听见我说什么？这个人血清有抗体！”

几道手电照射中，司南双眼紧闭，全身赤裸在外的肌肤被咬得鲜血淋漓。

“抗体！他妈的！！”周戎对着汤皓的鼻尖声嘶力竭怒吼，“救救他，快！！”

“你神经错乱了吧，抗你妈——”汤皓顺着周戎的手指一瞥，目光落在司南人事不省的脸上，突然被高压电劈中似的僵住了。

他认出了这个异血种的脸。

“怎么……”汤皓简直难以置信，“这是怎么回事？”

第18章

半小时后，军用直升机内。

“群众被疏散至码头，已通知总部派船接应，另救出118绝密部队特种兵三名，隶属第六中队，名字分别是……”

“我知道。”汤皓打断了耳麦中手下的汇报，向后瞥了一眼，昏暗的机舱中一道遒劲侧影席地而坐，托着怀里人的头。

他哼笑了一声：“我这儿也有俩118，还有个少校呢。”

汤皓摘下耳麦，示意手下继续驾驶，在飞机航行的微微颠簸中转身走向客舱。

周戎背靠着机舱壁，微微闭起双目养神，浓密的眉峰和挺直的鼻梁被灯影照出一层阴影，满是血迹的军装衬衣下露出肌肉轮廓。

司南已经被紧急处理过了，昏昏沉沉地吸着氧，军医正推尽针管内的最后一滴药剂，见汤皓过来，起身敬了个军礼。

“什么东西？”

“有抑制作用的镇静剂。否则出血太多，怕引起骚乱。”

汤皓点点头，示意军医可以走了。

“情况怎么样了？”周戎睁开眼睛，哑着嗓子问。

汤皓收回了刚要去踢周戎的脚，居高临下道：“这是你权限之外的事，少校。”

周戎竟然不以为意："那我的人怎么样了？"

汤皓啧了一声，提起裤腿，蹲在地上直视着周戎泛起血丝的眼睛。

"你说你们118的人，"他仿佛很感兴趣地问，"怎么个个都命硬得跟小强似的？"

周戎淡淡道："因为不够硬的都已经死了。我包里现有一名队员的骨灰，是深入B军区地下实验室时牺牲的，要拿给你看看么？"

汤皓顿时动容："你们去了B军区地下实验室？！"

周戎懒洋洋挑起半边眉毛。

"你们发现了什么？B军区为什么陷落？找没找到任何资料？！"

"这就是你权限之外的事了，"周戎说，"中——校。"

汤皓闭上眼睛深吸了口气，三秒钟后，睁开眼睛说："来做个交易吧，周队。你回答我一个问题，我回答你一个问题，公平交易，接不接受？"

周戎饶有兴致地瞅着他。

"幸存者基地城防工事被丧尸攻破，幸亏我们的武装直升机赶到，高火力掩护大部分群众疏散了，马上军舰就会开到港口去接人。现在暂时无法清点幸存群众，但你的三个队员阳春草、郭伟祥和丁实都已获救，被安置在另一架飞机上。"

突然旁边传来疲惫的声音："——陈雅静呢？"

汤皓偏头一看，宁瑜正不顾军医的阻拦勉强坐起身。

"你是说那个残疾的女异血种？"汤皓略一思索便反应过来，耸了耸肩，"很遗憾。丧尸潮攻进基地大门的时候我们的人刚好赶到，从直升机上抛出吊绳救她，但她没有去抓……事情发生得太快了，来不及派人去强行拉她上来。"

宁瑜像是没听明白似的，又求证了一遍："她死了？"

"她死了。"

机舱里还有很多士兵，但除了螺旋桨转动的巨大声响之外，没有人动作也没有人说话。

宁瑜像是凝固了，但这么黯淡的可视条件下看不清他是什么表情，半晌，他才似乎短暂地笑了笑："我猜也是这样。"

宁瑜躺了回去，在担架上翻过身，脊背对着他们。汤皓打量他片刻，只觉得他略有点眼熟，似乎在军方内部点名的重要搜救目标名单上见过他。但激战后所有人的形象都跟鬼差不了多少，机舱里又暗，一时半刻也看不出个所以然。

汤皓收回目光，扬了扬下巴："该你了，周队。"

周戎莫名其妙："该我什么？"

"回答问题。"

"什么问题？"

汤皓再次深吸了口气："你们在陷落的地下军区里看见了什么？找到了什么？有没有发现任何资料和研究成果？"

周戎向后靠去，这个动作让他半张脸隐没在阴影里，唯有眼角闪烁着一点邪性的微光："我们深入军区已经是去年十月的事了，入冬以来总部没有派人去勘察过？"

汤皓生硬道："没有。"

"没有？"

"他们都死了。"

两人对视片刻，周戎缓缓勾起嘴角："那么，你也可以当我死了。死人是不会告诉你任何超出你权限范围之外的机密的，中校同志。"

汤皓大怒："你！"

周戎回以锋利挑衅的眼神。

狭小空间内空气变得剑拔弩张，士兵们隐蔽地对视，颜豪不动声色地挪向周戎。

在所有目光焦点中，周戎一手搁在膝盖上，一手抓着司南，漫不经心和汤皓互相对视。

漫长的十多秒后，汤皓终于强迫自己松开了拳头，低声说："我组织过进入B市的敢死队。

"但B市已经成了彻底的地狱。南下丧尸潮扫荡了每一个角落，上千万丧尸塞满了每一栋高楼、每一条下水管和你能想到的所有地下掩体。病毒持续变异，开始感染动物，丧尸猫狗、丧尸飞鸟占领了整座城市，所有冒险进入B市的队伍都有去无回，更遑论坟墓般的地下军区，那里已经彻底成了人类认知中的黑洞。

“如果你们真的曾经进入过B军区，你们所见到、所带出的任何一点东西都是非常珍贵的情报，你们会立刻被全面保护起来。

“但如果你只是被感染后用这种手段来骗人，那么周队，我保证你不会活到飞机降落。”汤皓紧盯着周戎的瞳孔，一字字缓慢而严厉，“我不会把任何感染者带回总部，甚至连疑似感染都不行，明白了？”

飞机左右晃动，许久后周戎才不带任何情绪地说：“说了我们没有被感染。”

汤皓冷笑一声，嘲讽的目光上下打量他满身的伤口，意思是你逗谁。

周戎说：“不信算了。”

“……”汤皓第三次试图吸气，宣告失败。

噌的一声，汤皓霍然起身，大步走向驾驶台，头也不回地吩咐士兵：“把那俩118给我看好了！一旦有任何发病迹象，格杀勿论！”

“是！”

周戎恰到好处地：“哈。”

那笑声更加刺激了汤皓中校敏感的神经，他想也不想便怒骂：“把那异血种从他手里拉过来！立刻隔离！别到时候感染了害人！”

士兵应声上前，就要从周戎身边拉走司南，但还没来得及动手，突然胳膊一紧，腕骨登时发出了可怕的咯吱声。

士兵还没来得及发出痛呼就痛得说不出话来了，抬头一看，只见周戎手背青筋暴起，犹如钢铁锻造的捕兽夹，但与之形成鲜明对比的是他在笑，那笑容甚至有几分吊儿郎当的意味。

“不太好吧，中校？”他就这么朗声笑道，机舱里每个人都能清清楚楚地听见他略带揶揄的声音，“这可是我的人，好端端的，你让人动手抢是想干什么啊？”

汤皓：“……”

汤皓站定脚步，微微颤抖，脸色青红交错好似开了染坊，半晌才猛地爆发出怒吼：“周戎！我看你他妈感染的是狂犬病吧！”

直升机穿越云海，划过黑暗中的海面，向层层浓雾后一座灯火通明的航空母舰俯冲而去。

飞机尚未停稳，舱门便被猛地拉开。春草的军绿短裙在狂风中飘扬，她箭步狂奔而来：“戎哥！！”

周戎在严密监视下钻出直升机，探了探司南冰凉雪白的眉心，然后把司南送上早已严阵以待的医护担架。旋即他转身拥抱春草，颜豪也跳出舱门，与大难不死的丁实和郭伟祥彼此拥抱，眼眶通红。

甲板上全是人，救护和警戒人员匆匆来去，远处探照灯在海面上发出刺目的强光。

突然，不远处传来尖叫：“宁……宁博士！！”

几个穿白大褂的研究人员飞也似的冲了过来，争先恐后地握住了宁瑜的手，个个喜出望外。宁瑜已经非常虚弱了，被人扶着才能勉强站立，研究人员连忙把他抬上担架送走，那众星拱月的架势，活像护送一头从天而降的国宝熊猫。

“研究所找了宁博士很久，几次搜救都没消息，以为他已经死了。”有个戴眼镜的中年学者握住汤皓的手，激动道，“你找回了宁博士？真是立了大功，我们要立刻向上级汇报你的功劳！”

汤皓无奈又不耐烦：“跟我没关系，都不知道他是谁。你去问问那边那个姓周的……”

“118大队第六中队的几个特种兵把我从实验室中带出来，送上了楼顶的直升机升降台。”宁瑜无比虚弱的声音随风从人群中传出来，他似乎又突然想起了什么，“哦，对。刚才你们送走的那个异血种和118的周队长，两个人都是我重要的实验对象……嗯嗯，是的，帮我打报告申请，一定要等我亲自安排，别让任何人擅自处理。”

汤皓一口气差点没上来，周戎不禁莞尔。

“周队长。”一道苍老的声音突然响起。

周戎回过头，身后赫然站着一位头发灰白、身姿笔挺、肩上扛着两枚将星的老者。

周戎神情微肃，转身啪地立正。正围成圈互相询问分别后各自战况的颜豪、春草等人也愕然止声，纷纷转身敬礼：“郑中将！”

没人想到中将竟然亲自来到了甲板上，连不远处的汤皓都不由色变，纷纷敬礼不提。郑中将锐利的视线上下打量周戎，目光在他侧颈尚未完全褪去的紫黑色噬伤处停顿了两秒，周戎刚要开口解释，却被对方抬手制止了。

“2190 年 10 月 26 日，八区时间 0 点 08 分，你就是带着最后五名特种队员和一位民间志愿者进入 B 军区研究所的周戎少校？”

周戎说：“是。”

“‘上天并未眷顾人类，我们将竭尽全力，独自走完这段征途。’——军区彻底陷落前，向崖海总部发送最后一段卫星通信的，也是你？”

“是。”

郑中将点头不语，目光逐一扫过春草、颜豪、丁实和郭伟祥满是尘土的面孔，半晌，他低沉地说：“你少了一名队员，周队长。”

周戎拍拍右肩上的战术包，平静回答：“张英杰中尉在这里，并没有少。”

飓风卷着海涛狂啸而过，郑中将缓缓抬手，与周戎互相敬了个军礼。

“118 绝密部队负责人钱少将及刘总指挥都牺牲了，八支中队接连覆灭，你们是最后的生还力量。周队长，118 部队编制裁撤了。”

周戎猛地闭上双眼，身后久久沉寂，唯余风声呜咽。

郑中将似乎想找点话安慰他们，但又什么都说不出来，片刻后只得点点头：“希望你们振作起来。”

紧接着他主动伸手与每个人都握了握，回头简短吩咐：“让医疗队去我办公室待命。周队长，带着你的人跟我来，我们迫切需要知道这段时间内你们经历的所有事情。”

周戎最后向司南的担架抬走的方向回首远眺，但抢救人员走得非常快，航母甲板上只见来回紧张穿行的人员和车辆，远光灯从人群缝隙中漏出刺目的白光。

他眯起眼睛，久久不愿离开，终于在春草不安的催促下举步跟了上去。

“宁博士已经向上面打了报告……”

“他的血清……重要的实验对象……”

被刻意压低的走路声和说话声，就像深水中缓缓浮起的黑影，一丝丝渗入昏沉的梦境。

“为什么那姓颜的小白脸也跟过来了？他们不是被郑中将找去问话了吗？”有个颇为耳熟的男声问，似乎压抑着不满。

"姓周的自己走不开，派他过来看着……"

特护病房里，司南痛苦地拧起了眉，半晌，他终于发出含混不清的呻吟，下巴竭力向后仰起，头深深抵进了雪白的软枕里。

周遭说话声戛然而止，所有人炯炯有神，齐刷刷盯着病床上的人。

雪白纱布蒙住了他的眼睛，但挡不住下半张脸俊秀的线条。

病床被子盖到腰部，赤裸的上半身伤痕累累，数不清的噬咬伤痕黑紫、青红交错，从绷带上渗出骇人的血迹。然而那残破的身躯，从肩颈、锁骨、胸膛到微凹的腹部，每一处肌肤细腻的纹理和流畅的细节，都彰显着历经生死、悍利凛然的美。

片刻后，司南胳臂青筋凸出，挣扎着抬起了左手。

为什么看不见？

我在哪里？

众人来不及阻止，司南的下一个动作是抓住右手臂上的输液管，咬牙拔了出来！

"住手！"

"医生，医生！"

病房人声大作，司南用力拔出颈侧的针管，毫不在意喷出的鲜血，继而去撕蒙眼纱布。汤皓起身喝道："拦住他！"

医生快步冲来，还没站稳脚步，只觉咽喉剧痛一紧。

众目睽睽之下，完全看不见的司南竟然闪电般精准地掐住了他的脖子！

"放手！"汤皓快步上前，"那是医生，这里是军方总基地！你已经安全了！"

司南轻而易举地把说不出话来的医生拖到自己身前，苍白的脸微微调整了角度，仿佛在透过纱布"看"周围的所有人。

这动作明明非常细微，但他沉静的脸庞仿佛渗着丝缕寒气，让每个人都有种稍微注目便如冰雪扑面而来的感觉。

"冷静点。"汤皓迫使自己站住脚步，一字一顿从容道，"这里是崖海军方总基地，我们救了你。医生说你颅骨里有瘀血压迫视神经，这段时间不能用眼，过几天瘀血散了自然就能——"

司南手指微紧。

汤皓话音戛然而止，只见医生脸色瞬间由红变紫，脚在床边拼命踢蹬。

病房里人人僵立，鸦雀无声，有人无声无息拔出配枪，随即被汤皓一个严厉的眼神阻止了。

“我听过你的声音。”难熬的死寂中，突然，司南缓缓地开口道。

汤皓一怔，随即回答：“是的，我们见过面。”

司南说：“你是什么人？”

明明是问句，语调却波澜不惊，没有任何起伏。

“我是崖海军方基地搜救大队中校，汤皓。”

汤皓再开口时声线已经被调整过，曾经在国际维和部队里接受过的谈判训练，让他声音沉稳克制，又不会给对方太多压迫感：“我们在T市见过，我的人奉命搜索异血种并护送回避难所，当时和你产生了一点误会。但那已经是过去的事了，现在你很安全，请放开医生。”

医生的挣扎渐渐减弱，眼球上翻，司南有力的手指突然微松。

新鲜氧气不失时机地灌入肺部，医生整个人无声地呛咳起来。

“周戎呢？”司南“注视”着汤皓问。

“……”

“颜豪呢？春草、丁实、郭伟祥在哪里？”

“第六中队有自己的任务……”

司南打断了他：“周戎不在，我不安全。”

就像在T市一样，汤皓知道自己再一次正面杠上了这个极度棘手的异血种。

虽然知道对方看不见，但汤皓还是注视着那被白纱蒙起来的眼睛，仿佛这样就可以直直看进对方难以捉摸的大脑里去：“周戎少校有很多重要信息必须立刻向上级汇报，不能来这里见你。战略总局研究所下达了特级文件，你的血清对研制解毒疫苗有至关重要的意义，请冷静下来配合我们的工作。”

司南沉思片刻，几乎没什么血色的唇略微浮起一丝弧度，说：“不配合。”

汤皓：“……”

“把周戎带来我这里。”司南的语气中带着他习以为常的命令意味，“立刻。”

“中校，”病房中有人小声道，“这个异血种和周少校……”

汤皓知道他暗示的是什么意思。

汤皓用力揉按自己的山根，片刻后长长呼了口气，皱眉道：“周戎少校不在，抱歉我无法满足你的要求。况且恕我直言……”

司南嘲道：“闭嘴。”

汤皓内心倍觉无奈，只能一下下用力捏着鼻梁。

没人能猜到眼前这个珍贵的异血种到底是怎么想的，但所有人都知道周戎现在的处境相当微妙。

要是这个异血种在病毒暴发伊始就来到军方基地，他是唯一的抗体拥有者，以周戎的级别甚至都未必有直接上去跟他说话的资格。

“把周戎带来。”司南平淡道，“给你最后五分钟。”

汤皓的满心冤屈简直无处可说。118部队之前每逢演习必当蓝军，把全军上下打得落花流水，在几大军区的野战部队中不知道积累了多少血恨。现在118编制没了，那姓周的流氓竟然还能换个方式继续拉仇恨，上辈子他杀了人全家吧？！

“中校……”副营长憋不住一个劲使眼色，杀鸡抹脖子。

汤皓食指在空中用力点了两下，只能用这个动作发泄烦躁，随口骂道：“抹你个头！愣着干什么，没看搞不定吗？去去去，把周戎派来的那姓颜的小白脸请进来！”

第19章

周戎跟军政委费了半天口舌，才得到许可把颜豪给派出来，结果颜豪还没进特护病房的门，就被汤皓手下的几个兵强行堵在门外了。

“那姓颜的小白脸”背靠着医院走廊的墙壁，聚精会神低着头，玩护士妹妹借给他的游戏机。被人叫了一抬头，他满面诧异：“咦，不是说你们搞得定吗？”

颜豪揶揄地笑了笑，那表情和周戎有着七八分神似——真是兵熊熊一个，将熊熊一窝。

然后他整整衣襟，顺手把游戏机塞军裤后兜里，在副营长和几个士兵难以形容的注视中稳步踱进了病房。

司南静静坐在病床上，听到脚步声时他头略微偏了偏：“颜豪？”

“哎。”颜豪随便招呼了声，视汤皓和周遭十多个士兵如无物，“司小南快把医生放下，待会儿被你掐死了怎么办。”

司南手指略微一松。这个力道既不让医生真的窒息，又不给他任何挣脱的机会，司南问：“周戎呢？”

“队长被军方大佬请去喝茶了，你要找他？”

司南没有回答，反问：“你受伤了？”

颜豪说：“没有。”

“春草、丁实和大公鸡呢？”

“都在军方。”

司南几不可见地点头，沉默了一会儿。

病房里人人屏息静气，死寂就像无数个小炸弹，不断震荡着每个人的耳膜。

半晌，司南终于在目光焦点中开了口，说：“军方怎么走？”

汤皓立刻指着颜豪低声下令：“带他出去。”

然而副营长尚未应声，冷不防颜豪抢先质问：“汤营长，你想动手？”

汤皓当即意识到不好。

但身体反应再快都比意识慢半步，汤皓还没来得及动手，只听身后扑通重响。司南捏着医生的脖子把他重重抵去床头，反手拔了自己身上所有针管，翻身下床，落地轻如羽毛，瞬间把扑上来的两名士兵重重击退！

汤皓：“姓颜的你想干什么？！”

颜豪从口袋里摸出 PSP 开始打。

汤皓：“……”

司南动起手来快如鬼魅，甚至不需要眼睛去看，任何人近身半步即被放倒。风声、脚步、直觉都是他辨别周围情势的武器，副营长大骂一声扔了枪，赤手空拳一跃上床，还没来得及从身后制住司南的咽喉，便只见司南将一名人高马大的爆种者士兵硬生生抡起，在轰隆巨响中把副营长连同他借力的床铺同时砸塌了！

医生尖叫狂奔而出，司南并不管他，如同背后长眼般头也不回，侧身避开汤皓的手刀，抓住手臂借势前拉。刹那间两人错身而过，汤皓屈膝，一记又狠又重的扫堂腿踢飞了满地狼藉的药瓶和输液袋。

司南闪电般避过，颜豪头也不抬，向后一步退出了战场，朗声笑道：“汤营长！欺负看不见的异血种算什么本事？”

汤皓心说：流氓部队 118，你他妈就不能闭嘴吗？！

司南踩住输液架，脚底一滑一钩，将铁架抓在了手里，二话不说反手下劈。哗啦巨响震耳欲聋，铁架紧贴着汤皓侧脸砸进墙壁，墙灰霎时拍了汤皓满脸！

“——还打不打？”

汤皓被呛得剧咳几声，一把按住红了眼要冲上去的手下。

加护病房已化作了满地废墟，周围遍地都是痛吟。司南偏过头，仿佛一头负伤而谨慎的猎豹，半晌，当啷一声扔了输液架，向病房门口的方向退去。

颜豪在他身后，司南蓦然转身按住他脖子，但仅仅半秒后就松开了。

“这都能认出来？”颜豪收起游戏机。

“你皮肤比较滑。”

颜豪：“……”

司南认真地问他：“军方怎么走？”

“你在丧尸聚集的城市中心独自搜救了四十八个小时？”

“是的。”

“没被感染？”

“很幸运，”周戎说，“没有。”

航空母舰会议室内，一条长桌横在东首，郑中将及集团军参谋长等四人排坐在桌后，每人面前一杯白开水。

会议室正中空空荡荡的，放着一把靠背折叠椅，周戎坐在上面，已经洗漱过了，穿着新的灰白城市迷彩服，配枪端端正正放在脚边的地面上。

郑中将的声音在空旷的室内回荡：“当时你已经猜到了他是抗体携带者吗？”

“不知道。”

“但你这个举动赌上了自己的命，上校。”另一名军长意味深长道。

周戎直视着长桌，似乎陷入了某种沉思。四名首长的目光炯炯落在他身上，半晌，周戎淡淡道：“当时只想把他带回来，没想太多。”

“那你当时知道抗体携带者的身体情况吗？”

“不知道。”

几个军长隐蔽地交换了目光，周戎不用看都知道那眼神是什么意思。

他们一个字都不相信。

但他们暂时也不打算继续追究。

“今天就先到这里吧。”郑中将咳了一声，起身道，“谢谢你的配合，上校。”

郑中将提起桌面上的一只金属手提箱，大步上前交到了周戎手里。周戎略有意外，但郑中将没有解释，只跟他握了握手：“我们都觉得，还是由你亲手交上去比较好。”

周戎立刻道：“我不需要这样的抬举。我和我的队员只想完成任务……”

“想什么呢？”郑中将略微不悦。

周戎狐疑地望着他。

郑中将看他是真不知道，口气这才缓和下来，解释道：“这是上面的意思。”

郑中将没有明说上面具体指上到哪里，似乎默认周戎应该心里有数，紧接着用力拍了拍他的肩，不顾他的阻挡，亲自俯身捡起他的配枪，插进了他大腿外侧的枪套里。

“在这场生存之战中，数以十万计的军队、武警、消防和科研人员都牺牲了，以 118 为代表的特种部队，更是以血肉的代价，挽救了不计其数的群众。你们的编制已被裁撤，但你们的英名将永远留在军史里。”

郑中将顿了顿，用力咳了两声，才让自己不由嘶哑起来的声音恢复平静，他直视着周戎的眼睛：“你和你的队员抢救出病毒研究资料和初级抗体，找到了血清抗体携带者，为战略总局研究所研究解毒疫苗抢到了宝贵的时间和资源。钱少将、刘总参谋和 118 的列位英魂天上有灵，会为你们感到骄傲的。”

周戎悲哀地笑了笑，没有回答。

郑中将温和道：“让你的队员去休息吧。待会儿上面会来人，会带你……”

敲门声打断了他的话，他顺口问：“谁？”

“报告！”门外传来警卫员结结巴巴的声音，“118 大队颜……颜豪上尉回来了！”

郑中将莫名其妙，亲自一推门。

走廊上，警卫们神情古怪，束手无策，传说中的著名军中绿花颜豪同志面无表情地贴墙立正。

他身侧的长椅上有个年轻人，半张脸被纱布蒙住了，上半身缠满绷带，盘腿而坐时露出一段瘦削白皙的脚踝，手肘搭在膝盖上，像沉思的猛兽般微弓着身。

见本应在加护病房里昏迷不醒的重病号竟然出现在这里，身上明显还有搏斗过的痕迹，郑中将的身体当场就控制不住地摇晃了几下。

周戎失声道："司南？"

司南抬起头，准确捕捉到了声音的来源，伸出一只手。

周戎快步而上，紧紧抓住那只因为输液而尚带青紫的手，司南深深吸了口气。

"你怎么来了？"周戎声音不稳。

司南简短道："看不见。想知道你在哪儿。"

"打伤了第九营正副营长和好几个兵，一路没人敢拦，颜上尉帮他指着路就过来了……"警卫员犹犹豫豫地跟郑中将汇报，几位老军长从会议室里出来，看着周戎一手把光着双脚的司南扶着起来，个个都非常稀奇，仿佛看到了什么完全没想到的画面。

周戎也没想到司南竟然会一路杀来找自己，他伸手在司南柔黑的发顶上摸了摸，俊脸有点红："那我就先回去了，我看他……好像也不用回病房了……"

司南纱布下露出的小半张脸上没有任何表情。但所有人都知道，他的双眼正隔着白纱，警惕地观察这里的任何一点动静。

郑中将斟酌几秒，出乎意料宽松地一点头："好的。但上头研究所待会儿可能要抽点血，到时候还请配合一下。"

总参谋眉头一皱，似乎觉得不妥，但被郑中将拦住，郑中将几不可见地摇了摇头。

周戎说："是，一定配合。"随即示意颜豪跟自己来，护着司南转身走出了办公区。

航空母舰在海面航行，人在上面完全感觉不到任何移动，仿佛在巨大的岛屿上行走。

周戎把司南放在军官活动处的茶水座里，去打报告领了双新鞋，回来半跪在地，亲手给司南穿上。颜豪把游戏机玩没电了，蹲在边上玩那只冷冻手提箱，顺口问："茶喝得怎么样？被教训了没有？"

周戎说："我发现你现在有点没大没小的了啊颜少校，升官以后胆子肥了是不是？"

颜豪一时没听清："你叫我什么？"

“明儿到总部后就下红头文件，哥几个每人升衔一级，我两级。恭喜你当校官了。”

颜豪十分意外：“哟！”

周戎淡淡道：“反正也发不出工资，叫着好听罢了，别太当真。”

话虽如此，但升衔总是好事，至少以后牺牲了纪念碑上写着也好看。颜豪笑道：“那你岂不是恢复下放前的级别了，队长？我看这兆头好，今晚叫上祥子他们开个庆功会吧，热闹热闹。”

谁知周戎说：“我拒绝了。”

颜豪一愣。

周戎起身拍拍司南的脸，指尖在他蒙眼的纱布上温柔地挠了挠。

颜豪想问为什么，但他看见，周戎的神情竟然完全没有一丝喜意，相反眉宇间蕴藏着冰冷的阴沉。

这不是平日里貌似嘻嘻哈哈、肆无忌惮的戎哥，而是内心深处那个真实的、思虑周密又警惕严厉的周戎。

但转眼周戎又笑了起来，贴在司南的耳边问：“戎哥一辈子只能当个小军官了，唉。”

司南一直侧着头凝神听他们说话，闻言嘴角掠过一丝笑意，把手伸进周戎崭新的迷彩裤口袋，然后摸出来一个水果糖。

“喂！小调皮！”周戎捏着司南的耳朵笑骂。

颜豪疑惑地瞥着周戎，那张能直接拉去拍硬广的脸虽然笑着，眼底却完全没有丝毫暖意。如果不是司南坐在跟前，颜豪毫不怀疑周戎的低气压能让海面上凭空飘出小雪来。

“周队长！”活动处门外过来一名军官，啪地行了个礼，转而摸出证件一晃，“军方派我请你过去一趟，车已经在外面等着了。”

周戎唔了一声，然后拎起那只冷冻手提箱：“颜豪，送司南回加护病房。”

颜豪隐约猜出了什么，周戎又示意那军官稍等，蹲下身拉了拉司南贴满创可贴的修长的手指：“戎哥得去办点事情，晚上回来去病房看你，成不？”

司南微低着头，白纱布后的双眼静静对着周戎。

“你不来的话，”司南轻声说，“我不会配合的。”

这几乎是明晃晃的威胁，军官的脸色登时变了。

周戎却用力按着司南的后脑，笑道：“知道，戎哥什么时候爽过约？”

汽车驶过长长的舰岛，远处巨大停机坪上密密麻麻排满了战斗机和军用直升机，机群在蓝天下起飞、盘旋，犹如一群有序的海鸟，来回输送幸存人员和武器补给。

“政府及军方被迫从B军区迁出，中途死了很多人。一部分官兵去最北方地区建立了幸存者避难基地，另一部分来到崖海，在国家早年修建的大型人工岛屿和军事基地驻扎，成立了新的军方总部。”

那名军官一边开车一边尽职尽责地介绍，周戎坐在副驾驶上，一只手撑着额角，任凭海风吹拂他的头发，他若有所思地点了点头。

“基地和总部建立完毕后，军队全部改制重编，搜救队伍分别从祖国的南北两端开始修复通信塔，救助幸存群众，并就近选择合适地点修建避难工事。军方牺牲了不计其数的将士，以惨重的代价在祖国大地上建立起了六座大型避难中心。”

周戎蓦然向他一瞥：“我们从北方千里南下，怎么一个都没见着？”

“南桂，西南，西海，北疆，东岭，东省。”军官苦笑一声，“周队是穿越中原地区南下的吧。中原地区丧尸密集，军队根本无法推进，估计也只有你们118的特种兵能顺利生还。”

周戎没有答话，沉沉地垂下眼皮。

“如果到今年秋天还无法展开搜救，中原地带估计就……要化作无人区了。”

车厢里只有海风呼呼灌进来的声音，淹没了军官凝重的叹息。

汽车在舰岛中心通道前停下，周戎拎着手提箱下了车，军官在身后喊道：“周上校！”

周戎一回头，只见他小跑过来，神情郑重肃穆，啪地立正在自己面前。

“年初总部派了很多军队开去B军区，试图抢救研究资料，结果都失败了。幸亏周上校在病毒暴发的第一时间就冒死进去带出了成果，我非常非常敬佩你们。”

军官正欲抬手敬礼，结果手抬到一半，被周戎不耐烦地截住按了下去：“少校。谢谢，别乱喊。”

周戎顶着大风，头也不回地走进了廊桥，只留下军官一人站在外面发愣，半晌没回过神来。

深入廊桥五六分钟后，经过一道道熟悉的盘查，两名荷枪实弹的侦察营卫兵亲自带着周戎进了防爆升降梯。

叮！

电梯门打开，正对面两名警卫员颔首致意，其中一名转身敲了敲实木会议室门：“首长，周上校来了。”

几乎话音刚落，里面便传来一道衰老的声音：“进来。”

尽管在早年的职业生涯中已经非常熟悉，甚至熟悉到有点随便的程度了，但在此时此刻，周戎还是提了口气，抬起眼睛。

如果颜豪他们在的话，就会发现此刻周戎整个人的气质都发生了变化——他不再是那个懒洋洋、漫不经心、笑起来甚至有点邪气的特种兵中队长。他标志性的狡猾又犀利的神态，从眉梢眼角彻底地退去，一瞬间转化成了训练有素的庄严和沉静。

那气势甚至会令人感到压迫，但又与周遭肃穆的气氛相融合，仿佛他本来就属于这里，是其中关键的一分子。

警卫员打开门，对周戎一点头，伸出手。

周戎抽出配枪，提着冷冻箱走了进去。

大门在身后咔嗒关闭。

会议室尽头是一面玻璃幕墙，一名头发灰白的老者侧对门口，坐在长桌后的扶手椅上，身躯因为不可抗拒的岁月而微微压弯，在单面玻璃幕墙上投下沧桑的侧影。

虽然这几年相貌变化很大，但不论谁在场，都能立刻认出这张曾经天天出现在新闻里的、严肃又不苟言笑的面容。

周戎立正，敬礼，一言不发。

老人向他坐正身体，满是斑点的双手交叠放在桌面上，稍微抬起了下巴。尽管因为年纪愈发上去，他的声音已不如当初浑厚洪亮，但开口时平静的力量仍然让人不由心神凝聚——

“下放三年了，周上校。”老人缓缓道，“你没有令我失望。”

第20章

周戎的灵魂就像飘荡在虚空中，冷眼打量着站在地面上的自己的身体。

袖口是否整洁，裤缝是否笔直，视线的角度、脸颊肌肉绷紧的模样，是否完全符合当年接受的礼仪训练，精确到没有半丝误差。

——要做到随时拉出去都能直接表演升旗的程度，他突然想起记忆中这么个好笑的标准。

“打开给我看看。”老人又开口道。

周戎敬了个礼，上前打开冷冻箱。寒意蓬勃而出，渐渐显露出被固定在支架上的两支殷红抗体试管。

老人点点头，看不出什么情绪：“就为这个，今年军方不知道牺牲了多少人。”

周戎说：“我们进入军区地下研究所时发过卫星通信，说了我们会尽力找到资料并前往崖海，为什么军方还……”

“接到通信后，军方就一直在找你们。”老人感慨地呼了口气，“但从北楚、南楚到岭南省沿海一带的短波通信完全断绝，茫茫万里焦土，上哪儿能找到你们的踪迹？南桂和西南那两座避难所，全是靠军人的性命填出来的。”

周戎无声地闭上了眼睛。

“找不到你们，军方就不知道B军区里的资料有没有带出来，就不敢实施导弹轰炸。”顿了一顿之后，老人又说，“根据总参谋部的计算，你们成功深入B军区并带着资料赶回崖海的可能性小于1%。”

确实如此。

如果没有遇上司南，仅剩五名特种兵，从B市千里南下的征途足够他们随便就死上十次八次。

但反过来说，如果没有遇上他们，司南纵使再生出三头六臂，也很难活到今天。

在T市那个秋天午后的相遇，千万分之一概率的巧合，足以在冥冥之中改变很多事情的既定轨道和很多人的命运。

“不过你们确实创造了奇迹，当初调你去特种部队的时候，怎么也没想到会有今天。”

周戎要开口谦虚，但那都是章程内的反应，老人打断了他：“老郑跟你说了恢复原职的事？”

来了。

周戎略一思忖，道：“是的，郑将军告诉我118已经裁撤了。”

老人颔首不语，周戎望着他诚恳道：“首长，我希望军方能考虑重建118。兵员没有了可以再招，只要我这个队长在，第六中队的编制就在，118就还在。118成立的时间虽然不长，但立过无数惊人的战功……”

老人没有打断他，神态中看不出赞成还是反对，直到周戎说完，才突然问了一句：“两年前外交部去118挑人的事，你知道吧？”

周戎愣了愣，答：“知道。”

“怎么没报名？”

周戎沉吟良久，才说：“我觉得，在眼前这种局势下，我在特种部队当个普普通通的少校，反而能为国家做更多的事情。”

司南有一点说对了，周戎就是见人说人话见鬼说鬼话的性格，他总能找到最妥当的言辞来表达不太能令人愉悦的意思。

老人已有些浑浊的眼底掠过一点笑意，明显跟司南有同感，说：“不，上校。我听说了你被血清抗体治愈的事，我觉得在疫苗研制出来前，你留在军方总部会发挥更大的作用。”

周戎说：“是的，但……”

“118大队在病毒暴发之初立下了难以磨灭的功勋，但因为全军覆灭而裁撤编制的部队还有很多，118只是其中之一，会和它的兄弟部队一起永远记载在军史上。”

周戎还想说什么，老人却敏锐地看出了他的心思：“前线牺牲概率太大了，上校。家国家国，连家都不顾的男人，何以谈国？”

这下周戎瞬间没了言语，僵硬站在那里。

这时一名干部模样的人匆匆进来，俯在老人身边耳语了几句。老人抬手示意自己知道了，随即向周戎拍了拍桌沿：“好啦，你得回去了！”

周戎不解，老人轻轻叹了口气。

“你还不知道吧？老郭没了，从B军区转移出来时的事情。你去看看他孙子吧，遗物刚送到那里呢。”

B军区覆灭时，军方组织大规模撤退，郭副部长自愿留下来坐镇指挥，结果没赶上最后一班起飞的直升机。

周戎点头谢过带路的卫兵。走廊尽头是小食堂，还没到晚饭时间，此刻空荡荡的没什么人，只有春草和丁实忐忑地站在门口往里张望。

“戎哥……”

周戎食指竖在嘴唇上，示意他俩噤声，然后走了进去。

郭伟祥趴在餐桌边，面对着墙角，整座食堂就他一人孤零零坐在那里。从背影看他正把脸埋进掌心，周戎径自走过他身边，去另一面墙边的售卖机哐哐哐买了满怀啤酒和烟，转身哗啦堆在餐桌上，拉开了郭伟祥面前的折叠椅。

“来吧，”他拉开一瓶啤酒拉环，不由分说拉下郭伟祥的左手，把啤酒罐塞进他手里，“这是你戎哥身上所有现金，今儿舍命请你。”

郭伟祥满眼通红，右手又要去捂眼睛，被周戎强行塞了根烟。

“戎哥……”

“老爷子怎么走的？”

郭伟祥的泪水顿时又涌了出来，半晌，他哽咽着摇了摇头。

“病毒突然从研究所暴发，撤退的时候兵荒马乱，他非要叫别人先走，自己拿着密码和钥匙去关地下三层的安全闸门……他都快八十了，本来都没他什么事了，临时出来申请的紧急权限。”

郭副部长确实已经要内退，近年来很多事务都不再亲力亲为了。如果不是他自己站出来强硬要求，这种注定要牺牲的殿后任务，不可能交给一个年近八十的老人去做。

“我都没来得及跟他说声再见。”郭伟祥鼻头通红，说，“我临走那天，军车开过大院门口，你问我要不要停一下，给我五分钟好进去跟老爷子告个别……但我老怕人觉得我搞特殊化，就咬定了不要。我怎么就没进去呢？我怎么就没进去一趟，连最后一面都没见上……”

周戎给自己点了根烟，在白雾袅袅中垂落眼皮。

郭伟祥手边有个灰色铁盒，普通鞋盒大小，被金红色绶带封死。周戎知道这是什么——遗物盒，里面装着郭副部长生前用过的零碎物品。

钢笔，手抄本，老花镜，以及起码半盒沉甸甸的立功证书、军功章。

“你是个118，”周戎低沉道，“老爷子一直跟人炫耀这个，他会瞑目的。”

郭伟祥却哭着摇头，念叨着“戎哥你不懂，你不明白”。

“他本来想让我干点别的，是我非要考特种部队……我想证明自己，想争一口气，跟他吼说我要实现自己的理想……但他其实只想让唯一的孙子安安稳稳地待在身边，根本没指望过我有什么大出息……”

郭伟祥声音不高，因为哭泣的关系甚至有些沙哑难言，周戎却仿佛被某种尖锐的东西刺到了，一时说不出话来。

“要是我一直陪着他，他就不会死了。”郭伟祥夹着烟，掌根抵在涨红的额角上，喃喃道，“要是当时我也在，我一定不会让他这么个八十岁的老头去关闸门，我一定……”

周戎拍拍郭伟祥的胳膊，就像传递某种力量似的，重重按了按：“别这么想。要是你活了这么大，什么出息也没有，整天除了陪老爷子之外就没个正经事干，郭副部长又怎能安心上路？”

“你跟他吼说要追求自己的理想，你爷爷其实是高兴的。”周戎又说，“你不懂，祥子。老爷子走的时候一定很放心，他知道你有出息，不用靠任何人了。”

祥子急促喘气，鼻腔发出尖利的破音，最后终于变成了失声痛哭。

丁实小心翼翼走过来，春草也轻手轻脚地跟在他后面。四个人围坐在这张小小的餐桌边，丁实一下下用力拍郭伟祥的背，不住低声安慰，后者的号啕终于慢慢变成嘶哑低沉的抽泣。

“戎哥，”春草轻轻地问，“裁撤的事……确定了吗？”

周戎吐出一口白雾，似乎苦笑了下，但看不清晰。

春草和丁实对视一眼，似乎有些不愿相信：“但是……咱们第六中队还在啊。不是说只要有队长，就有编制的吗？怎么说撤就……”

周戎没有回答。

春草还要再问，丁实碰了碰她的手，用眼神示意她低头看。

——只见周戎左手一根接一根地抽烟，右手却攥着一听没开环的啤酒。他可能没意识到自己手劲有多大，但铝制的罐头已经有些变了形，指甲在光滑的罐身划出了深深的痕迹。

春草心里突地一跳，没再吱声。

“你们的理想是什么？”过了会儿，周戎突然在烟草的白雾中道。

春草和丁实面面相觑。

“我的理想是真正做点实在的事。”周戎貌似在自言自语，说，“不是整天注意裤缝直不直，领子挺不挺，站在镜头前上不上相，手下人有没有在外媒的镜头前丢脸；不是整天琢磨别人的一个眼神是什么含义，哪句话里隐藏着几层意思……我只想做点实实在在的事情，哪怕像当年那支部队一样，早起的时候顺手帮孤儿院铲一点雪。”

他抹了把脸，转手摁熄烟头，伤感地笑了笑。

郭伟祥不知不觉忘了哭，小声道：“戎哥？……”

周戎应了声，答非所问道：“就这样，挺好，大家都走在实现理想的道路上。”

他在众人不解的注视中站起身，用全身的力量呼出一口气，仿佛终于打完了某场艰难的战斗，在炮火间隙中逐一拍了拍三名战友的肩：“我为你们感到骄傲。”

他露出一个短暂的笑容，转身走出了小食堂。

司南果然没有配合，只靠在加护病房的床头养神，没有人敢打扰他。直到听见周戎回来的脚步声，他才坐直身体，在极其不易察觉的细微处，状态似乎略微松了松。

航空母舰上的物资供应还可以，周戎带了饭菜和甜汤回来。海面天色迅速黯淡，夜幕初降时，他们在病房的一张小桌上头靠着头吃了饭，元宵菠萝甜汤的水汽在灯光下弥漫蒸腾。

“大公鸡没事吧？”司南头也不抬地问。

“没事。”周戎说，“别去找他，给他点独处的时间。”

司南若有所思地点点头。

过了片刻，周戎看见他打开了旁边一个刚才被他自己封好的饭盒，开始吃里面的两块红烧鸡腿和半碗甜汤，突然就明白了为什么吃饭前司南要单独把这个饭盒留起来——不是为了存到明天当早饭。

他想带着当礼物，去看郭伟祥。

周戎噗地笑喷了，司南面无表情地吐出鸡骨头：“笑什么？”

“没，没什么。”周戎连连摆手，横在心头的阴云突然一下散去了大半。

吃饭后护士终于敢来抽血，周戎在边上注意盯着，出乎意料的是没有抽多，100CC 就停了。他问为什么，护士的态度非常好：“战略部研究所的宁博士说，几天前才抽过 800CC，怕抽血多了影响身体，要坚持长期可持续……”

护士说溜了嘴，登时满面通红。

司南却不甚了解，难得主动发问：“持续什么？”

护士手忙脚乱跑了。

房门咔嗒一关，洒满橙黄微光的病房就成了间小卧室。周戎冲了个热水澡出来，黑发被毛巾擦过之后乱七八糟地竖着，水珠顺着健壮的背肌向下流淌，他俯身将手撑在枕侧，凝视着侧躺在床铺上的司南。

司南晚饭吃得十分饱——虽然仅仅是几块鸡腿和元宵甜汤，但能看出他吃得非常惬意。

这是他遇到自己以来最好的一顿饭，周戎想。

不用啃压缩饼干，不用大冬天喝凉水，不必担心在极度饥饿的时候狼吞虎咽到一半，突然要拿起武器与丧尸战斗。

但这一切都不是我能给他的，我什么都没有。

周戎咽了口唾沫，舌根下弥漫出难以言喻的酸涩，司南动了动："怎么？"

"没什么。"周戎小声说。

下一刻他后颈被司南的手按住了，轰一声天旋地转，周戎背部重重抵上了床板，司南居高临下对着他的脸，挑眉问："你到底怎么回事，想找打？"

周戎忙不迭把他手拉过来，强行把他塞进被窝筒卷成饼。

两人闹了半天，周戎啪地关了灯，趴回自己床上，命令："不准玩了，睡觉！"

病房里伸手不见五指，周围静悄悄的，似乎从远方传来海浪拍打沙滩的声音。

周戎在黑暗中睁着眼睛："明天船就靠岸了……"他几乎无声地说，不知是问司南还是问自己，"以后怎么办，嗯？"

周遭静寂半晌。

"配合研究，做出疫苗，出门继续打丧尸。"突然，司南清醒的声音响起，他不加掩饰地嘲道，"睡觉好吗'周小姐'？"

周戎："……"

第21章

“一周内尽量静养，等自身把瘀血吸收即可。”医生合起报告，说，“这段时间内不要用眼，切忌撞击头部。患者的自身免疫力非常强，不会有太大问题的。”

周戎谢过医生，拉起司南，带他出了医务室。

翌日下午航母终于靠岸，展现在众人眼前的，是茫茫崖海上一片巨型人工岛屿群。

星罗棋布几十座大大小小的岛屿环绕着占地八千平方公里的主岛，这原本是几十年来填海造陆工程的成果，现在是全国战略指挥中心，也是末世中最大的避难所。

仿照B军区地下避难所的设计，主岛也被分成管理通信、能源生产、换防军备和居民商业四大区域。军舰每天在大陆和群岛之间穿梭，从烽烟四起的陆地上，带回一船一船的幸存者。

118编制裁撤后失去了驻军地，但郑协中将接管特种部队的后续事宜，特别照顾周戎等人，把他们安置进了主岛军区的双人宿舍楼。

温暖的风席卷海洋，带来惬意的初春气息，宿舍楼边葱绿的树梢微微摆动，在阳光下发出沙沙声。

周戎站在宿舍楼走廊前，眺望干净的街道和绿化带。深绿色军车穿梭来去，更远处蔚蓝大海发出阵阵潮声，风拂起他的短发和衣领，一切都那么和平又井然有序。

仿佛长达半年的血腥逃亡都不是真的，短短数天前濒死的战斗，忽然成了非常遥远的事情。

大佬亲自交代下来的事情，郑协中将果然完成得非常迅速，当天周戎等人的升衔文件就下来了。周戎连升两级，颜豪、春草、丁实、郭伟祥各升一级，第六中队牺牲的十七名战友全部升两级以示抚恤。

郑协中将亲自来要张英杰的骨灰，以葬进军方临时圈出的陵园。其实陵园里环境好骨灰少，毕竟大多数阵亡战士根本连遗体都留不下来，更多的是刻着烈士姓名的光荣碑，但周戎想都没想就婉拒了。

“我答应过英杰，去东北找他老婆孩子，到时候再把骨灰给家属吧。”

郑协中将也不坚持：“虽然不合规定，但你做主也行。”

这位老中将满是皱纹的眼角多了块明显的瘀青，周戎不禁看了好几眼，郑协抬手摸了摸问：“明显吗？”

“您这是……”

“摔的，”中将和缓道，“年纪大了，不服老不行了。”

周戎半张着嘴，心悦诚服点头，心说你老人家得对着镜子找半天角度才能碰巧把眼角摔成这样吧，摔跤技术很精湛嘛。

接着午休的时候颜豪终于给周戎解了惑：“今天早上被宁瑜打的。”

周戎：“啊？！”

六个人分了三间宿舍，周戎司南一屋，颜豪春草一屋，丁实郭伟祥一屋。郭伟祥还没从悲伤中恢复过来，因此周戎让丁实午饭后来自己宿舍，给郭伟祥留出独处的空间。然而丁实发现在队长屋里待不满十分钟就要疯了，哭着去隔壁拉来颜豪春草，表示要疯也不能自己一个人疯。

新编制还没下来，没人知道他们该跟哪个军去训练，只好在宿舍里围坐成一圈打牌。颜豪出了个对三，说：“是的，上午去参谋部串门，隔壁都在讨论这事儿。”

春草问："姓宁的疯啦？"

"郑老将军一早去生化研究所慰问，跟研究所负责人说，军方建立崖海基地时，就意识到了宁博士的重要性，组织了好几拨人手专门搜救他，一直以为他已经死了。旁边宁博士文文静静地听着，突然说'将军我有个疑问。为什么去年我们在沿海发射了好几次求救信号，军方都没搭理，但118几个特种兵一发送定位，武装直升机立刻就来了？是不是在军方眼里，特种兵的命果然比我们这些人金贵？'"

118部队因为每逢军演必当蓝军，跟几大军区的精锐陆军部队都有血海深仇，堪称不共戴天。但颜豪是个例外——毕竟脸好，脸好的人比较有亲和力。

因此颜豪可以随便出去串门，八卦来源通常比别人多。

"研究所负责人在边上，当时脸唰一下就绿了。"颜豪描述得十分生动形象，"郑将军身边的随行团也绿了，空气异常安静，场面极其尴尬。"

周戎出了个对六，对宁瑜的质问不置可否："将军怎么说？"

"郑将军说'全国各地多少人在发求救信号，搜救部队牺牲了多少兵你知道吗？据军方所知，你们幸存者基地有物资、有武器，能供应上万人生存，还要军方怎么营救你们？'"

郑协说的是实情——在不知道宁瑜的前提下，军方的搜救力量显然要用在刀刃上。

更多在生死线上苦苦挣扎的幸存者需要营救，相比之下，陈雅静的基地在末世中已经算天堂了。

"后来说着说着，不知怎么宁瑜突然情绪崩溃了，上去就狠揍郑将军一拳，差点没见血……"颜豪一对Q把所有人压了回去，冷不防丁实甩出一对A，他当即有点呆，"嗯？！"

丁实一对A艳压全场，仔细斟酌半晌，羞涩地扔出一张黑桃三。

所有人："……"

丁实不会打牌，经常上来一个王炸，然后手里满把打不出去的散牌，以至于后来每次打牌前众人为了当丁实的下家都得先干一架。

春草麻木地看着周戎跟在丁实后面一张张出散牌，问：“后来呢，宁瑜被教训了吗？”

颜豪也麻木地看着周戎手上牌越来越少：“当然没有。可能要写检讨吧，或者研究所替他写检讨也说不定。”

“他现在这么厉害？”

周戎放下他的最后一张单牌九，微笑道：“上面集中了所有人力研究他的新型丧尸病毒，结合咱们小司同志的血清，可能是做出疫苗的最快途径。所以宁博士现在可横了，要是他去告状颜豪曾经拿枪指着他的裤裆，咱队花可能就得……”

颜豪冷冷道：“尽管处分我好了，无所谓。”

“就得被组织打包送去给博士了哟！”

颜豪把牌一丢就捋袖子，周戎忙不迭往司南身后躲，颜豪只能哭笑不得地转了回去。

“老郑这话没错啊，”春草好奇道，“宁博士啥时候这么疯了，连将军都说打就打？”

“谁知道呢，”周戎笑眯眯扔下最后一把牌，“王炸！给钱给钱。”

让宁瑜崩溃的不是军方没有及时营救他，而是在军方没来的这段时间里，有些事情已经彻底没法挽回了。

但周戎什么都没说，满面戏谑地盯着三个手下败将。其他三人无奈，只得一边泪流满面揍丁实，一边各自掏出十块钱来。

周戎收起来往司南手里塞：“把你的点心钱藏好，回头给你买奶油蛋糕吃。”

司南安静地坐在地板上“看”他们打牌，双腿盘起，一只手托着腮，看样子差不多已经睡着了。周戎观察了他一会儿，似乎觉得是真睡着了，便小心地把三张十块钱拿出来，卷成筒，拉开司南松了两个纽扣的白衬衣领。

谁知他还没来得及把钱塞进去，突然手一紧，被司南准确地抓住了。

房间一片安静。半晌，丁实委屈道：“我说吧，你们还不信。”

颜豪抱膝蹲在地上，背对着所有人，春草蹲在他身边语重心长地劝。

司南站起身，从桌上的果盘里拿了俩苹果，简短道："我去隔壁看看。"

隔壁就是郭伟祥那屋，出门左转两步就到。周戎起身要送，司南却摆手制止了他，咔嚓咬了口苹果，转身就出去了。

"谁啊？"门里传来郭伟祥勉强平静的声音。

司南没说话，弯腰把另一个完整的苹果放在他门口。

"谁？"

司南扶着墙，向长廊尽头的楼梯走去。

片刻后郭伟祥终于勉强打起精神来开门，门外却空空荡荡的连个影子也没有。他目光向下一扫，脚边赫然有个苹果，便莫名其妙地捡了起来。

司南走下楼，踏出楼道的第一步，感觉到阳光洒在自己身上，暖烘烘的十分舒服。他张开双手，风从脖颈、手臂和腰侧穿过，带着海洋特有的微腥气息。

他面对着阳光，长长吐出一口气，伸手一把将蒙了几天的纱布扯了下来。

阳光刺得他眼睛下意识闭了闭，旋即猛地睁开。面前是一个空荡荡的操场，午后训练时间没什么人，不远处树荫下，几个便装男子正紧紧盯着他的动静，大概没想到他会突然扯下纱布，登时躲闪不及，被撞了个正着。

司南向他们勾起嘴角，那微笑竟有些挑衅的意思，随即他啃着苹果向外走去。

便衣彼此对视一眼，其中一名狂奔上楼去通知周戎他们，另外几人不远不近地跟在了后面。

其实司南只想随便逛逛。他跟周戎都清楚自己并没有颅内瘀血到要卧床静养的地步，对视神经的压迫或许有，但根本不用一天二十四小时都蒙着眼睛。

剥夺感官不过是一种柔和委婉的手段，促使他在不能视物的状态下，更加迅速地对基地产生依赖心理。

这倒不是什么大事，但所有人都说要"配合"，司南配合了近一周，终于不是那么肯配合了。

基地是人造岛屿临时改建的，但规划非常好，白色宿舍楼错落有致地坐落在军方生活区，隔着绿化带，远处士兵在操场上跑步训练。便衣只见司南悠闲地走在前面，一身白衬衣、休闲长裤，单手插在兜里，步伐不疾不徐，他路过食堂，似乎有一点渴，调转脚步走了进去。

特勤人员接受的任务是不能让这个人乱跑，但也不能引起对方的反感甚至戒备，更不能眼睁睁看着他遇到麻烦。因此几个人迅速交换了一番眼色之后，其中一名便衣带了点钱，尾随着跟了进去。

然而刚进门，便衣就一愣。

卖饭窗口早已关闭，食堂里空空荡荡，只有墙角的自动售货机上挂着一段蒙眼用的白纱布。

司南已经不见了。

“通知研究所！”

“去那边搜！”

“把人找回来，快！”

……

乱糟糟的脚步风一般掠过，片刻后，司南从售货机后钻出来，拍了拍身上的灰，就像个恶作剧得逞的高中生，翘着嘴角出了食堂。

敲窗声响起的时候宁瑜正全神贯注盯着显微镜，半晌才猛然一抬头，赫然只见司南站在外面。

宁瑜吓了一跳，哗地推开案头资料，三步并作两步打开门：“都快找疯了！你怎么在这儿？”

军方研究所实验室有重重护卫，门口站岗的都带着冲锋枪，老天知道司南怎么神不知鬼不觉晃进来的。他白衬衣肩头、背后都蹭了灰，漫不经心问：“有垃圾桶吗？”

宁瑜大怒：“出去！这是实验室！拍完灰再进来！”

司南顺手把苹果核往宁瑜手里一塞，站在走廊上拍灰。

宁瑜全身寒毛都要奓起来了：“你恶不恶心！沾着口水就给我！”

“你可以拿去做DNA分析，”司南微笑道，“反正你三天两头要叫人抽我的血。”

宁瑜只得去把果核扔了，悻悻地猛打肥皂洗手。

“有人来跟你说我失踪了吗？”司南坐在实验台前唯一的高脚凳上问。

宁瑜在哗哗水声中没好气道：“特勤处派人来找了两回，那架势跟着火上房似的。周戎说你可能只是闷极了想转转，那帮便衣不听，再过会儿汤中校就该去上吊了……”

司南："去吧。他骂过周戎是流氓。"

宁瑜："……"

两人对视片刻，宁瑜认真地问："周队不是吗？"

实验室楼下再次传来焦灼的吆喝声，似乎特勤开始了第三轮搜寻。但司南置若罔闻，宁瑜也就没吭声，只见他随意地从桌上拿来资料开始翻。

崖海军方研究所负责研究病毒、培育疫苗，宁瑜的所有工作内容都是重中之重，机密度跟国家领导人是一个等级的。然而宁瑜并没有阻止司南看他的工作笔记，只靠在实验台边，用消毒巾慢慢地擦手，片刻后只听司南意外地问："模拟实验全失败了？"

"嗯。"宁瑜说，"使用血清后，抗原被很快吞噬，但免疫系统随之崩溃，放在现实环境中就是被感染者也跟着死了。我尝试从改变病毒基因链入手，但没太大作用……"

宁瑜仔仔细细戴上手套，说："基地其他专家认为周戎被治愈很大可能是个巧合，但我认为，那是血清抗体对被感染者的基因等级有要求的缘故。"

司南："基因等级？"

宁瑜后腰抵住实验台，挑起眉梢问："如果我说'人生来就有贵贱之别'，你同意这个观点吗？"

司南："同意。"

宁瑜："……"

宁瑜哭笑不得："你配合点！"

"我本来就同意，"司南淡淡道，"我一直觉得我的基因比爆种者高贵，你想说什么？"

宁瑜满腹引经据典的论据被硬生生憋了回去，绝世辩才无处可使，半晌才无奈地摇了摇食指："普世价值观不同意这个观点。不论从法律、宗教还是广义道德体系上来说，人生来都是平等的。没有任何一个生物医学界人士会承认事实并不是那样，遗传基因等级就是有优劣之分。

"遗传决定了一个人的先天，环境决定了一个人的后天。有的人生来就更聪明，更强壮，更有艺术或体育细胞。基因等级无法预测他的发展下限，但它在与丧尸病毒的生死之战中，限制了身体机能存活的上限。"

“换言之，”宁瑜说，“只有基因特别优秀的人，才更有可能在注射血清抗体后战胜病毒，存活下来。”

司南合上笔记，说：“这只是你的推论。”

司南在面对周戎以外的任何人时，都不太表现出明显的情绪，但宁瑜还是从他平平的音调中感觉到了一丝不满。

“我以为你不是众生平等的支持者。”宁瑜揶揄道。

司南没有反驳，只平淡地回答：“但任何人都有求生的权利，宁博士。”

宁瑜不知想起了什么经历，突然沉默下来，镜片后的眼神微微有些闪烁。

“是的。”良久后宁瑜终于再次开口，顿了顿又道，“但如果这个推论被证明，那抗毒疫苗就变成了不可能的事情，总不能先研究出一种病毒把所有人的基因等级都提高了再说吧。还有前线出征的士兵，难道人人都先打一针血清，没死的派出去救人，死了的埋掉拉倒？”

司南把笔记本轻轻丢回桌面，从高脚凳落下地面，说：“总会有办法的。”

“没办法。”宁瑜冷冷道，“我又不是神，人的智力是有限的。我看大家就在岛上吃吃喝喝等死算了。”

司南拧动门把手，闻言动作一顿。

“别这么说，宁博士。”他心平气和道，“不然我就得一颗枪子送你下去给那九十五个实验对象赔命了，你以为还轮得到你吃吃喝喝？”

宁瑜：“……”

司南施施然走了出去，宁瑜突然额角抽动，想起什么似的追了两步：“喂！”

司南头也不回地一摆手，意思是不用送了。

“昨天军方传来消息，搜救部队从潭城救出了三个A国人，已经送回基地来了！”

话音刚落，司南脚步终于停了停。

“郑协今天去见他们。”宁瑜轻声道，“这几个人也许是你的老相识，我就提醒你一声。”

他咔嗒一声关上了实验室的门。

司南在原地僵立片刻，远处人声越来越近，特勤人员已经急得恨不能放警犬了。

宁瑜话里隐约的暗示就像无数根细针，让他眉头微微皱起，加深了眉心那道细纹。突然他抓住栏杆一跃而下，落地如猎豹般轻巧无声，三层楼梯转瞬到了尽头。大门口手持冲锋枪的武警正轮岗，短短半秒钟空隙，司南已顺来路出了军方研究所。

第22章

将军办公室。

郑协放下照片，虽然衰老轮廓却仍旧十分刚硬的面孔毫无表情："没见过。"

随着他的动作，照片被平放在办公桌面上。照片中，一个身高中等、体型劲瘦，穿灰白色城市迷彩服，戴着飞行员太阳镜的东方裔年轻人，正背着手静静凝视天花板。

他那张脸被镜片遮挡得只露出小半，嘴唇被烈日暴晒得有些起皮，但形状非常优美。两端嘴角自然落下，完全没有一丝弧度，像是这辈子都没翘起来过似的。

因此郑协也不算说谎。他确实没见过那异血种这个样子。

一名深金色头发、蔚蓝瞳孔的白人男子坐在对面，十指交叉搁在办公桌上，闻言露出一丝嘲意："哦，是吗？那么看来我弟弟应该已经凶多吉少了。"

郑协说："是的。我个人感到非常遗憾，希望家属节哀顺变。"

"没关系。我已经向你坦承他的危险性了，像他这种人在末世里估计也没那么容易死吧，给身边的人带来灾难倒更有可能。"

郑协一时没想出话来回答，白人男子已拿回了照片，收拾收拾向外走去。

"等等！"郑协霍然起身，"罗缪尔上校！"

罗缪尔站定脚步，只听郑老将军的声音从身后传来：“你这是要去哪里？”

“回国。”

郑协下意识追问：“怎么回？”

罗缪尔偏过头：“那就是我的本事了。”

郑中将眼底映出这个A国人棱角分明的脸，只见那分明是含蓄的冷笑：“我国部分军方人员已深入FL实验室，重新开启了疫苗实验。既然贵国政府分不出人手来帮助搜索我弟弟，那我只能回国去申请协助——至于我们会如何进行搜救，以贵国现在的状态，怕是也鞭长莫及。”

明明是自己的地盘，郑协却隐隐感觉自己被这名高大的白种军人的气势压过了一头。

对方太过笃定，必定有不为人知的底牌。

郑协眼睛眯了起来，脑中迅速思索着，只见罗缪尔再次走向办公室门口。

“留步！”郑协脱口而出，顿了顿又道，“我可以答应你的条件，上校。但你也必须告诉我，为什么贵国军方到处搜索这个人？是不是跟疫苗有关？”

出乎他意料的是，罗缪尔竟然完全没有迂回，转身直截了当：“是的。”

他这直球倒打得郑协一愣。

罗缪尔解开衬衣第三粒纽扣，露出结实的胸肌，三道长长的紫褐色伤疤横贯其上：“两天前。”他冷冷道，“我的手下紧急帮我打了最后一支二级血清抗体，伤口愈合后我们才被贵国军方搜救部队发现。这支血清抗体，就是我弟弟叛逃前留在FL实验室的。”

郑协极其意外：“二级……抗体？”

楼下天井。

阿巴斯点了根烟，坐在台阶上，看了看手表。

三点一刻。

罗缪尔已经上去四十分钟了，而跟他一起等在下面的女爆种者简，也已经不耐烦地走开溜达好一会儿了。

阿巴斯袖口卷起，露出粗壮的胳膊。原本就异于常人的虬结筋肉上露出紫黑色齿痕，纵横交错，格外可怖。他深深吐出一口烟，突然听见身后传来一声类似落叶擦过地面的、极其轻微的动静。

阿巴斯骤然回头，身后是空旷的长廊。

“……”

听错了？

阿巴斯感官敏锐——白鹰部队是特种兵中的兵王，其地位与C国的118绝密部队相似，每个成员都经过无数次生死淬炼，拥有超出常人的敏锐感官是正常的;但他不是个心思特别周密狡猾的人，甚至因为过分沉默，往往给人一种迟钝的印象。

这种印象在Noah Chong担任基地教官那段时间里，让阿巴斯少吃了很多苦头。

Noah Chong具有和秀美外表极不相称的残忍性格，他似乎格外喜欢对优秀、张扬、惹人注目的爆种者学员动手，没什么存在感的阿巴斯经常被幸运地忽略。他的同僚简则没那么好运，这个女爆种者以骄纵跋扈的个性闻名，在白鹰基地受训的几年里被Noah Chong下过几次死手，她刻骨的仇恨一直延续到了现在。

阿巴斯夹着烟，抬头向二楼望了望。

周围空无一人，远处巡逻兵经过，传来整齐划一的正步声。

听错了吧，他想。

二楼走廊拐角，司南侧身隐没在黑暗中，斜挑的眼梢闪烁着微微寒光。

巡逻兵渐渐远去，阿巴斯重新坐回台阶上，从护栏向下望去，只见香烟的白雾从他身前缓缓上升。

同一瞬间，司南纵身而下。

呼——

劲风拂来的那一刻阿巴斯下意识回头，但已经慢了半拍。一只冰冷的手按住他后颈骨，阿巴斯只来得及暴吼挣扎，身高近两米的雄性爆种者扭动发出巨力，带得两人同时摔倒!

“什么人？！”

楼道口的盆栽哗啦翻倒，从台阶上轰然滚了下去。司南在惊天动地的巨响中打滚起身，飓风般一踢，阿巴斯手中军匕呼呼打旋飞出，当啷落地！

阿巴斯脱口而出："是你！……"

话音未落，他胸膛如遭重击，血气哗地涌上喉头。司南借力拧身，那一瞬间阿巴斯抓住了他的脚踝，闪电般的交锋一触即分。

——砰！

阿巴斯徒手捏碎砖石的惊人掌力，瞬间内将司南脚腕骨捏出了危险的咯吱声。但紧接着司南鬼魅般的第二踢破空而至，结结实实抽在了阿巴斯脸颊上！

身高近两米的爆种者被抽得横飞出去，轰然倒地，剧烈眩晕险些吞没了他的意识。

"罗缪尔在哪里？"

阿巴斯咽喉一紧，上半身几乎被司南掐得提了起来。

"告诉我！"司南喝道，"罗缪尔在哪里？！"

"血清的直接治愈率在3%到6%之间，利用血清完成的二级抗体被T细胞识别的速度则加快数倍，不仅作用强力，还能让接受者短暂地拥有急速愈合功能，效果大概能持续三四天。"

罗缪尔从口袋里摸出瑞士军刀，在自己掌心狠狠一划。

鲜血几乎喷涌而出，浓厚的血液气息瞬间充盈整间办公室。

郑老中将眉毛一跳。他虽然也是爆种者，但毕竟已经年迈，罗缪尔这种成熟强壮、咄咄逼人的爆种者会让他从生理上反射性地感觉到威胁。

但罗缪尔是故意的，他张开掌心，笑着向郑老中将一摊。

——血肉以肉眼可见的速度慢慢愈合，鲜血干涸，皮肤粘连，很快只剩下浅浅的伤痕。

郑协久久说不出话来。

"看，"他说，"这就是我一定要找到我那危险的弟弟的原因。"

"知道了。"半晌，郑协似乎斟酌完毕，缓缓道，"既然贵国的丢失人员如此重要，我国军方也可以……"

谁料罗缪尔就像知道他会说出什么敷衍之词般，干净利落地打断了他："不用，郑中将，来做个交易吧。"

郑协眉头一皱："什么？"

罗缪尔刚开口，突然巨大声响从窗外传进办公室，两人同时色变。

郑协霍然起身，匆匆推门而出，站在三楼走廊上往下一看，登时表情剧变："——住手！"

司南猛地抬眼，正撞上高处罗缪尔的目光。

那一刻罗缪尔止不住地瞳孔紧缩，眼珠由蔚蓝急剧转灰，犹如重重阴霾从灵魂深处升起，他缓慢嘶哑道："Noah……"

电光石火间，阿巴斯憋住最后的气，一拳从下而上，将司南狠狠顶了出去。

司南踉跄连退数步，阿巴斯就像被完全激怒了的公牛，裹挟腥风猛扑了上来！

郑协怒吼："罗缪尔上校！让你的人住手！"

面对坦克般气势汹汹的阿巴斯，司南简直就像个发育未完全的少年，还是营养不太好的那种。但这文静秀雅的少年有着迥异于外表的冷血和残忍，郑中将根本没看清楚发生了什么，阿巴斯悍然撞上的瞬间，司南闪身半步，将手探向对方胸前。

"吼——"

阿巴斯发出浑不似人的咆哮，就像触电后忍痛挣脱，心口处已连血带肉被活生生撕开。

——要是稍迟片刻，此时他心脏已经被捣烂了！

那只是千分之一秒的时间，只见司南猛一收手，五指染血，旋即紧追而上。郑协连出声阻止都来不及，司南已经整个人压在了疯狂挣扎的阿巴斯肩上，双手按住他头颅左右侧，就要发力一拧。

郑协："来……"

一道黑影呼呼生风，闪电般击中司南后脑，当即把他砸得摔倒！

这变故来得措手不及，黑影叮当落地，只见那竟然是一把金属刀柄！

——顺着它飞来的方向望去，一名金发碧眼的爆种者女子将巡逻兵狠狠过肩摔晕，旋即快步而上，从地上一把拎起司南。

“简！”罗缪尔带着阻止意味地喝道。

后脑那一下重击足以将普通人置于死地，司南当场猛咳出血来，啪地抓住了拎着自己衣领的手。

尽管知道这位前教官拧断人骨连半秒都不需要，但此时此刻，简的动作比他更快，钢铁般一拳狠狠捣进了司南腹部！

那一下竟有内脏被挤压的细微声音响起，紧接着简又抬起了拳头——

周遭人声杂乱，巡逻兵都冲了进来。郑协咬牙从怀中抽出配枪，忽觉身侧闪过疾风，只见是罗缪尔抓住护栏，纵身跃下空地：“简！小心！”

女爆种者还没来得及反应，喉间就传来一股大力，硬生生把她勒翻了过去！

简完全没想到会被人偷袭，仓促间抓住了勒住自己咽喉的手臂，在窒息前一刻挣脱开来，身躯弓成U形，就要发力踢偷袭者面门。

这下要是踢中，腰腿的力量足以将对方天灵盖当场击碎，千钧一发之际她却踢了个空。简收腿，一个鲤鱼打挺起身，喝道：“谁？！”

下一刻她妩媚的眼睛眯了起来，似乎有点意外。

眼前退后半步站稳身形的，赫然是个穿迷彩短裙的小姑娘，比她矮了大半个头，巴掌大的尖削脸上带着凶狠和挑衅。

简从这小姑娘身上嗅到了相同的气息——她也是个爆种者。

罗缪尔硬生生收住脚步，一字一顿道：“周，戎。”

周戎身高与罗缪尔不相上下，气势则更加强硬，场面骤然剑拔弩张。但与罗缪尔形成鲜明对比的是，周戎的表情相当轻松，拇指一弹刀柄，三棱军刺跳出，被他反手握在掌心，他懒洋洋地招呼了声：“哟！大哥！”

“周上校！”郑老中将提枪下楼，勃然大怒，“住手！”

周遭紧绷的局势一触即发，所有人彼此僵持，都不敢率先动作。

就在那短短数秒无比难熬的安静中，司南背抵着墙慢慢起身，用拳头捂住嘴，咳了两下。

周戎说：“春草。”
春草紧盯着白人女爆种者：“是。”

周戎头也不回，简洁下令：“往死里抽。”

第23章

郑中将一口气当即顶在了嗓子眼里，只见春草二话没说，一撩裙摆，从绑在大腿外侧的皮鞘里抽出了弯刀。

“不……”

郑中将那句“不要”尚未出口，就被硬生生震了回去。只见简刀锋自上而下，被弯刀重重抵住，金属在撞击中发出了令人耳膜发痛的尖响！

“小丫头。”简冷冷道。

春草连个顿都没打：“老女人。”

简：“……”

两把刀的刀锋一触即分，继而交激，瞬间犹如暴雨打梨花，森寒利光晃得人无法直视，甚至让冲上前的巡逻兵不由胆寒，仓皇后退。

“你们想干什么？”场面明显控制不住，郑中将向天发了砰的一声空枪，吼道，“都给我住手！周上校！”

匕首蛇信般划过，春草锁骨之下血光喷溅。刹那间持匕的手却被春草抓住，轰然巨响，简被春草飞起一脚连踹数步，腥甜从喉间喷薄而出！

郑中将：“周……”

“少校。”周戎打断道，紧紧挡在罗缪尔面前。

气氛紧绷得一触即发，他声音却缓和得令人心惊胆战：“别喊错了，将军。”

“发育不良的蠢丫头，”简抹去嘴边血迹，咬牙道，“叫谁老女人？”

春草不答，龇牙一笑，指骨关节在掌心中发出清脆的嘣响，她发力箭步而上！

刚才那一记飞踹已经让简意识到，这丫头的肌肉骨骼与其说是人，倒不如说是钢铁坦克，紧接着她接住了春草迎面而来的拳头。那一刻她的感觉就像接住了又沉又狠的铁球，拳头冲劲竟然令她手臂急剧后弓，肩胛骨顿时发出了咯嘣脆响。

“妈的！”

简大骂一声，反手将春草过肩摔地，匕首向她面门捅下。

瞬间，“铮”一声震耳欲聋的声响，春草的弯刀死死抵住了匕首尖，旋即就着仰天摔倒的姿势，从简脚下平滑而出，一个闪电般的鲤鱼打挺，精准无比地用脚尖把匕首踢飞了出去！

这一系列动作不过半秒，离得最近的巡逻兵都没反应过来，匕首已呼呼打旋从耳边飞出，深深钉进了树干。

简躲闪不及，被春草剪刀腿钩住，猝然绞住了脖颈！

这一招简直太漂亮，几个士兵连后怕都忘了，下意识脱口而出：“好！”

简脸颊迅速涨红，双膝砰地撞在水泥地面上，上半身以头朝下的姿势被春草扯成U型，脖子被少女细瘦白皙的小腿交叉锁死。

两人近距离面对面，春草从地上微抬起头，嘲道：“谁发育不良？”

简的蓝色眼珠迅速凸出充血，红唇弯起一个痉挛的冷笑。

下一秒她抓住春草横在她后颈上的脚踝，手背筋骨暴突，涂着鲜红指甲油的指甲全数没进了血肉。鲜血顺小腿蜿蜒而下，紧接着，她竟然发着抖一寸寸将春草的剪刀腿扳开了！

“你以为，”简嘶哑道，“你就一辈子不会老吗，臭丫头？”

春草猛然就地翻滚，简的拳风擦着她脊背，砰然剁进了地面！

罗缪尔冰冷道：“你的人会吃处分的，周队长。”

他们两人几乎相抵，谁都无法轻举妄动分毫。周戎微微一笑，眼底流动着邪气：“是吗？你的人会被活生生打死。”

郑老中将铁青着脸站在旁边。

——嘭！

只见十步以外，春草起身未及躲闪，脸颊被结结实实一拳打偏，当即吐出血沫来。

满地花盆瓦砾在她们脚下支离破碎，春草反手横劈，弯刀将简逼退，在她波涛汹涌的胸脯上划出一道深深的血痕！

血痕深可见骨，简狠狠一呸，反手脱下短夹克，箭步上前重拳击头。那却是个假动作，春草挥刺避让的同时被她后手直拳击中，这一下非常狠，随即她抓住了春草的齐耳短发，双指向眼插去："你这丫头——"

春草连个顿都没打，一刀削断头发，回手就捅向她咽喉！

简在四溅血花中被迫后退，而春草就像凶狠至极的野生小兽，上前一步一劈斩，刀刀贴脸擦过，转瞬间把简逼退了七八步，眼见就要抵到了墙角。

咔嚓——

走投无路之际，简双臂护脸，拼着手臂不要，悍然将春草手中的弯刀撞飞。当啷声响中弯刀落地，下一踢却被春草扬手格挡住，随即简被当胸踹出去数米，重重砸上了墙！

春草铁头军靴的那一脚，撞击力简直堪比军用大卡车，有那么好几秒简感觉自己心脏都停跳了，紧接着哗然呛咳出满口热血。

"胸部脂肪堆积也没什么用嘛。"春草用手腕内侧一抹脸颊，擦出满手血和灰，痞兮兮地钩了钩食指，"当然我也会老，但……"

罗缪尔眼梢一跳。

但他还没来得及挪步，周戎随之而动，霎时将他封死在了原地。

罗缪尔从齿缝间迸出一个字："你！"

春草说："但你只会变成老太婆……"

简瞳孔放大，继而缩紧。

"而我会变成优雅的old lady。"

最后一个字话音未落，少女裹挟厉风的铁拳已至。

——砰！！

那一时间，离得近的人几乎听见了颅骨破裂的声响。

至此境况已成吊打之势，在狂风暴雨的痛殴中简根本发不出任何声音。开始她还能护住头脸稍作反抗，被春草屈膝狠狠顶上腹部后，只能哇地喷出混杂着胆汁的血水。

罗缪尔终于按捺不住，但同时周戎也猝然出手！

铿锵数声清响，因为过快而仿佛连成一声。眨眼间两人已死死抵住，罗缪尔双手持匕，刀身上赫然压着周戎的三棱军刺尖。

“停下！够了！”郑老中将听见拳击中竟传来清晰的内脏挤压声，知道接下来会出人命，终于大步上前，“阳春草上尉！可以了！”

卫兵一拥而上，把单方面痛殴对方的春草强行拉开，简已经被十多下又快又急的铁拳打得神志不清，眼见全身浴血，只得放在担架上紧急拉去抢救。

“阳春草上尉，你……”

少女凶性未消，黑白分明的大眼睛自下而上，向郑老中将一瞥，流着血的嘴角漫不经心翘起。

那神态竟和周戎无比酷似，郑协霎时忘了该训什么，内心只有一个感觉。

——真不愧是118。

老中将唐突地打了个顿，随即接着怒吼：“这就是118的纪律？！谁让你们来这里的？！周上校，立刻带你的人去关禁——”

“将军！来人，来人！”

郑协一抬头。

不远处人群外，司南面色苍白如纸，无声无息软倒了下去。

周戎拔腿上前，只见周围众人魂飞魄散，卫兵抢上前一摸司南后脑，登时全身发抖，摸出了满手的血！

“被……被砸的，”卫兵颤声道，“被那个女人砸的，快通知研究所！”

郑老中将满腔沸腾的怒火被浇了桶冰，登时熄灭得干干净净，只剩寒意从五脏六腑蹿起。

只见罗缪尔推开人群走上前，还没站稳脚步，就被周戎闪电般一拳打翻在地。紧接着周戎打横抱起人事不省的司南，厉声喝道：“叫医疗组！”

研究所大楼顶层，观察室。

“脑震荡。”宁瑜一旋转椅，白大褂下摆荡出弧度，他冷冰冰道，“加上先前的颅内瘀血，抗体携带者陷入了昏迷状态，短暂性脑功能障碍。”

郑中将脸色凝重：“有没有生命危险？”

宁瑜说：“不知道。”

宁瑜对军方的态度极不合作，郑中将深吸一口气，满心烦躁竟不知道该对谁发难。

他还没来得及开口，只听周戎一字一顿清晰的声音响起：“这事决不能就这样算了。”

周戎坐在检查台边，平静中蕴藏着暴怒：“那几个人为什么会出现在军区？他们是A国间谍，白鹰秘密基地！每个人都在118大队挂过号！”

郑中将活生生一哽，只得道：“周上校你冷静点……”

“司南从不主动攻击人，他很有可能是从白鹰部队叛逃出来的，罗缪尔曾经接受过追捕甚至暗杀他的任务。”周戎直视着郑中将，话音步步紧逼，竟然丝毫不让，“我要求彻查此事，将A国敌对部队的罗缪尔等人……”

郑老中将满头乱麻，转身抹了把脸。

然而他刚背过身，宁瑜就换了副姿势，一手托着腮，挑眉望向病床上昏迷不醒的司南。

下一秒，司南睁开眼睛，向周戎迅速吐了吐舌尖。

周戎：“……”

咄咄逼人的周戎瞬间忘了词。

观察室内一片尴尬，郑中将转回头来，司南已闭眼昏迷过去，只剩周戎目瞪口呆，与满面无辜的宁瑜大眼瞪小眼。

郑协不明所以，沉声道：“现在不是追究责任的时候。宁博士，通知研究所立刻集中所有人力物力，务必要保证抗体携带者的生命安全。周上校不要离开了，守在这里直到携带者醒来。”

顿了顿他又道：“至于阳春草上尉……”

周戎立刻说：“春草和司南感情很好，我申请让阳春草上尉一同陪床，相信对司南的恢复有很大促进作用。”

“我知道！”郑中将简直头大，感觉自己败给这帮118特种兵了，“记阳春草上尉大过一次，处罚……处罚以后再说吧。先记着，以后有错数罪并罚！”

这事就是个烫手山芋，完全无法说清是谁的责任。追根究底的话确实是司南先动的手，然而如果要追责，眼睁睁看着抗体携带者在自己眼前出事的郑中将本人，以及没有看住司南的特勤部追踪人员，全都会有麻烦。

甚至包括负责司南安全的汤皓中校都“人在家中坐，锅从天上来”，牵扯面太广了。

郑中将只得严厉叮嘱不准泄密，又仔细过问研究所事项，被宁瑜不软不硬顶了回去，无奈先行离开了。

金属门在郑协身后无声无息合拢，三秒后，周戎目光缓缓移到司南昏睡的脸上，抬起两根手指，重重捏住了他的鼻子。

“……”

司南：“要牛（流）鼻血了。”

周戎居高临下拉开架势，正准备就小司同志的肆意妄为展开批评，就只见两管鼻血飞流而下。

“你还带预告的吗？”周戎哭笑不得，连忙去拿冷毛巾来堵，“好了！不许动！小心吐出来！”

一番手忙脚乱过后，宁瑜打发走闻讯赶来的研究人员，亲手给司南输液扎针，然后把门从外面带上，只留下气息奄奄的司南和周戎两人在观察室里。

“当时很多丧尸向这边涌，我开枪打中他腹部，又开走了他的车，以为他们三个都必死无疑……”周戎坐在床沿上，他把司南护着，喃喃道，“为什么他们还能活下来？即便不流血过多也该被丧尸肢解了才对，难道罗缪尔手里也有血清？”

司南头上缠着纱布，黑发凌乱，越发显得面容苍白，他半闭着眼睛平淡道：“白鹰基地从很久以前就开始进行疫苗研究了。”

周戎问：“也是用你的血清？”

“忘了。”司南说，“但一直研究不出成果，否则丧尸病毒不会从 FL 州首先暴发。罗缪尔在白鹰的地位非常高，也许和愈合能力有点关系。”

周戎皱眉不语，突然心里微微一动，想起一件事。

司南问：“怎么？”

“那年国际竞赛上……”

周戎难得有点飘忽，如果司南睁开眼睛的话，就会发现脸皮比城墙、舌底遛火车的周戎竟然十分不自然，如果非要用一个词来形容的话，应该是——纯情。

“结束以后我去找你……咳，也不是为了算账。就是听说你做手术了，想去探望一下，然后走到病房外面，看见里面有个爆种者……”

司南揶揄道：“这事你已经跟我痛陈过一遍了，戎哥。”

周戎“唔”了声，英俊的脸庞有些发烫。

司南说：“是罗缪尔。”

周戎充满怒意问：“他干吗那样做？”

“我是失忆病人，戎哥。”司南微笑道，“我记忆的开端是在 T 市地下仓库，有个爆种者特种兵问我……”

周戎：“……”

“与其回忆罗缪尔，我倒对这个爆种者特种兵的经历更感兴趣，不如我们来聊聊他青春又激情的军校生活吧。啊，对了，跟颜豪他们打听打听会很有收获吧，毕竟这位特种兵看起来很熟练，说不定经历很丰富……”

周戎蹦出俩字：“没有！”

司南躺着，周戎坐着，两人一高一低，对视片刻。

司南很有风度：“没关系，部队里嘛，我懂的。”

周戎面红耳赤，起身就走。

“戎哥？”司南强忍调侃的声音从身后传来，问，“‘没有’是什么意思？”

周戎开门落荒而逃，趴在门后偷听的宁瑜猝不及防，险些一跟头栽了个狗吃屎。

“我去……我去军方解决下便宜大哥，待会儿回来。”周戎忙不迭让开，拔脚溜了。

第24章

高大宽阔的会议室内，罗缪尔缓缓靠在扶手椅里，向持枪守在会议室四角的警卫扫了一眼：“你们对待合作方就是这个态度吗？”

几名将军都没有答话，郑老中将冷冷道：“我不记得我们有谈过合作，罗缪尔上校。我更愿意谈谈你手下蓄意谋害珍贵的抗体携带者的事，刚才我来的时候，研究所还不能确定携带者是否会有生命危险……”

“不会。”罗缪尔说。

几位首长同时抬头，罗缪尔微笑道：“烟。”

静默半晌，郑中将刚要发作，一名女中校却用眼神制止了他，起身亲自将一包烟和打火机递到罗缪尔面前。

她看上去三十出头，神情严肃目光锐利，罗缪尔瞥了眼她凹凸有致的身材：“谢谢，女士，你很漂亮。你叫什么名字？”

“金华，中华的华。”女中校冷冷道，“你也是个很有吸引力的男人，罗缪尔上校。但鉴于现在已经是世界末日了，还是请你老实点，把那些不值钱的花招收一收吧。”

罗缪尔：“……”

金华中校不再答话，转身走回了长桌后。

罗缪尔似乎感觉很有趣似的笑了起来："别紧张，Noah Chong……就是你们管他叫司南的那个人，除非肢体残缺或直接斩首，否则都不会那么容易有生命危险。"他点燃一根烟，笑道，"但如果他醒了请立刻通知我，毕竟他是我弟弟……"

"他是我们的人。"郑中将打断道。

罗缪尔吐出一口烟，从长桌首端那几名将军的角度望去，他侧脸隐没在尼古丁的白雾中，轮廓朦胧不清。半晌，烟雾散去，才听他平平淡淡道："我要他回来。"

"Noah Chong 是我继母的儿子，是白鹰教头，是我国情报部门一级监管对象。"顿了顿之后，罗缪尔重复道，"二级抗体可以给你们，但我要带 Noah Chong 走。"

咔嗒一声，门被推开，周戎懒洋洋拖长了的音调从身后响起："哟，大哥！"

罗缪尔登时抓紧扶手，袖口下筋骨突出。

郑中将无奈道："你来做什么，周上校？"

周戎走到长桌后，拖出一把椅子，全然不顾罗缪尔突然变得非常难看的脸色，漫不经心跷起两条笔直的长腿，从裤袋里摸出精钢打火机玩了两下，说："118 曾经接受一项机密任务。"

会议室内没有声音，所有人都谨慎地沉默着。

"一名从 A 国叛逃回来的军方要人携带重要物资，试图与我国接触，其代号为 Z。118 被派去保护他的安全，但因为病毒暴发后飞机失事，此人下落不明，被标记为一级绝密的重要物资也就此丢失了。

"作为执行任务的第六中队，我们在 T 市遇到司南后，发现他曾因不明原因而失去记忆，其行为特征和携带抗体这两点却与我们的任务对象 Z 高度符合。"周戎环视周围，缓缓道，"因此我们有充分的理由怀疑，司南就是当初携带关键性情报主动来与我国军方会合的人。"

郑中将刚要说话，罗缪尔已接口嘲道："那又如何？"

"不如何。"周戎一本正经，"只想告诉你我国军方有规定，不会拿任何主动前来投靠的避难人士去做政治交换，谢谢。"

郑中将："……"

郑老中将终于明白了周戎的意思，一时哭笑不得，捂住了眼睛。

“你们不可能用Noah Chong培育出疫苗！”罗缪尔从容不迫的谈判姿态终于维持不住了，不耐烦道，“他所携带的抗体根本不适用于绝大多数人，这么显而易见的事实你们军方研究所还没搞清楚？”

金华却咳了一声，待几位首长的注意力都集中过来后，才含蓄道：“根据科学家报告，目前我们研究所认为，司南的血清还是有作用的。”

周戎微微眯起眼睛，似乎有些疑惑，郑中将低声道：“金华中校负责军方与研究所的沟通，现在管研究处日常事务。”

周戎无声地点了点头。

罗缪尔反问：“如果他真的有用，为什么潘多拉病毒还会从FL州暴发？”

金华立刻反唇相讥：“您终于承认丧尸病毒是从贵国实验室里传出来的了吗，罗缪尔先生？”

女中校的质问相当干练犀利，但罗缪尔连反应都懒得给：“致死性传染病毒会被控制在海岸线之内，只有各大洲各地同时暴发才能传播全球。事实上在过去的二十年里，许多国家都在做类似的研究，我国只不过托爱丽莎·费尔曼博士的福稍微快了一步而已。”

金华说：“如果不是你们快了那致命的一步……”

“对生命的贪欲，才是让人类走向末日的真正原因。”罗缪尔彬彬有礼道，“但现在我不想跟你进行任何伦理方面的争论，女士。我国愿意用已培育成型的二级抗体来交换Noah Chong，交易是否接受？请现在就给我答复。”

众人面面相觑，金华顿时没了词。

周戎把玩金属打火机，盖子发出清脆的开合声，半晌，他淡淡道：“不接受。”

罗缪尔完全无视了他：“二级抗体不仅能迅速治愈病毒感染，同时具有Noah Chong最重要的肌体快速愈合功效，你们扣着人不放也没有任何意义。”

几位首长互相对视，只有金华斟酌片刻后，沉声道：“但根据研究所的报告，我们认为不是没有可能研制出能够普及所有民众的终极疫苗……”

罗缪尔夹着香烟微微一哂。

如果只看表象的话，高等出身、良好教养和十多年军方生涯锻炼出的硬朗轮廓让他确实非常有吸引力，前提是忽略他眼底毫不掩饰的嘲讽：“能否请问这份报告是谁提交的？”

金华默然不语。

“十年前，白鹰基地实验室一位名叫宁瑜的科学家失踪，种种迹象显示他很有可能逃回了母国。事后白鹰基地更新了所有监管措施，但针对宁瑜博士的追捕从未成功，我们一度认定他已经死了。”

罗缪尔向前微微探身，指了指金华手掌下压着的那份报告，微笑道：“如果这份东西是宁瑜博士提交给你的，请一个字都不要相信。白鹰基地拥有数百个宁瑜这样的顶级科学家，要是所谓的终极疫苗当真存在，那他们十年前就已经把疫苗量产出来，跟可乐和避孕套一起捆绑出售了。”

金华：“……”

周遭一片静寂，会议室里的空气仿佛突然变成了令人窒息的凝胶。

郑中将端起茶缸，喝了口水，缓缓地问：“那为什么贵国还想要抗体携带者？”

罗缪尔那双蔚蓝色的眼瞳中突然涌现出古怪的笑意：“为什么？”

他似乎在用舌尖回忆某种美味似的，再开口时带着意犹未尽的神情：“二十年前，Noah Chong 六岁，作为法律意义上的弟弟来到我面前。十年后他母亲上吊自杀，亲属关系解除，他便以另一种身份取得了在白鹰基地的自由行动权。

“现在你问我为什么还想要抗体携带者……你真的想听我详细告诉你为什么吗？说出来不太合适吧。”

周戎突然起身上前，旁人阻止不及，他已经拎起罗缪尔衣领，一拳狠狠打在了罗缪尔脸上！

罗缪尔呸出一口带血的唾沫，悍然反击，两人瞬间扭打成一团，轰然撞塌了实木扶手椅。

巨响在空旷的会议室内回荡，郑中将等人勃然色变，都起身喝止，卫兵拔腿奔来强行拉开了两人。

混乱中罗缪尔抓着周戎领口，在他耳边充满恶意地挑衅。

周戎猛地挣脱卫兵钳制，就像出笼的猛虎，挥拳将罗缪尔重重打翻在地！

“拉开他们！分别隔离！”一位老上将果断下令，“今天就到这里，散会！”

“潘多拉病毒不可战胜，二级抗体已是人类能做的极限。”罗缪尔踉跄起身，抹去脸颊和嘴角的鲜血，嘶哑道，“灾难的最终结果必然是人种进化，只有最优秀的基因才能传承下来……白鹰部队已重新夺回FL州实验室的控制权，很快你们就能听到来自A国的消息了。”

周戎充满戾气的目光紧盯着他，脸颊肌肉紧绷。

罗缪尔冷笑起来，拂袖而去。

“周上校！”

办公大楼外，众人纷纷散去，所有人都默契地对刚才的突发事件绝口不提，仿佛罗缪尔那颗被打碎的后槽牙是自己摔出来的似的。周戎正走下楼梯，突然只听身后传来喊声，回头一看，只见金华夹着报告，大步流星地向自己走来。

“我听说抗体携带者和罗缪尔带来的人发生冲突，昏迷过去被送进了研究所……”

周戎疏远而礼貌地回答：“他有名字，中校，不姓‘抗体’名‘携带者’。”

“抱歉，”金华立刻说，“宁瑜博士告诉我他叫司南。”

周戎点头不语。

金华调整了语气：“那么请问他现在情况如何？”

周戎说：“很好。”

“是吗，我猜也是，虽然宁博士提交的即时报告上写或许有生命危险。”女中校微微松了口气，“但我想如果情况果真如此，您应该不会出现在军方的会议上吧。所以我刚才看到您出现时，就知道大概没问题了。”

周戎生冷紧绷的面孔终于略微缓和下来，唔了一声。

“您这是去研究所？”金华主动邀请道，“我去找宁博士，一块走吧？”

周戎打量她片刻，终于绅士地做了个“请”的手势。

“然后我冲上去就给她来了个凶猛的过肩摔，摔得她七荤八素，只能抱着我的腿求饶，我再这样咔咔咔！嘣！嘣！哒哒哒哒……”

特护观察室已成了欢乐的海洋，肩上裹着绷带的春草雄赳赳气昂昂，光脚站在病床上，第十八遍复述她一顿干翻A国女贱人的英雄事迹。而原本应该卧床静养的司南盘腿坐在窗边，穿着宽大的病号服，袖口裤脚露出劲瘦的手腕脚踝，悠闲地摇晃着躺椅。

颜豪笑道："一小时前她的版本里还没有机关枪……"

"天真啦亲，"郭伟祥啃了口苹果，说，"再给她半小时，马上就进化出单人火箭炮了！"

春草："哒哒哒哒哒哒哒……"

司南莫名有些困，眼皮格外沉重，但此时不过傍晚，连晚饭都没吃，不该是他睡觉的时间。

"你们还在吗？"丁实推门而入，愁眉苦脸道，"没用，医生说是心理因素，给我开了两片镇静剂……你们看我的眼皮是不是还在跳？"

郭伟祥拉着他两边耳朵仔细观察了会儿，说："不太看得出来。哥们你眼屎没擦，早上又没洗脸吧。"

"兴许是你要发财了呢。"颜豪顺口安慰，"队长每次眼皮一跳就捡钱，最多那次捡了二百块，带我们去撸了个串……你哪边跳，左眼右眼？"

"两边一起！——"丁实悲怆道。

颜豪："……"

丁实坐在床沿揉眼睛去了，冷不防被春草一脚踢中，差点踉跄飞出去。

"然后我说'下次再来小心把你揍得妈都不认！'那老妖婆连滚带爬跑了，轰！轰！轰！——"

颜豪把春草从病床上拎下来，敲了敲她因为被削去一撮短发而格外凌乱的头顶："好了，走了！司小南要睡了！"

司南蓦然睁开眼睛，下一秒头顶却像被无形的重锤击中似的，脑海天旋地转，视线阵阵发黑，耳边却听见自己下意识回答："别走，没有要睡……"

几个人推推挤挤涌向门口，颜豪无意一瞥，突然发现了似乎不对劲："司南？"

"司南？"颜豪走上前。

司南抬起一手撑在额角，似乎有些烦躁，用力揉按了几下："给我点水。"

他的声音非常虚，仔细听的话似乎还有点抖。凉水就放在床头，颜豪转身拿来，却眼睁睁看见司南伸手来接杯子，就像无法对焦，手从杯壁边直接擦了过去。

颜豪心里一沉，半跪下来，抓住司南的手让他不要掩盖住脸："等等，你怎么了？"

司南用力挣脱手腕，颜豪却猝然喝道："祥子！去隔壁找宁——"

"多谢，我会考虑你的意见。"周戎推门而入，还在扭头向身后道，"下周一总参部听证会的事……"

丁实站在门前，视线越过周戎，霎时愣住了。

金华："……"

诡异的静默持续了三秒钟。

郭伟祥目光落在女中校的肩章上，用手捂着嘴问："他们村花是不是又升衔了？"

春草小声埋怨："我早告诉过你不要鼓励大丁无望的单恋……"

"金……"丁实心脏狂跳，脸立刻以肉眼可见的速度红了起来，"小金花儿！"

周戎原地立正，转身，下一秒丁实已擦身而过冲出了门，恍惚间所有人都觉得自己看见了一头身高一米八五、不停呼哧呼哧的大金毛。

金华："见到你我也很高兴……不！中尉！保持距离！"

女中校面红耳赤，单手拽着丁实的后领，把他一路拖向走廊尽头的办公室，大金毛的尾巴似乎还在地板上欢快地来回扫荡。

周戎如送嫁般挥手告别，心情复杂地叹了口气，转身在春草脑袋上狠狠敲了一下："不好好回病房挺尸，又跑出来干什么？"

春草还没来得及顶嘴，只听病房里颜豪突然喊道："戎哥！"

不知为何，他的声音听起来令人相当不安："戎哥，司南他……你最好过来看一下。"

周戎不明所以，走上前去，只见司南靠在躺椅里，歪着头睡着了。

海面的余晖越过窗户，洒在他平静的睡颜上，毫无血色的侧颊似乎被染上了金红。

那幕画面乍看上去没有任何异常，周戎却微微色变——只见颜豪伸出食指探在司南鼻端，数秒后开始止不住地发抖：“叫宁博士……叫医生过来，司南他这是……他晕过去了！”

第25章

“立刻输氧，让ICU准备，叫金中校过来坐镇。”

“血压太低了，准备输液扩容！”

周戎失控地冲上前，只见铁床呼啸而过，几名专家亲手推着司南冲向急救室。

他强行迫使自己定住脚步，面色铁青：“刚才发生了什么？怎么突然又晕过去了？下午的时候不还好端端的吗？！”

宁瑜说：“可能是后脑那一下撞击引起的后遗症，他的颅内瘀血……”

“下午我走的时候明明一点问题也没有！”周戎喝道，“你们是不是又给他抽血了？！”

“大脑构造是很复杂的，尤其像司南这样失忆过的人，他脑子里专管记忆的那一块就像个定时炸弹，指不定什么时候就会爆发。”宁瑜冷冰冰道，“少安毋躁，周上校，不然我要给你打镇静剂了。”

周戎按住自己紧锁的眉心，仿佛用这个动作勉强压制住了情绪，半晌，他退回走廊靠墙坐了下来，嘴角在侧脸划出一道深刻的阴影。

宁瑜还想教训什么，但急救室的门被打开了。研究所一名白发苍苍的主任向挤满了人的走廊上瞥了眼，似乎有些顾忌，只向宁瑜招了招手示意他过去。

“我会尽力的。”宁瑜丢下一句，手插在白大褂口袋里，头也不回地走了。

金华中校已经赶来急救室外守着，擦肩而过时向宁瑜点了点头，而后者没有任何回应。

自从宁瑜来基地后，话就变得非常少，除公事外与外界几乎没有任何交流。研究所里有传言说他每天只有晚上才吃一顿饭，金华注意到他确实日渐消瘦，便以军方慰问的名义亲自过问了一次，宁博士给予的答复却是这是他的习惯——

饥饿的时候血液集中在大脑，思维会更加清晰敏捷，希望组织不要干涉他的个人生活。

不论何时金华路过研究所，宁瑜实验室的灯总是开着的。有时金华透过玻璃墙看见他的背影，恍惚觉得他是根长了手脚的衣架子，空荡荡吊着一件白大褂，永远低头专注于面前的电脑和仪器，世人只能看见他黑色的后脑勺和白色的脖颈。

这给金华一种隐约不安的感觉，但具体哪里有问题，她又说不上来。

“罗缪尔隐瞒了什么。”周戎十指交叉，抵着眉心，嘶哑道，“他想要司南的事没那么简单，不可能只是为了那种……那种……”

“我明白。”金华尴尬又善解人意地打断了他。

顿了顿她又道：“研究所报告出来后，我和宁博士讨论过二级抗体的事。不知道为什么，但宁博士坚持能普及所有人的终极抗体是存在的，他甚至怀疑A国在FL州的实验室已经研制出了终极抗体的雏形。”

“那为什么病毒还能暴发？”

“这就不得而知了，也许是疫苗难以培养，也许是目前的技术达不到……”

“也许，”周戎低声道，“是他们不想让它传播。”

周戎的声线醇厚略沙哑，富有磁性，那几个字却听得金华心中一凉。

宁瑜眯起眼睛：“什么？”

“从刚才起就是这样，不排除有脑死亡的风险，你们研究所的人到底是怎么查的？！”医学部调来的负责人砰一声拍响台面，“为什么把携带者扣在实验室，不立刻送来我们这里？”

急救室里闹哄哄的，实验室主任不停分辩：“下午一切正常，做过脑部CT，立刻就能调出结果……”

“后脑撞击！颅脑损伤！这是要死人的，你们简直在草菅人命！”

宁瑜的目光移到病床上，在输液管和各种仪器的包围中，司南双眼紧闭，但仔细观察的话竟能发现眼睫在不易察觉地颤抖，咽喉上下滑动。

那状态仿佛是他深陷在某种梦魇中，急欲挣扎发声，想要说出什么。

宁瑜穿过几位不住争吵的博士，拨开正实施急救的医生，伸手拔下了司南的吸氧管。

医生登时愣了：“宁博士！”

宁瑜对周围置若罔闻，俯身贴在司南苍白的唇边，只听他喉咙里发出轻微又破碎的异响，片刻后竟然听出是一组不断重复的：“崖……

“崖……下面……”

“牙？”宁瑜狐疑道。

“宁博士，你在干什么？！”医疗部负责人简直要气疯了，“快让开！”

宁瑜不耐烦地推开医生，手肘撑在司南枕边，追问道：“什么牙？谁的牙掉了？你还能想起来多少？”

司南漆黑的眉拧成一团，似乎有点痛苦，眼球在眼皮下左右摇晃——那是大脑皮层正激烈反应的表现。负责人亲自上来拉宁瑜，冷不防却被宁瑜用力挣脱了：“闭嘴！安静！”

负责人一呆。

“下不……去，”司南断断续续道，“快下去拿……快……”

电光石火间宁瑜脑中闪过一个难以置信的念头，他自己都没反应过来，话就脱口而出：“下去拿什么？是不是抗体？”

“……”

“是不是你带的东西？你从A国带了什么？司南！喂！”宁瑜一捋袖子就去拍司南的脸，厉喝道，“说清楚点，司南！不不，Noah！ Noah Chong！”

啪啪几声脆响，司南在昏迷中竟然抬起痉挛发颤的手，抓住了宁瑜：“太高了，”他喘息道，“下去拿，帮我下去……”

“什么抗体？是不是抗体样本？FL实验室是不是已经培养出了终极抗体的

样本？喂！ Noah！告诉我！”

宁瑜的咆哮声慢慢远去，湮没在潮水般围绕而来的喧杂人声里。

——终极抗体。

司南的灵魂在高空中缓缓下落，阴湿的风铺天盖地，穿越山峦、河流与树林。狂风中裹挟着无数声音不甘的质问，逆着时光溯流而来，越来越响亮，越来越尖锐：“为什么你不会被感染？”

“为什么你有抗体？”

“为什么你就能幸免于难？”

……

司南咬紧牙关，抬手捂住耳朵，震耳欲聋的声音渐渐化作了惨叫和哀鸣。他竭力抬起头，巨大的客机在高空中解体，黑红火焰交织，机翼拖着长长的尾烟旋转飞向山谷。

一道非常熟悉又充满了暴戾的声音在耳边响起：“终极抗体在哪里？”

司南咬牙挣扎，但无形中似乎有个人强行拉开他的手，怒吼道：“你坠机后，随身携带的那个抗震冰冻箱在哪里？！再不说我开电击器了！”

——抗震冰冻箱。

仿佛电流通过神经，某个闸门被轰然打开，大脑深层意识构建出的世界分裂、重建，所有场景在刹那间变换。

司南身形一顿，脚底突然接触到了实地。梦境中他愕然抬眼，下一刻只见办公桌后，扶手椅转了回来，面容衰老而精神矍铄的将军缓缓道：“演习已经结束了，你来找我真是意外……请问有何贵干，Noah Chong 教官？”

这是一间空旷的办公室，军营午后的阳光在空气中安静跳跃，可以看见面前缓缓浮动的尘埃。

司南闭上眼睛，复又茫然睁开，在对方锐利的注视中无言以对。

但紧接着他听见自己的声音在梦中响起，因为长久不说C国语而略有生涩：“潘多拉病毒失控了。”

仅仅一句话，让老将军面色剧变：“你说什么？！”

“两周前，白鹰基地所有实验体丧尸化，实验室对外界封锁了这个消息。作为对策，罗缪尔家族初步培养出了理论上可以针对所有人类进行传播的抗体样本，但拒绝制作解毒疫苗。”

年轻的白鹰教官居高临下，正对着老将军震愕的目光：“如果没有疫苗，所有实验的最终结果都必然是病毒泄露，把整个地球拖进活死人的末日。”

老将军站起身，深吸数口气，因为谨慎而压低了声音：“你到底想说什么？”

那一瞬间司南终于意识到梦境中这位老人是谁，以及他为什么看上去莫名眼熟——郭劲松！

C 国国安部副部长，郭伟祥已牺牲的祖父！

“我是来合作的。”司南平静的声音说。

“你——”

“三个月后，特种部队选拔新人，我可以把你们的特工带进基地实验室。作为交换，我想请贵国集中科研力量，完成对终极抗体的研究和培育，以及在全世界范围内进行传播……”

司南久久顿住，办公室内陷入了静寂。

“为了拿到抗体，我们可以不惜一切代价。”郭副部长沉声道，“请问你还有什么要求？”

窗外是 118 军营操场，阳光之下尘土弥漫，远处士兵操练的吆喝遥遥传来，模糊不清。

司南目光微微涣散，仿佛透过 C 国天空下的重重云层，瞥见了多年前隐秘而不为人知的回忆。

半晌，他才在对方焦灼的注视中开了口，淡淡道：“那天我在这里……看见了很多年前认识的一个人。”

天穹阴霾，狂风大作。机舱在尖叫中不断上下颠簸，满面是血的空姐嘶吼着，过道上惊恐的乘客沦为猎物。

司南抓起手提箱，一把砸倒前座嗷嗷扑来的活死人，他大步冲出商务舱，一脚踹开驾驶舱的门。正副机长摇摇晃晃从座位上起身，发出饥渴暴躁的咆哮，司南一手一个扼断了他们的咽喉，晄当将手提箱放在脚边，噼里啪啦打开控制面板上的七八个按钮，咬牙扳住了操纵杆。

轰！

飞机剧烈震荡，仪表盘上红灯狂闪，客舱中行李疯狂坠落。

司南拉死操纵杆，手背青筋凸出，然而无济于事。引擎在长空中爆出烈焰，继而黑烟滚滚，驾驶舱前窗的画面不断旋转下坠。

“Shit！”

司南痛骂一声，弯腰提起冷冻箱，冷不防手腕剧痛。只见手腕被尚未完全死去的机长丧尸咬住了，当即鲜血长流！

咣咣咣！咣咣咣！！门外传来捶击声，丧尸们正在用力捶驾驶舱的安全门！

司南挣脱机长，环视四周，竭力迫使自己冷静。急速下坠的震动还在继续，他稳住身形四处翻找，继而探身在驾驶舱顶上乱翻，闪电般拖出来一只备用降落伞包。

驾驶舱门在丧尸的撞击下摇摇欲坠，司南背起伞包，抓起冷冻箱狠狠砸向玻璃——砰！

砰！！

双层玻璃哗然龟裂，与此同时，舱门轰隆重响，终于被丧尸群推开了！

活死人一拥而入，同一时刻司南狠狠挥拳，风挡玻璃在鲜血中哗啦全碎！

“吼——吼——”满身鲜血的活死人七手八脚来抓司南，千钧一发之际只抓住了他的裤脚。司南发力将最前面几只丧尸踢了出去，半秒都没耽误，随即纵身飞跃！

内外气压差瞬间把他卷走，远远抛向三万英尺高空。

飓风把肺里最后一丝空气都绞了出来，司南咬紧牙关，发不出任何声音，衣襟袖口在下坠中猎猎作响，突然只听头顶传来惊天动地的爆炸声。

客机解体了。

无数燃烧的零件倾盆而下，就像下了场燃烧的暴雨。恐怖的灼热气流轰然压顶，把司南加速推向地面，他终于在混乱中发出了听不见的痛吼声，用尽最后的力气狠狠拉开降落伞包，哗啦——

几分钟后，司南撞进树林顶端，穿过大大小小无数尖锐的树枝，一头栽向地面，在巨大冲力下足足翻滚出十几米，失去了意识。

他无法得知自己昏迷了多久，再次醒来是因为剧痛。

“呼哧呼哧，呼哧……”

朦胧中司南以为那是狗，但一睁眼，首先跃入视线的竟是半腐的人脸。另外还有个丧尸跪在他身侧，正准备用尖锐的爪子给他开膛破肚。

“Shit……”司南颤抖着骂了声，抬脚用力踹飞身侧丧尸，在它连滚带爬摔出去十多米的同时，又一把拧断了它同伴的脖子。

司南喘息片刻，勉强站起身，失血造成的眩晕让他几乎很难站稳。

这是一片森林尽头的悬崖，空地上丛生野草，满是腥臭血迹。那丧尸已经撕开了司南肩背上的肌肉，鲜血浸透衬衣，从破碎的衣襟处隐约能看见惨不忍睹的撕裂伤和白骨。

附近静悄悄的，鸟雀沉寂，荒无人烟。

司南筋疲力尽地吐出一口气，突然想起什么，被电打了似的全身僵住。

手提箱呢？

抗体样本呢？！

司南不顾伤痕累累的身体，立刻踉踉跄跄拔腿去找，然而那只泛着银光的冷冻箱真的不见了，岩石后、树木下、附近草丛里没有任何痕迹，就像凭空消失了似的。

司南的血一阵阵发冷，起身靠着树干，环顾周围。

难道是被丧尸拿走了？不可能，丧尸没有那么高的智商。

那么是在高空中松手导致冷冻箱飞了出去？

但冷冻箱的环形手柄设计没那么容易松脱，而且他清清楚楚记得，自己从树上摔下来的时候，手里还是紧抓着箱子的。

那在哪里呢？

司南呛出几口血，目光投向前方。悬崖尽头是一片幽深的山谷，岩壁陡峭，荒草稀疏。

陡坡离他刚才昏迷的地点只差十多米。

司南几乎是强行拖着伤痕累累的身体走过去，趴在地上一寸寸翻检、搜索，每根枯草和每块碎石都不放过。终于，他在悬崖边的岩石上发现了最不希望看见的痕迹——被尖锐物体砸过后，表面泛白尚且新鲜的划痕，末端直直指向深不见底的山谷。

那一刻司南几乎能想象到冰冻箱飞出去，狠狠砸上岩石，继而掉下悬崖的情景。

“有人吗？”他一屁股坐在地上，沙哑地问。

悬崖边鸦雀不闻，天高地远，一片寂寥。

“有人吗？过来帮个忙！”

山谷间只传来阵阵不清晰的回音。

司南吐了口气，终于死心了，爬起身向下张望。

悬崖极其高陡，没有横生出来的枝杈，只有石缝中生出的荒草。司南试了两步，根本走不下去，受伤导致的虚弱让他甚至很难站稳，再走只会一头栽个粉身碎骨。

从出生到现在，司南从没感觉自己这么背过，简直把多少年来的霉运都一次走尽了。他跪在地上粗喘片刻，肩胛处血淋淋的伤口终于渐渐干涸、愈合，活动手臂时带来迟钝的痛感。

他终于扶着岩石站起身，把染血的外套系在最近的树上，慢慢向北走去。

如果找到附近的村庄，总能有人来帮忙的。

这是司南平生最长的一段路，他几乎不记得自己走了多久。天幕渐渐变暗，山路和树林被抛在身后，青苔一次次让他踉跄滑倒。最终，天完全黑下来的时候，前方山脚下闪现出火光和人声，尖锐的轮胎摩擦、吆喝与枪声零星响起。

“这里是B军区第九搜救大队……”

“奉命对本地区未受感染者进行搜救……”

“站住，不然开枪了！”

“等等！”有人大吼，“那里有个人！山上有个人！”

几道手电光同时扫射过来，强光让司南下意识捂住眼睛，脚下一滑失去了平衡。

他已经真正到了强弩之末，整个人直接滚下山路，不知道在黑夜里撞上了多少尖锐的石块。疲惫和剧痛让他神志模糊，坠入黑暗前的最后景象是村庄烈焰四起，几名士兵狂奔过来，七手八脚把他从地上扶了起来。

“在山里，快去……”司南满面是血，抓住士兵，疾喘着喃喃道，“坠机的山谷里……抗体……”

士兵大吼：“他受伤了！中校！”

“叫医疗兵过来！”汤皓端着冲锋枪冲向火光，将几个拖曳着脚步走来的丧尸击毙，头也不回厉声道，“快快快，速战速决，快走！”

“快去山里……抗体……”

喧杂淹没了司南的声音，周围晃动的人影越来越模糊。

他竭力保持清醒，但眼皮越来越沉，终于他颓然坠入了长久的黑暗中。

嘭一声，急救室大门被推开，医生尾音都变了调：“周上校！周上校人呢？！”

所有人脸色煞白，周戎一下抬起头，只见医生脸色铁青：“快，宁博士叫您赶快过来！”

刹那间周戎全身血都冷了，耳朵嗡嗡作响，完全听不清医生还说了什么，起身就冲进了急救室。

周围众人神色各异，然而周戎完全没心思去注意，只见宁瑜从手术台边站起身，金边眼镜后神情冷峻，他只简单说了四个字——

“他在等你。”

周戎大脑一片空白，电视上无数生离死别的场景从眼前闪现，他发着抖半跪在了司南身边。

“冷冻箱……”

司南低哑轻微的声音响起，周戎哽咽一顿：“啊？”

“冷冻箱在山谷里……”司南顿了顿，艰难地积攒起说下一句话的力气，“在……坠机的那个……山谷里……”

周戎："什么？！"

"太好了！我就说我没听错！"宁瑜猛地松了口气，欣慰且愉悦，"你听，他是说抗体样本掉进坠机那个山谷里去了对吧？"

周戎："……"

司南轻轻拉了拉周戎的食指，嘴角浮现出一丝笑意，紧接着眼一闭放松睡了过去。

"喂！司小南！你怎么……"周戎还没来得及咆哮出声，训练有素的医务人员一拥而上，登时把他从手术台边挤了出去。

宁瑜抱臂站在急救室门口，上下打量周戎青白的脸色："怎么回事周上校？见鬼了？"

"你不是……来叫我听遗言的？！"

"什么遗言？"宁瑜莫名其妙，"脑震荡而已，司南恢复了记忆想要告诉你，你想哪儿去了？"

周戎惊魂未定，脚下发软，一阵被愚弄了的悲愤从心底油然而起。

"哈哈哈——"宁瑜终于明白过来发生了什么事，仰天长笑三声，而后一板脸，"狗血剧看多了吧上校，你当这演戏呢。"

三天后，脑科专家的检查结果终于被确定了。

司南坠机后被大剂量丧尸病毒感染，随后摔下山坡，高烧加头部撞击让他出现了暂时性的失忆。

遇到118第六中队后，他的记忆就像拼图游戏般一块一块地、支离破碎地浮现出来，最后也是最关键的一块，在被A国女爆种者狠狠击中后脑后，终于从脑海深处显出了端倪。

上级火速找来汤皓中校，结合第九搜救大队的行动路线，基本确定了当初找到司南的地点——

H省与T市交接地区的某山村。

如果当时司南没有高烧昏迷，又或者士兵听清了他晕倒前说的是什么，而汤皓当机立断搜索山区的话，或许他们在灾难爆发之初就能找到抗体，无数悲剧就可能不会发生。

时至今日已经太晚，但所幸结果并非不可挽回。

中午食堂熙熙攘攘，司南端着冒尖的饭盒从人群中挤出来，坐在墙角一张无人的四方桌边，不满地盯着碗里的糖醋排骨。

三块。

军队打饭纪律严苛，一人三块肉，多了没有。

然而当个异血种还是有好处的——尽管打饭小哥表情严肃，手上却神奇地舀出了三块特别大的肉，稍微减轻了司南“老子拼死拼活给你们送疫苗，连个排骨都不给吃够”的辛酸和愤懑。

“喀！”

司南抬眼一瞥，只见汤皓中校端碗站在对面，象征性指了指空位：“有人吗？”

第26章

司南琥珀色的瞳孔就像某种无机质，一言不发盯了汤皓数秒后，他说："有。"

"谁？"

"颜豪。"

汤皓无奈，转到四方桌侧边，还没拉开椅子就只听司南冷冷道："春草。"

"……"汤皓不信邪，再转到另一侧。

司南："丁实。"

这简直是一人包全场的架势，汤皓索性站在桌子边上不坐了："我想找你……"

"郭伟祥。"司南说。

汤皓："……"

"你站的那个位置是郭伟祥的。"

汤皓的表情精彩无比，许久嘴角抽搐道："郭少爷在你们队里地位真够低的……"

司南挑了挑眉，开始吃他的糖醋排骨。

有人好把喜欢的东西留最后吃，司南明显是相反的类型。汤皓看着他以跟外表毫不相称的耐心和细致，把三块骨头都啃了个干干净净，突然灵光一闪，舀起自己的排骨递到他面前：“还要吗？”

司南目光疑惑。

“我讨厌排骨，”汤皓诚恳道，“特别讨厌。”

于是司南把汤皓丝毫没动的糖醋排骨一一拨了过来，虽然表面毫无情绪，连下垂的眼梢都没扬起分毫，但明显能从周身气场上看出龙心大悦：“你现在可以站着说了。”

汤皓总算吁了口气。

“军方初步确定了你坠机后的降落地点，但整座山谷非常大，光凭系在树上的血衣这一个标识无法精确定位。所以上级打算派遣一支三十人的搜索队，由我担任队长，对整座山区包括附近水系进行彻底搜检。”

汤皓咽了口唾沫，说：“其中包括原118大队第六中队的所有队员……周戎除外。”

司南眯起眼睛：“什么意思，颜豪他们从此归你管辖了？”

“搜索队编制只是暂时的，以后的事还没定。但如果一切顺利的话，他们也有很大可能性被划归到第九搜救大队里来。”

食堂里人来人往，吆喝声、打闹声、碗筷叮当、桌椅撞击声此起彼伏，很多人经过后偷偷回头，好奇地瞥着在桌前仿佛罚站一样的汤中校。

汤皓盯着司南，从这角度看不清这个异血种的表情，只能看见他乌黑柔亮的发顶和一下下有规律地轻敲饭盒边缘的雪白的食指。

汤皓突然没来由想起罗缪尔告诉军方的，有关于这个混血年轻教官如何在餐厅虐杀数名爆种者的往事，蓦然升起了一丝荒谬的感觉。

“我知道了。”突然，他听见这个异血种低沉道，“祝你们平安回来。”

汤皓还以为他的反应会很激烈，起码也会表示不同意，他甚至已经打好了一长篇有理有据、不卑不亢的腹稿，以作对方突然翻脸强烈抗议的准备。

但没想到司南这么平静就接受了，汤皓不由有些诧异地“唔”了一声：“那么……我就是提前来知会你一声。这还是内部决议，郑将军想亲自缓缓地告诉周戎他们，所以目前除了我还没人知道。”

司南点头不语。

“还有一件事。”汤皓顿了顿，说，“军方决定把罗缪尔送回FL州，今晚就动身。”

这个决定倒不出意料。

罗缪尔想要回司南的目的基本已经清楚了，就是为了拷问出终极抗体的所在地。按周戎的主张，直接把罗缪尔空运到丧尸密集的城市中心丢下去就完了，但出于人道主义和政治方面的考量，军方还是决定把罗缪尔哪里来的送回哪里，省得到战后清算的时候，说C国为了偷窃未成形的疫苗，把A国副总统的儿子给弄死了。

“罗缪尔暂时被看管在军方招待所，今晚八点会有人押送他上飞机，那个被阳春草上尉打成重伤的女爆种者和被差点被你掏心的大块头也一道随行。起飞地点大概是岛屿北面的第六停机坪，离航母港口很近，你去过的。”

司南瞥向汤皓，似乎感觉有点意思：“告诉我这个做什么？”

汤皓一笑：“没什么。只是想让你知道……押送他们的是我的人，眼神不好，嘴都很紧。”

司南托着下颌，数秒后勾起一边嘴角：“谢谢。”

汤皓绅士地颔首表示不用谢，转身走出几步，突然又回过头。

“对了，有件事我只是好奇……”

司南无声地示意他说。

“罗缪尔告诉军方，你在白鹰部队时是重点监管对象，涉嫌很多起受害人为爆种者男性的一级谋杀罪。其中有一次是在食堂里，你让几个爆种者从你吃饭的桌子边滚出去，数到三还不滚的话就……”

司南笑起来：“用一把勺子捅死了所有人？”

那笑意虽然不明显，但在他漂亮的面孔上堪称温柔。然而汤皓的第一反应却是下意识目测了一下自己和他之间的距离。

“你好奇什么？”

“唔……”汤皓喉结滑了一下，“就……想知道这事是……真的还是……”

“真的，”司南就这么笑着说，眉目流转着一丝邪性，“幸亏你刚才没坐。”

汤皓半晌没说出话来，最后比了个拇指，转身同手同脚地走了。

“司小南！”春草蹦蹦跳跳冲过来，“哎呀挤死我了！还好你这儿有座！”

颜豪和郭伟祥勾肩搭背地走过来，周戎熟练地挤到司南身边，互相依靠着，大家开始热热闹闹分着吃饭。不远处丁实和金华中校并肩走出人群，说了几句什么，金华礼貌地道了别，端着空饭盒向食堂另一侧走去。

丁实却还眼巴巴留在原地，一直目送她背影消失，才无精打采地走向这边。

“不不，司小南，哥刚才亲眼看见汤皓从这儿向外走了。”周戎夹起自己的排骨塞进司南嘴里，戳着他的太阳穴教训，“隐瞒组织是没有意义的，姓汤那家伙不值得你这样。当年他报名 118 没选上，回老部队后搞军演，跟 118 打出了 20:3 的战损比，从此就结下了杀父夺妻血海深仇……”

司南被戳得有点不满，边啃骨头边哼哼地应付着。

“而且汤皓是个著名的倒霉蛋，知道为什么吗？他是个军演之前抛骰子选营地，每次都能选到沼泽；开大小赌攻守，每次都是攻城方；一伙新兵三更半夜出来套我麻袋，结果那天正好换岗，错把他给套住狠狠揍了一顿——的天生倒霉蛋……”

司南神情愕然，周戎在他身上啪地拍了一下：“懂了吗？不要跟他走太近！免得把你带霉了！”

“……”司南喃喃道，“谁带谁还说不定呢。”

“她拒绝我了！”丁实一屁股挤到颜豪和郭伟祥中间，哭丧着脸说，“小金花不愿意跟我去约会！”

两人当然是立马劝慰安抚加油鼓劲，只有春草一边大口往嘴里填饭一边翻了个白眼：“早告诉你了，没有哪个男生约女孩子的方式是每天早上请她去晨跑好吗，谁给你出的这个馊主意？”

丁实还没回答，颜豪莫名其妙：“晨跑有什么不好？早上空气清新人又少，多适合他俩谈恋爱啊。”

“对啊对啊！”郭伟祥大力赞同，“等小金花跑不动了，正好大丁把她一背，你的心跳贴着我的心跳，多浪漫多有情调，那男友力杠杠的！”

“大丁再趁机脱个上衣秀个肌肉！完美！”颜豪拳头一敲掌心，“保管跑两次这事儿就成了！”

春草满脸恨铁不成钢的沉痛：“你们仨一个都别想找到对象。”

大丁垂头丧气地吃完饭，拖着沉重的脚步跟队友走出食堂，突然看见金华背对着他们，站在不远处的操场边，正专心致志地翻看一本手册。

金华中校在正常人眼里是朵高不可攀的军中鲜花，但在大丁加了十八层滤镜的描述中，则是乡下老家温柔腼腆又水灵的小村花，害羞的时候一扭身一跺脚，粉拳轻捶大丁胸膛。

“当场让我丢了半边魂儿！”

——这描述给了司南很大的理解误差，以至于后来他亲眼见到这位小金花中校时，严重怀疑她当时给大丁的不是娇羞粉锤，而是一记金刚重锤，所谓的“丢了半边魂儿”则是丁实当场被打出了急性心梗。

“放弃吧，大丁。”春草真心实意道，“你看你相貌堂堂，一表人才，前途无量……随便找谁不好，干吗在一棵树上吊死？话说要不你去追队花吧，咱队花哪儿比小金花差了？”

丁实伤心欲绝，一个劲摇头。

颜豪说：“我微妙地觉得受到了嫌弃。”

郭伟祥立刻出来捍卫118的门面：“胡说！咱队花明明比小金花还好看！”

颜豪：“再夸我揍你了！”

几个人进行着“到底是颜豪好看还是金中校好看”以及“颜豪跟金中校谁更有可能问鼎军花宝座”这番没营养的争论，推推搡搡穿过操场。司南向后瞥了眼，只见金华的身影越来越远，他突然冒出来一句：“你真想约她？”

丁实愣了下才反应过来他是问自己，委屈地点点头。

司南认真道：“我教你一招，看好了。”说着掉头向操场走去。

几个人不明所以，远远地跟过去躲在树后，只见司南双手插在裤兜里，径直来到金华中校面前，后者愕然抬头，猝然撞上了司南冷漠的脸。

司南和其他异血种不同的是，他身上总有种杀伐决断的血气。

不论他是走动、站立还是静静地坐着，哪怕他微笑的时候，那二十年来白鹰部队残酷训练出来的气质总是深深附在灵魂中，从每根毛孔渗出毫不掩饰的、令人心颤的森寒。

金华虽然负责研究所日常管理，但从未与清醒状态下的司南单独对话，这么乍看上去心中竟然微微一凛，下意识挺起了脊背："请问您……"

司南问："你是谁？"

"我是负责军方与研究所沟通和传达日常事务的……"

"跟我们队里的丁实是什么关系？"

金华："呃……"

树后，丁实紧紧捂住心口，一副马上就要厥过去的样子，郭伟祥用力给他拍胸捶背："挺住！兄弟！挺住！！"

"其实也不是什么特别的关系，我……"

司南毫无波澜地打断了她："丁实是有家室的人，请离他远点。"

"叫医疗兵！"颜豪大惊失色，"大丁不行了，快！叫医疗兵！！"

金华手足无措，下意识往后退了一步，颤声道："啊？……"

司南上下打量她，如同当年的铁血教官站在骄阳下，冷酷打量自己不知死活的爆种者学员，直到金华中校脸颊边的肌肉明显因为紧张而绷了起来。

"丁实一直爱着他村里的那个小姑娘。"司南俯视金华的眼珠，声音轻而缓慢，"那姑娘是他指定的紧急联络人，抚恤金继承者。一路上数不清的异性对他投怀送抱，但所有人都遭到了拒绝，他说在他心里，那姑娘是他此生唯一的爱人。"

"所以你离他远点。"司南略一停顿，意犹未尽加了句，"不要破坏组织的安定和团结。"

金华："……"

司南转身走了，金华中校在太阳底下僵立半晌，心脏怦怦直跳。

丁实终于厥了过去。

丁实被七手八脚搬回宿舍，颜豪给他扇风，春草给他递水，周戎亲自下死力在他人中穴上狠掐了好几下，丁实终于芳魂一缕悠悠醒转，大家同时松了口气。

司南没有得到应有的表扬，感到很委屈，跨坐在长条板凳上不吭声，就像只蔫了的猫。周戎有心想问问他到底跟金华说了什么，但混乱中没来得及，突然听见门被敲了几下，一道熟悉的女声问：“丁实在吗？”

所有人同时：“……”

丁实：“小金花！”

刹那间丁实满血复活，冲出门外。众人好奇地从门框边探出头，只见金华中校背着手等在走廊上，面色微红，咬着嘴唇。

丁实站在她身边，两人大眼瞪小眼，半晌，大丁那张土帅土帅的黑脸竟然也慢慢红了起来，期期艾艾道：“什……什么事？”

金华罕见地有些不自然，片刻后小声说：“你那个抚恤金……甭只写我了，影响不好。而且年纪轻轻的，说这个……多不吉利……”

司南如凯旋的英雄，被众人簇拥回屋，受到了隆重的待遇。颜豪给他扇风，春草给他递水，郭伟祥虔诚地给他削苹果，周戎把苹果切成一块块儿的插上牙签，亲自端来给他吃。

“撩妹高手！”众人心悦诚服，“以后哥几个脱单就靠你指点了！”

司南傲娇地哼了声。

丁实把握住了这个机会，整个下午没回来，吃晚饭时也不见人影。

郭伟祥偷偷侦查过，说金华中校打了饭去研究所吃，丁实像只忠实的杜宾犬一样跟过去了。

“周上校？”一名勤务兵过来啪地敬了个礼，“郑中将让我来传话，请您晚饭后去一趟他的办公室，有要事协商。”

司南挖饭的勺子停滞了下，但周戎像是早有预感，笑着点点头说：“行啊。”

其他人并不知道发生了什么，也没有问。晚饭后周戎让所有人回宿舍，神色如常，向郑中将办公室走去。

司南落后两步，回头看着他的背影。

天光渐暗，海风呜咽，周戎迷彩服外套敞开着，衣摆在风中微微拂动。他身高腿长，又曾受过最严苛的仪态训练，走起路来姿态非常挺拔好看，但在118

这样的流氓部队待久了，总有点无所谓和漫不经心的意思。

——就像一头老虎，有着雪亮锋利的獠牙，半梦半醒间从喉咙里发出低沉的呼噜声。

司南收回目光，转身向北走去。

前方岛屿最北面，靠近港口，是军方的第六停机坪。

晚八点，一辆车从军方招待所方向飞驰而来，停在了停机坪边。司机推开车门，罗缪尔在几名士兵的严密看管下钻出了车厢。

刹那间风吹起他的头发，罗缪尔眯起眼睛，只见前方静静伫立着一道身影。

——根本不用凭借远处直升机的灯光，他闭着眼睛都能认出那是谁。

“Noah。”罗缪尔笑着沙哑道。

司南回过头：“你喊错了。”

第27章

士兵们已经被汤皓吩咐过，只作看不见，端着枪沉默地站在不远处。

罗缪尔端详司南片刻，突然笑道："我了解你太少了。"

司南不作声。

"虽然我们从小在一起长大……不，应该说在同一座宅子里长大，但我上大学之前一直刻意无视你的存在，以至于后来再想回忆少年时期的你是什么样，都已经没有任何清晰的印象了。"罗缪尔似乎感觉挺有趣，说，"我从来不知道你在感情方面是这么专一和执着的人。"

司南问："很奇怪吗？"

罗缪尔说："不奇怪，只是跟你母亲很像罢了。血缘的力量真是强大。"

飞机在跑道上缓缓移动，发出巨大的轰鸣声。罗缪尔和司南对面而立，距离不过一步，崖海上的风穿过洋流与航母，尖啸着从两人之间奔过。

"我要走了。"罗缪尔问，"你亲自过来一趟，该不会是特意来向我炫耀的吧？"

司南冷冷道："我母亲最后葬在了哪里？"

罗缪尔有些诧异，随即笑了起来："我以为你根本不关心这个，你连她的葬礼都没去。"

司南抱臂而立，没有回答。

罗缪尔反问："你觉得我会把她埋在哪儿？"

"……"

"因为你母亲，以前我很厌恶异血种。这种生物就像……怎么说呢，海面上人鱼的歌声，靡丽、婉转，充满致命的诱惑，明知道循声而去便是死路一条，却还是能吸引无数原本头脑清醒意志坚定的人像蠢货一样前仆后继扑上去，心甘情愿成为这种软弱无力的生物的附庸。"

司南问："你在说你父亲吗？"

罗缪尔根本不介意他话里的嘲讽："所以我十多岁的时候，曾经下决心成年后找个无质者作为未来的伴侣，以免重复我父亲那样可笑的悲剧。"

"但按你那个利用二级抗体筛选优等人种的方案，无质者的基因怕是在灭绝之列吧！"司南淡淡道。

"这个决定在我后来在白鹰基地看到你之后就改变了。"罗缪尔耸了耸肩，说，"不过即使没改变也无所谓，你觉得这会影响我的政治主张？"

司南摇头一哂。

"所以你母亲死后，"罗缪尔继续道，"我父亲伤心欲绝，以至于后来一蹶不振。他把她埋在了家族墓地里，希望百年之后能与她同葬……"

司南说："但我在你们家墓地里没发现她的墓碑。"

"是的。"罗缪尔说，"那是因为父亲死后我把她移走，把我妈葬进去了。"

如果罗缪尔下一句话是"我把她烧了"或"扔出去喂狗了"，那司南今天肯定不会让他全手全脚地上飞机。然而他下一句却不是这个，他看着司南微微一笑："你猜移到哪里去了？"

"……"司南眯起了眼睛。

"喂！"飞行员从停机坪上远远跑来，作势指着手表催促，"到点了！喂！——"

身后士兵不安地动了动。

"那么紧张做什么。"罗缪尔轻松道，"我以为你们母子感情很淡薄呢。"

司南轻轻地、一字一顿问："你把她移到哪里去了？"

罗缪尔扬眉不答，司南终于猛地拎起他的衣襟："你……"

“公共墓园。”罗缪尔微笑道。

司南有力的手指终于一点点松动，罗缪尔凝视着他在夜色反光中显得格外浅、由琥珀变为蜜色的瞳孔，说：“感谢我吧，这算是我为你做的唯一一件好事。”

司南从鼻腔中轻而嘲弄地哼了一声，放开他向后走去。

“喂！”罗缪尔突然回头朗声道，“想知道你父亲最后葬在哪里了吗？”

飞行员快步跑来，士兵上前示意他赶紧走，罗缪尔却站着没动。那一刻司南穿过夜幕中的停机场，背对着所有人，低沉的声音在风中没有任何情绪波动：“我知道他在哪里，已经见过了。”

直升机缓缓上升，尘土随着旋风卷向四面八方。司南停住脚步，黑夜中红光一闪一灭，只见周戎叼着根烟坐在围栏边，向他笑着伸出双手。

司南上前按住他的掌心，四只手相贴，他无声地叹了口气。

“我以为你是来杀他的，”周戎笑道，“还想着要不要阻止你呢。”

司南说：“我真要杀他的话，你也阻止不了吧！”

这倒是实话，司南发起狂来的时候除非击毙，否则很难制住。他想了想又解释了一句：“但罗缪尔没拿到终极抗体，回去后也不会太好过，杀不杀他都无所谓了。”

周戎拽着司南的双手，把他拉近，问：“嗯？”

“白鹰基地卡在病毒失控前研究出了适用于绝大多数人的抗体样本，但没有完成这个项目，就把不成形的疫苗封冻了。在罗缪尔的游说下，几个富有权势的大家族决定把终极抗体掌握在自己手里，同时推行一种只适用于少数基因优秀者的二级抗体。

“以此为手段，权力和土地可以得到迅速扩张，甚至足以建立起末世中坚不可摧的独裁王国。”

“……”周戎无声地点了点头，“所以你主动联络郭副部长，以完成疫苗研究为条件，把终极抗体的样本偷了出来？”

司南说：“差不多吧。但其实也……不能算偷，那本来就是我的东西。”

周戎差不多猜到是怎么回事了，但没有打断，只静静看着他。

“虽然有很多的国家在做病毒实验，但潘多拉病毒最终确实是在我母亲手里成型的，为此她非常后悔，跟罗缪尔他父亲……结婚后，就一直在做疫苗相关的研究，但没人具体知道她完成到哪一步了。”司南吸了口深夜冰凉如水的空气，说，“她在这方面的专业性非常超前，也可能是我父亲的死，给了她很大的动力和灵感吧。”

周戎默不作声地听着，司南自嘲道：“不论是科学或艺术，死亡的痛苦总是灵感迸发的途径之一。”

“然后呢？”周戎柔声问。

“她自缢后给我留了封信，但我一直没打开。我连她的葬礼都没去……”

司南静默了很久，周戎以为他不会接下去，谁知片刻后他竟然平静地承认了：“我不敢去。”

“为什么？”

司南大概这辈子都没跟人说过这么多话，他思索了很长时间，像是在勉强组织语言来陈述自己隐秘晦涩的、不为人知的过去，他终于开口道：“有好几年的时间，我一直有点恨她。”

“我恨她为什么要折腾我父亲的遗体，为什么要研究潘多拉病毒，为什么要以我为实验对象进行一系列的抗体测试。”他停顿片刻，说，“后来大概因为疫苗研究遇到瓶颈，她的精神状态慢慢就不对了，老是产生我父亲还没死的臆想，甚至又回头去继续研究潘多拉病毒……”

司南闭上眼睛，脑海中浮现出当年不堪回首的一切——灰暗华美的庄园和头顶仿佛总是阴霾着的、隐隐泛出血色旋涡的天空。

“我打破了她的幻想。”司南睁开眼睛，用一种平稳得可怕的音调继续道，“她无法承受，留下一封信后就自杀了。”

周戎这才明白“我不敢去”这四个字里，隐藏了多少用语言难以形容的复杂感情。

“你是什么时候打开那封遗书的？”他低声问。

“好几年后吧，”司南说，“具体不记得是哪天了。看到那封信我才知道原来疫苗研究已经取得了关键性进展，但我去问罗缪尔的时候，他说项目已经被冻结了……”

“所以我就想，既然潘多拉病毒最初是由我母亲而起的，那我也有责任把疫苗传递出去吧。”

他说完话，笑了笑。

那只是个非常轻微而疲惫，如果不仔细看，甚至很难察觉的微笑。

但从那笑纹里周戎看见了从三万英尺高空纵身跃下，摔倒在悬崖边被丧尸活生生撕咬而醒的，以及在伤重濒死时一步步从山谷中蹒跚而出，强撑着最后一口气呼救的身影。

周戎坐着，低声问：“你来跟郭部长联络的时候，怎么就这么相信118呢？”

司南仰起头，海岛上空夜幕深邃，半晌，他笑着说：“虽然你当时已经忘记我了，但……我妈死后，除了你我还能相信谁呢？”

停机坪另一侧，远光灯穿透茫茫夜色，将他们的身影随风投向远方。许久后周戎扶起司南，向岛屿另一侧的宿舍走去。

“你笑什么？”司南小声问。

周戎说：“我在想罗缪尔说你在餐厅里……”

“用一把勺子捅死了所有人？”

周戎低下头，从他的角度只能看见司南扬起的嘴角：“是真的。”

“但不像你的为人啊。”

司南反问：“你又知道我是什么为人？”

周戎思忖片刻，微笑道：“能在丧尸围城的大街上停下来，主动救援一帮被困在停车场里的陌生民众，差不多就能看出为人了吧！”

司南嘴角的笑意扩大了：“唔，我也觉得差不多能拿这个邀功一辈子……喂！”

周戎笑着重重拍了他一下。

周戎没有问，像是并不把那当一回事。他们顺着长长的马路穿过停泊区，道路两侧是覆盖着枯草的荒原，向夜幕连绵起伏，远处路灯闪烁着微渺的光晕。司南不知道在想什么，良久后突然轻轻道：“因为吃的东西里被下了一种药。”

“嗯？”

“我去接完水之后，回来吃了一口，就发现味道不对。不论药是在座中谁下的，我给了他们机会离开，不愿意走的肯定是同谋。”

周戎“啊”地点了点头：“很有道理。”

“白鹰基地不是个很好的地方。”司南说，“如果一定要有人死，我只想确保那个人不是我。”

周戎又重复了一遍：“很有道理。”声音带着微微的笑意。

海岛空气清新，星空璀璨，此起彼伏的涨潮声从远方奔袭而来。他们背对大海，向着渐渐熄灯的宿舍楼走去，背影渐渐融入祖国最南端温暖的季风里。

“等灾难过去后，我们去把你爸挖出来烧了吧。”

“烧了骨灰放哪儿？”

周戎说：“跟你妈合葬呗！便宜大哥爹妈合葬，你爹妈也合葬。谁比不过谁啊！”

司南大笑起来，几乎从周戎身边掉出去，一口应允：“好！”

第28章

翌日，郑将军单独发给周戎的调令终于公布了。

春草、颜豪、丁实和郭伟祥四人被编入特殊行动组，由汤皓担任组长，去丧尸密集的陆地寻找当初摔下山谷的终极抗体样本。

周戎被特殊委任，干起了他的老本行。

司南站在窗前，衣袖随意卷到手肘上，左手端着热茶，右手插在裤兜里，露出胳膊刚抽过血后贴上的医药胶布。

远处军区大门口，一辆军绿色吉普车在阳光下反射出亮光，春草颜豪他们全副武装，周戎则穿着白T恤、黑色短外套和长裤，轻便潇洒又利落，跟自己的队员逐一告别。

汤皓十分不耐烦地坐在驾驶座上，撑着额角频频看表，能看出他的忍耐已渐渐到了极限。

“通信仪带好，关键时刻叫戎哥，戎哥会发出远程技术指导，另有千分之一概率可以起召唤阵现出真身……”

周戎最后拍拍春草的头，强行勾着颜豪的肩，吊儿郎当笑道：“好了，差不多就这样，希望我们118……前118第六中队的队员们不畏艰险，知难而上，集中所有人的好运气克制汤中校的倒霉蛋属性，顺利刷完地图开到装备，早日把生化危机副本打通关。”

汤皓吼道：“谁是倒霉蛋？！周戎！”

汤皓气势汹汹把车门一甩，还没走上前来，四个前118特种兵齐齐转身。

双方瞪视半晌，汤皓捂着额头长叹一口气：“你们差不多收收吧，战斗机再过十分钟起飞，这都几点了！”

郭伟祥似乎控制不住想说什么，被颜豪拉住了，颜豪对他轻轻摇了摇头。

“好了，走吧。”颜豪从地上拎起三十公斤的装备包，往单肩上一扔，主动上前给了周戎一个紧紧的拥抱，“戎哥升官还没请我们吃饭呢，等哥几个带着抗体顺利回来后，可记着别把这顿给逃了啊。”

周戎说：“嗯嗯，行，一食堂青菜麻辣烫管够。”

春草泪眼婆娑：“爸，我不在的日子里你会跟妈妈生弟弟去吗？”

周戎：“当然了我的傻闺女，等你回来就生完一个排了，准备好带孩子吧呵呵。”

郭伟祥：“我没什么可说的，我只认戎哥是我的队长……嗷！”话音未落他被周戎狠狠打了一掌，剩下的豪言壮语全被打回了肚子里。

周戎：“快滚！”

周戎目送他们一个接着一个向外走去，不远处金华中校抱着手臂，站在树下，沉默注视着队伍末端的人。然而丁实没有回应她的目光，一直刻意低着头，就像做错了事的大男生一样，匆匆钻进了吉普车。

汤皓最后按了下喇叭，车头缓缓调转，带着尘土向港口方向驶去。

尘烟掀起周戎的短夹克下摆，露出结实的腰和吊在胯上的长裤。他摸出烟盒，弹出一根烟，点燃长长吸了一口。

因为不用执行任务，他的配枪被收缴了，后腰那儿空空的，总觉得少了点什么。

“喂！”周戎朗声道，金华中校回过头来，猝不及防接住了他迎面抛来的烟盒。

金华微红着眼角笑了起来，对周戎做了个谢谢的口型。

远处三楼上，热茶白雾袅袅，将司南的眉眼笼罩得朦胧不清。

“周戎很想去。”突然他轻轻道。

宁瑜聚精会神盯着显微镜，“嗯”了一声：“那为什么不去？”

司南冷冷道：“因为你这个狗屁实验还没做完。”

宁瑜失声笑了起来，然而紧接着就变成了从胸腔中震动的闷咳。

“没关系，再过一段时间就初步合成人造抗体了，虽然只适用于少数基因优良者，但可以在特种部队内部推行，可以赋予士兵被丧尸咬伤后迅速愈合的能力。”宁瑜勉强止住咳嗽，沙哑道，“等他们带回终极抗体，制成能够普及所有民众的疫苗之后，你就彻底自由了，可以跟周戎想去哪里就去哪里，或者躺着吃国家一辈子。”

司南对最后那句话不置可否，但扭头看了宁瑜一眼。

“怎么？”

司南淡淡道：“从我认识你到现在，这是你说的最像人的一段话。”

宁瑜立刻恢复了刁钻刻薄的本相：“不会说C国话就少说两句，这是什么烂形容？过来我给你试一针疫苗……喂，上哪儿去？！”

司南把热茶一饮而尽，头也不回地走出了门：“去上C国语补习班。”

周戎在刺目的阳光下眯起眼睛，司南的身影穿过空地，逆着微风，向他走来。

金华已经走了，军区重地没有行人，远处的哨兵背着枪站在岗亭上，笔直笔直的如同标枪。周戎叼着烟注视着司南走近，突然张开双臂，懒洋洋道：“喂，过来！”

“……”

“戎哥心情不好，过来给戎哥安慰一下！”

司南站定脚步，上下打量周戎，问：“怎么安慰？”

周戎狡猾地反问：“昨晚你心情不好的时候，戎哥是怎么安慰你的？”

司南思忖片刻，诚恳道：“好。”紧接着他猛地弯腰使劲，仿照着昨晚周戎把他护送回宿舍的姿势，把周戎扛了起来。

“哈哈哈——”周戎失控的大笑响彻空地，不远处两名哨兵的眼珠子差点瞪脱眶。只见司南扛着比自己高四英寸的周戎，昂首挺胸憋着气，大步走了二十多米，终于撑不住扑通一声摔倒了，两人灰头土脸地滚作了一团。

这支返回陆地搜索抗体的行动组代号“黑隼”，由三十名千挑万选的精英士兵组成，每个人出发之前都写了遗书。

所有人都知道这项任务的危险性。

春天到来后沿海大批丧尸北迁，整片北方地区，尤其是B市周边地区几乎成了活死人的世界。战斗机将搜索小组空投到山陵地区，接下来的所有危险都是未知的，如果他们刚巧降落在北上的丧尸潮头顶，那全军覆没不过是分分钟的事情。

况且集团军出身的汤皓并不是带队的最佳人选，所有人都心知肚明，像这种极度艰难、很可能最后需要单兵突入的任务，其实应该由周戎亲自出马，才能最大限度地确保全身而退。

但周戎不能去。

他是个天生的军人，从灵魂中就有种对于战场的渴望，然而现在只能被困在大后方。

司南什么都没有说，就像平常一样，中午跟周戎去食堂，两个人面对面坐着吃了饭，结伴回宿舍。

隔壁颜豪、春草和祥子、大丁的两间寝室空荡荡的。早上他们四个一阵风似的收拾装备、出门报到的动静仿佛还在耳边，转眼空气就变得安安静静，仿佛走路重了都能激起回响。

下午周戎去报到上任，临走时把午睡的司南“卷巴卷巴”，塞进口袋里，施施然带走了。

与此同时，战斗机抵达H省边界，机舱在高空强气流中剧烈颠簸。从前窗向下望去，山川大地密密麻麻，蹒跚游荡的活死人潮占据了每一寸视野。

“我再重复一遍，听好！”

三十名士兵分坐机舱两侧，脊背直挺挺靠墙，只听汤皓踱步吼道：“降落之后所有人向信号烟方向集合！目标是十公里以外的山区及峡谷，搜索范围全长二百公里，平均宽度十六公里，平均深度九百米，总面积一千六百平方千米！无线电频率已经给你们调好了！在搜索过程中，任何人一旦看到系着血衣的树枝，就立刻发射信号弹，所有人会立刻赶来集合！

“下面所有人过来抽根签，抽到红签的第一个下去！飞行员？飞行员准备实施空降！”

飞行员应声降低战斗机高度，所有人紧抓吊环，探身从汤皓手中的纸筒里抽了根签。

“好了，”汤皓自己拿了最后剩下的一根，说，“亮吧。”

三秒钟后。

汤皓：“……”

汤皓攥着红签，表情空白。

士兵们纷纷不忍直视地别过脸，春草小声说：“果然是倒霉蛋……”

郭伟祥：“不，他已经不是倒霉蛋的级别了吧！这任务真能成吗？我现在打报告申请回去还来得及吗？！”

颜豪：“闭嘴！集中精力祈祷，也许还能挽救一下！”

战斗机舱门打开，俯冲而下，在山陵上空阴霾的天幕下洒落数十个小黑点。

片刻后降落伞纷纷打开，在十里八乡丧尸的注目中，晃晃荡荡地向着峡谷方向飞去。

哗啦啦啦——

树枝劈头盖脸而来，就像无数细小的鞭子抽打全身。紧接着身体一空，砰的一声重响，春草割断降落伞包跳向地面，就势打了个滚，起身抽出冲锋枪。

附近山路是丧尸迁移潮的必经之途，三五成群的活死人衣衫褴褛，面孔青黑干枯，嘶吼着向她聚拢。

春草迅速开火，机枪火舌喷吐，将周遭丧尸打得纷纷爆头。更多丧尸从远处觅声而来，她把枪口一抬，突然只见头顶一朵降落伞急速而来，飞快越过小溪，随风向对面山壁直直撞去。

“啊啊啊啊啊——”

刹那间春草听清了那是谁，当即大惊失色：“不！颜豪！！”

砰！

春草捂住了眼睛。

峡谷高处，颜豪以大字形正面拍上山壁，降落伞在身后徐徐垂落。

春草：“队花，你还好吗队花？”

半晌，颜豪终于挣扎着回过头，头晕目眩鼻青脸肿，开口时两管鼻血飞流直下：“不是很好……”

春草几下干净利落的点射，解决掉再次聚拢而来的丧尸，紧接着纵身一跃，就像灵敏的野鹿奔到小溪边，蹚过湍急的溪水，湿漉漉上了岸，三下五除二爬到半山壁上。

颜豪终于把降落伞绳割断，靠在垂直山壁上一处凹进去的石缝中，喘息半晌后勉强说：“我……我终于知道司南被正面拍上车窗是什么感受了……”

“想什么呢，”春草同情道，“人家司南鼻血一抹照样美颜盛世，你这待会儿就要肿成猪头了……喏，给你个卫生巾，快把血擦擦，别把十里八乡的丧尸都给招来。”

长途行军吸汗止血——卫生巾，乃是经验丰富的老兵油子的必备神器。颜豪面无表情地拆开粉红包装，用护垫把汹涌不止的鼻血吸干净，问：“大丁跟祥子呢？”

“不知道，他俩后下来的，还没赶上来吧。信号烟呢？”

颜豪向前扬了扬下巴。

正北九点方向，峡谷深处一缕黄色的信号烟袅袅升起，扶摇而上天际。

十分钟后，疾风暴雨般的枪声骤停，溪水边横七竖八倒了遍地丧尸。春草和颜豪端着枪，开始向信号烟方向前进。

这鬼地方远远称不上是与世隔绝，路却比原始山林还难走，乱石丛生狭窄崎岖，有些路段只要稍微脚滑就会整个人摔下去，运气好头破血流，运气不好就得伤筋断骨了。

颜豪侧身闭气，脊背紧贴峭壁，一步步横着走过山路，突兀地冒出来一句：“司南当初坠机，掉进这片深山，就是走过这段路去求救的？”

“是吧，”春草在他身后漫不经心说，“不过他当时应该走反方向，往峡谷外去才对。”

“那也很不容易了，毕竟带着重伤。”

“唔。”

两人沉默片刻，听见远处传来模糊的枪声和喊叫，应该是队友降落后开枪突围，很快又归于沉寂。

“你觉得上面以后就让戎哥坐办公室了吗？”颜豪突然又问。

春草说：“肯定啊，不然万一他有个三长两短司南怎么办，司南还不立刻崩溃了？”

颜豪似乎想起什么，神情微微黯淡，沉默了下去。

周围十分安静，只听见山谷中溪水汩汩流动的声音，除此之外只有两人的呼吸和碎石偶尔被踩踏掉落的动静。

春草用眼角偷偷打量颜豪，内心斟酌半晌，终于咳了声：“那个……颜小豪，你心里还放不下吗？”

颜豪一手端枪一手扶着岩石，良久后闷闷道：“可能还有点吧。”

“那……为什么呢？”

“不知道。开始只觉得他救了我们，年纪又小，想多照顾点。后来发现他平时存在感淡薄，也不多话，但关键时刻每每出手救人，甚至冒着生命危险又救了我好几次……”

春草静静听着，悄无声息地抬手，把卫星通信器转了个频道。

耳麦沙沙作响，少顷清晰起来。

“我一直这么以为，直到戎哥被感染那天，他质问我为什么不赔命的时候。”颜豪声音轻了下去，近乎喃喃自语，说，“那时我才发现……原来我还是有一点难过的。”

第 29 章

五分钟前，崖海总部。

“第一波来自前方的通信到了！”通信处办公室内一名少尉朗声道，“是来自阳春草上尉的……呃……指定连接周上校的临时频道。”

“嗯？”周戎一抬头，“这么快就需要场外指导了？”

少尉恭敬地让开位置，周戎上前坐下，戴上耳麦，只听沙沙电流中不清晰的声音传来：“戎哥被感染那天……才发现，原来还是有一点难过的……”

周戎：“……”

通信处内，工作人员正全神贯注监听全国各地搜救大队的最新消息反馈，郑中将对着电话怒道：“什么？什么叫作你跳伞正好摔进了一堆丧尸之中？汤中校！你说话清楚点！”

少尉有点惶恐地站在边上，周戎打了个手势让他离开，示意自己可以搞定。

“你需要我做什么吗？”春草的声音在私频中响起，“或者我去跟司小南谈谈，让他给你道个歉？”

周戎轻轻屏住呼吸，片刻后只听颜豪模糊地苦笑了声，说：“不了，跟司南有什么关系？他的话伤人只是因为他说了实话而已。”

频道中没声音了，只有沉闷的呼吸和走路声。

过了很久，淙淙溪流声骤然明显起来，大概是他们终于走到了峡谷底部。耳麦里春草“喂”了声，压低声音问：“戎哥？戎哥你在吗？紧急请求场外援助，队花进入很丧的状态了，他现在差不多是一朵狗尾巴花了，怎么办？”

周戎向周围瞥了眼：“小声点，颜豪能听见吗？”

“不能，他在前面，我们快到集合地了。”

“他有要变异成食人花的迹象吗？”

“目前没有，但说不准……颜小豪跳伞时大字形拍上山壁，现在快毁容了，我觉得他心情应该不太好……”

“让他维持狗尾巴花的状态，不要激发食人花模式。”周戎凝重道，“待会儿我让司小南来通信处跟他聊两句。”

春草说：“明白，啊！我看到大丁跟祥子了！我们快到集合地了，待会儿聊！”

溪谷中的一小块乱石滩上，黄色信号烟随风直上高空，周遭密密麻麻躺满了丧尸，粗略数竟不下上百个。汤皓明显经过一场恶战，他的降落伞挂在不远处树梢上，全身溅满了黑血和腐肉，正筋疲力尽地跪在溪边捧水洗脸。

空地上已经聚集了十多名队员，郭伟祥一见他俩，当场大惊失色：“队花！队花你怎么毁容了？你降落时脸先着地了？！”

颜豪：“……”

春草立刻拼命使眼色示意他闭嘴，紧接着丁实扛着枪穿过石滩，抬头一看面色剧变：“副队！副队你脸怎么肿成这样？你降落时脸先着地了？！”

颜豪：“……”

春草强行勾着他俩的脖子，一手一个把他俩拖走，颜豪则转去小溪边洗他满脸干涸的鼻血。结果他刚蹲下，冷不防汤皓湿漉漉一抬头，两人目光相撞。

五秒诡异的静寂后，颜豪冷冷道：“脸先……”

出乎意料的是汤皓打断了他：“不，不用说。人都有倒霉的时候。”

那瞬间颜豪简直被他的通情达理惊呆了，紧接着下一秒，汤皓噗地一笑，闪电般从怀里摸出间谍用微型照相机——

咔嚓！

汤皓撒开脚丫子就跑，颜豪怒吼："你给我回来！！"

半小时后，颜豪终于绕着石滩一圈圈跑累了，扶着膝盖一个劲粗喘。汤皓停下脚步，得意扬扬地把照相机丢进战术包里，拍掌道："全体集合点数！"

从山谷各处陆陆续续赶来的队员集中在空地上，然而汤皓仔细扫去，突然觉得不对。他让所有人列队站好报数，果然发现确实不对——少了四个人。

怎么会少？难道跳伞时出了意外？

峡谷跳伞的危险系数本来就大，附近丧尸众多，出意外情有可原。但四名特种兵连声儿都没有就消失了，怎么想都非常蹊跷。汤皓思忖片刻，放眼望去，山谷上空那狭窄的天空越来越暗，已经接近六点了。

一旦天黑，成群结队的丧尸活动，会给他们带来很大危险。

"可能暂时迷路了，不能在这里等他们。"汤皓沉吟道，"先进入搜索区域，寻找背风处布置营地，安排人员轮流值夜，明天一早展开彻底搜索。"

众人集体应声，分头行动。

"什么？"郑中将眉头一皱，"少了四个人？"

郑中将回过头，周戎在手指尖转动的笔突然停下，他耸了耸肩："可能是迷路或牺牲了。"

郑协还没来得及发表意见，汤皓的咆哮已经从电话中传了出来："周——戎！怎么又是你！拜托好好待在大后方别跳出来多嘴，每次沾到你我就特别倒霉，真是谢谢你全家！"

郑中将慌忙用手捂住听筒，但冷不防周戎在边上慢悠悠地接了上去："不好意思汤组长，本欧……本上校现在是你们黑隼小组的远程作战顾问，有权随时过问前线最新战报。今早总参部才下的任命，你可以向上级求证……"

"什么？"汤皓怒道，"作战顾问？你？"

郑老中将捂了听筒捂话筒，一时间被吵得头皮发麻，终于手忙脚乱地按着周戎的头，把他强行摁回了转椅上。

"周上校因为小组行动经验丰富被任命为远程指导，临时给他开通了一个通信频道。"郑协板着脸对电话道，"好了！停止抗议，汤组长！保持警戒，随时汇报移动方向。”

郑中将啪地挂上电话，终于吁了口气。

周戎深陷在转椅里，动作隐蔽地摸出烟盒，还没来得及点上就被郑老中将一把夺走了。

“好吧……”周戎无奈地开始玩笔，沉吟道，“掉队的四个人可能遭到了丧尸攻击，随气流降落到了远处，无法及时赶到集合地。峡谷地形和风向数据汤皓已经传回来了吧？让战斗机飞行员报告一下那四个队员的跳伞时间和高度，结合风速可以初步推算出他们的降落地点。”

郑老中将的脸色终于好看了点。

“不过汤皓下令开拔的决定是对的。”周戎叹了口气，说，“现在不论谁掉队都不能去救，该放弃时必须放弃。”

郑中将赞同地点头道：“如果汤皓传回的地形图是对的，峡谷里起码有一万多只丧尸。太危险了，必须速战速决，迟则生变。”

郑协起身去找飞行队要跳伞报告，周戎满面敬畏，恭恭敬敬目送老中将伟岸的背影离开，立刻像被抽了骨头一样歪倒了，偷偷摸摸向通信处门外招手：“司小南！司小南！”

司南猫腰钻进办公室，眼看周围没人，神奇地变出了一根点燃的香烟。

周戎长长地、惬意地抽了一口，跷着二郎腿歪在转椅里，感叹：“这才是我想要的人生啊……”随即他戴上耳麦，接通频道，懒洋洋道，“喂，闺女？你们怎么样了？”

瀑布下的树林里，士兵们训练有素，很快搭建起一座座军绿色帐篷，生火吃饭持枪警戒。

“目前为止一切良好！”春草盘腿坐在帐篷边的大石头上，一边啃她的行军专用高蛋白牛肉夹饼，一边含糊不清道，“四个人丢了，我们点了红色信号烟让他们来集合！峡谷里特别多丧尸，刚才又轰炸了好几轮！颜豪的狗尾巴花模式还在持续，唉，出师不利，咋感觉这次这么背呢？”

通信处里，周戎瞥见郑中将远远经过，立刻把烟从嘴里拿出来藏在桌子底下。

郑协似乎嗅到一丝烟味，狐疑地停下脚步四下张望，蓦然撞见了司南的目光。

司南坐在不远处，安静地凝视着他，肤色苍白毫无血色，浅琥珀色的瞳孔冰冷漠然，活像个无机质的假人。

一股寒意顺脊背爬上脑髓，郑中将眼皮猛跳起来，忙不迭转身走了。

“我早说你们小组的代号有问题。”周戎在操作台后张望着郑中将走了，才把烟拿出来，对着话筒继续道，“本来姓汤的已经够黑了，不寻思着找大师算算起一好代号，还非叫什么‘黑隼’，嫌不够黑还是想以毒攻毒？——叫我说你们应该代号‘金鸡’啊，‘旺财’啊，实在不行‘熊猫’也挺好。出去齐刷刷一亮相，嘿！第九搜救大队熊猫特别战队前来报到！”

春草欲哭无泪：“现在就别说这个了好吗？上面非要起这倒霉名儿跟A国的白鹰部队互呛，你能咋办呢？”

周戎说：“这就不对了。你自己来问司小南，白鹰的对家一直是我们118啊。姓汤的还想跟白鹰部队呛，这纯属越级碰瓷，首先在心态上就没把自己的咖位摆正……”

树林中传来一阵轻微喧哗，春草抬起头，昏暗中隐约可见远处人影攒动。

“怎么了？”周戎问，“又有丧尸？”

春草抓起冲锋枪，但紧接着郭伟祥从营地一侧大步走来，向她遥遥摆手：“没关系！发现一小股游荡丧尸，已经搞定了！”

春草这才松懈下来。

周戎若有所思：“你们这营地风水选得不太吉利啊。”

“不知道呢，刚才扎营的时候附近明明还算干净。”春草皱眉道，“这会儿游荡的丧尸突然多了，好像明显冲着我们来似的……但也可能是天渐渐黑了的原因……”

她从满是泥土和青苔的岩石上站起来，凭借出众的目力，向四面八方眺望。

黑夜渐渐降临到这片人迹罕至的空地，营地周围火把熊熊燃烧，映亮了一顶顶迷彩帐篷，以及远处鬼影幢幢、风声呜咽的树林。

春草深吸几口气。

不知道是不是心理作用，她总觉得夜色中蕴藏着森林树木腐朽的味道、泥土中昆虫尸体的味道，以及远处瀑布微咸的水汽。另外还有一丝若有若无的、丧尸特有的腥臭，正凭借黑夜的掩护渐渐向这边聚集。

她打了个寒噤。

“不，快别说风水了，这鬼地方真让人不舒服，越说我心里越虚……今晚还得回去开解可怜的狗尾巴花颜豪呢。”

通信处办公室，司南莫名其妙地抬起头。

周戎兴致勃勃问：“颜豪脸上的伤怎样了？”

司南：“狗尾巴花是什么意思？”

听筒中春草拖长声音问：“咦——爸爸，你没跟司小南科普过队花的黑历史吗？”

周戎笑起来，夹着烟在空中点了点，说：“我们118队花颜豪少校的人格模式基本上分为三种。第一，正常状态下是长了脚的人形玫瑰，虽然刺儿特别硬，但只要不把他惹急一般都无害，在遇到心动对象的时候便会格外搔首弄姿和招蜂引蝶。第二是狗尾巴花，基本在受到打击情绪低落时才会出现，外在表现是忧郁伤感、楚楚动人，对食堂大妈施展时往往可以收到出奇制胜的效果。

“第三种状态是食人花，又叫猪笼草。”周戎摇晃着食指，说，“迄今发作最激烈的一次，就是我空降队长那阵子，颜豪同志为了把我挤走，采用了拉帮结派、公开挑衅、利器行凶、蓄谋暗杀等种种恶劣手段，还差点开车把我直接撞进太平间……”

春草说：“我必须为颜豪说句公道话，如果你不是一天三次踩着饭点儿把他揍急了的话颜豪不会下死手的，他之前明明说只打算把你撞成植物人来着。”

司南：“……”

司南抬手鼓掌，礼节性表现出钦佩之情。

“棘手之处在于，”春草站在高高的石头上认真道，“颜豪的狗尾巴花模式和猪笼……和食人花模式偶尔会互相切换。比方说当他对食堂大妈施法取得成功，多得了半勺土豆牛肉时，他就能很快从迎风自怜的状态恢复正常；但如果打饭的是战士小哥而对方不吃他那套，颜豪就很可能凭空变成食人花，把对方给强行……”

夜幕中，一道黑影从树林中闪现，渐渐走近春草身后。

“强行什么？”司南笑了起来，问，“他这次的狗尾巴模式又是如何引发的？”

春草：“唔，此事说来话长，归根结底还是因为你……啊！！”

一只冰冷的手抓住了春草的脚腕。

通信仪砰地掉在地上，频道应声而断。春草抓枪回头，子弹上膛，对方闪电般握住枪口抬高，下一刻幽幽质问响起：“你们在说什么？”

千钧一发之际，春草扣扳机的食指顿住了，哭笑不得：“颜豪！”

春草跳下石头，捡起通信器，但从近三米高的地方摔下来通信器已经坏了，不论如何调试都只有电流单一的沙沙声。

颜豪抱臂站在岩石后，怒道：“我很好！状态稳定且没有任何异常！情绪非常平稳！你们在瞎担心什么？不要事无巨细都跟队长说！”

春草捧着通信仪欲哭无泪，营地中央汤皓发现了这边的动静，厉声吼道：“那边的！怎么还不去睡觉？！”

颜豪立马拎着春草后脖子，把她提溜走了。

四个人一间帐篷，大丁和祥子已经准备睡了。春草摸索着钻进睡袋，只听颜豪还在边上絮絮叨叨：“不要什么都跟戎哥说，懂吗？万一司南知道怎么办？你让司南怎么想？他是很单纯的人，一门心思觉得自己完全没有做错任何事情，你这样会让他对我产生不好的印象……”

春草：“……”

黑夜中风声从森林中穿出，尖锐而凄厉，带着此起彼伏的哭号。

“他会觉得我斤斤计较，非常小气，一点微不足道的事情至今耿耿于怀。其实我现在已经感觉没什么了，戎哥确实是个不错的伙伴，我会努力平复情绪和摆正心态的……”

“等等。”

颜豪：“归根结底是我自己的问题……嗯？”

春草侧耳细听，慢慢坐了起来，黑暗中她眼底闪烁着一丝寒光。

“听，”她轻轻道，“你们有没有听见什么？”

寒风漏进帐篷，千万根树枝一同摇晃起来，犹如争相晃动的枯手，发出“沙沙、沙沙”有规律的声响。

颜豪眉头渐渐紧锁，丁实和郭伟祥似乎也发现了什么，同时翻身坐起。

“呜——”

“呜呜——”

“吼！！——”

熟悉的尖啸蓦然响起，从四面八方急速聚拢，几个人同时脸色剧变！

春草嗖地从睡袋中蹿了出来，抓起枪直奔帐篷口。就在她掀起门帘的刹那间，尖锐警报在整个营地炸起！

“所有人！”汤皓的嘶吼响彻夜空，“准备作战！立刻！！丧尸来了！！”

营地周围百米处，火光映照出丧尸一张张腐朽的脸和森林般前伸的枯手，眨眼望去密密麻麻，竟数不出到底有多少。

而更远处，黑夜中人头耸动，脚步拖沓，犹如一支无穷无尽的活死人军队，转瞬间将整块营地围成了尸海中的孤岛！

——哐当！

周戎和司南齐齐回头，只见郑中将脸色铁青，快步上前，啪地将一叠文件摔在桌面上，哑着嗓子低声道：“飞行大队刚反馈的消息。那架送罗缪尔回A国的飞机半道上莫名消失，雷达无法追踪，现在初步怀疑是坠毁了。”

周戎瞳孔微缩。

郑中将和周戎对视着，周遭陷入了短暂而无措的安静。

“没关系。”

两人同时转头看去，只见司南侧身而坐，表情平淡：“我以罗缪尔唯一在世家属的身份表示谅解并不追究任何人的责任，对我哥哥的意外感到遗憾和痛心。要给你们写份签字公函吗？”

郑中将：“……”

郑中将对这位前白鹰教官的观感霎时就刷新了，然而他刚松了口气，还没来得及完善司南提出的方案，走廊上突然响起急迫的脚步声，一名通信处少尉狂奔而来：“将军！将军这边事情不妙！黑隼小组最新消息，丧尸潮趁夜突袭，营地已经被包围了！”

郑协那颗老心还没落进肚，紧接着就被一把提到了嗓子眼。

周戎霍然起身："你说什么？！"

"丧尸数量太多无法估算，所有人都在营地里。"少尉颤声道，"汤皓中校说完就切断了通信，现在……现在已经完全联络不上他们了。"

第30章

“丧尸潮夜袭营地，情况危急，稍后联络。”

这成了黑隼小组传给总部的最后一道通信。

此后持续三十六个小时，通信处夜以继日，再也没能联系上他们。

会议室里烟雾缭绕，再也没人讲究总部室内不得抽烟的规定了。郑中将带头夹着根烟，站在会议桌首端，满眼是熬夜后的血丝，说话声音沙哑难辨：“搜救纵深长达二百公里，基本属于山林地带，约有一万名丧尸游荡聚集。正在H省地区实施搜救的第八集团军已经亲赴现场，伤亡惨重，并未发现生还者迹象。北疆基地的精锐侦察营正在赶往峡谷的路上，后续将很快传来报告……”

“总参部没有结论吗？”有人问。

郑中将抽烟的动作停了，只见白雾袅袅腾起，片刻后他低沉道：“如果侦察营也没有发现生还者，即可初步断定，黑隼小组已全员牺牲。”

“妈的！”后排有人骤然暴起，砰地摔了茶缸，“汤皓那废物，把老子的兵还来！成事不足败事有余的东西！……”

“孔营长！”郑中将喝道。

立刻有人上去拉他，周戎向后一瞥，认出那是隔壁伞兵部队的——汤皓这次带走了伞兵营的九个尖子兵，乍听到黑隼小组全军覆没的消息，营长情绪立刻就失控了。

“够了！如果全员牺牲的话，汤组长自己也在战死之列！”郑中将厉声道，“况且任务难度极大，牺牲在所难免，谁能预估丧尸潮的动向？！”

“我们营每个兵都是我亲手从蓉城军区带出来的，九个！”孔营长悲愤莫名，“最小的才二十岁，全家只剩他一独苗，遗书都不知道写给谁！……”

周戎打断了他：“我的兵最小刚满十八，是个姑娘。”

孔营长吼声一顿。

“郭副部长全家烈士，他唯一的孙子也在里面。”周戎缓缓道，“那是我们118最后的四个兵。”

周遭静寂无声，孔营长说不出话了，颓然滑坐到椅子上。

“我相信还有幸存者，黑隼小组全员配备二级抗体，就算被感染也绝不至于全军覆没。”众目睽睽之下，周戎从座位上起身，转向郑中将，“北疆基地兵力不足，我请求由总部亲自牵头组织营救。”

郑中将面沉如水：“对方是精锐侦察营，能力足够了！”

“那么我请求组织更专业的特种兵营救小组。”

郑中将还没来得及答话，那边孔营长打了肾上腺素一般“噌”地蹿起身：“我愿意担任领队！”

周戎沉声道：“请由我亲自领队。”

孔营长眨巴着眼睛看看自己，又看看周戎，赶紧开口：“我，我愿意担任周领队的副手！”

“你们都够了！”郑中将忍无可忍。

会议室里人人噤声，一片死寂。半晌，在无数焦灼的注视下，郑老中将终于松了口：“如果侦察营的搜救还是没有结果，十二个小时后由崖海总参部组织最后一轮搜救，由孔营长担任领队。散会。”

会议室大门打开，军官们鱼贯而出，三五成群地顺着走廊回到了各自的办公室内。

郑老中将最后整理完文件材料，端起他的陶瓷大茶缸，刚要出门，横里却有人眼明手快地插了进来，反手把木门砰地一关。

郑中将无奈地站住脚步："周上校……"

"我请求前往峡谷进行搜救。"

"请求驳回。"

周戎冷冷道："为什么？"

隔壁通信处。

司南肩上披着周戎的军服外套，枕着手臂在桌面上睡觉。军官们散会的脚步经过走廊，传进虚掩的办公室门，把他惊醒了。

司南动了动，抬头揉眼睛："周戎？"

周围静悄悄的，周戎还没回来。

司南打着哈欠去倒了杯温水，慢慢一口口喝完，精神恢复了些。周戎还是没回来，他看看表，推门走出了通信处，隐约听见走廊尽头的参谋部会议室里传出激烈的争执。

"他们已经牺牲了，周上校！这点你我都心知肚明！第八搜救大队已经损失了那么多人手，你还想要我们往里填多少人命才满意？！"

周戎勃然动怒："每个人都配有二级抗体，你跟我说一夜之间所有人都牺牲了？！"

郑中将："二级抗体的治愈率只有50%！"

"颜豪连初级抗体千分之一的概率都中了，怎么可能三十个人的精锐战队没有一个扛过二级抗体？！"

司南停下脚步，默不作声地站在门外。

郑中将无可奈何，后退了几步，把大茶缸和文件资料哗地摔到了会议桌上，问："你就非逼我说实话吗？"

"……"

"黑夜，森林，上千丧尸围攻营地，你觉得'被感染'而不是'被活吃'的概率是多少？你们队那个颜豪就算再能扛，被丧尸撕成几块之后拿抗体洗澡都不管用！根本就不是抗体的问题！"

周遭骤然陷入寂静。

周戎一言不发，直挺挺站着，轮廓鲜明的面颊仿佛被冰冻住了。

郑中将瞅瞅他，大概也觉得自己话说重了，勉强放缓声音："我明白你的心情，周上校。所有人都盼望黑隼小组能够生还，我难道就希望他们牺牲吗？这样，我向你保证，如果颜豪、郭伟祥他们几个能全部活着回来，我一定争取……不，我一定帮 118 恢复编制，你看怎么样？"

片刻静默后，周戎低声道："可以，我要亲自带队搜救。"

郑中将想也不想："不行！"

"为什么？"

"没有为什么！总参部不允许！你上前线了，那个抗体携带者怎么办？！"

周戎吼道："我自己去！生死算我一个人的！还有，他有名有姓叫司南，不姓抗体名携带者！"

周戎失控的咆哮传出门，清晰地回荡在走廊上。

司南手臂上挂着周戎尚带余温的军服，另一手插在裤兜里，轻轻地闭上了眼睛。

"晚了，周上校。"郑中将怒意勃发，但表现出了惊人的克制，他注视着周戎的眼睛一字一句道，"你的生死早就不属于你一个人了。你考虑过吗，万一你战死后他崩溃怎么办？或者更简单的，他要是跟我说，只要你们把周戎派出去我就不配合实验，那又怎么办？"

周戎不耐烦道："司南他不会……"

"那要是他会呢？"郑中将立刻反问，"你觉得在他心里，是你的命重要，还是那四个战友的命重要？"

周戎猝然开口，但什么都说不出来。

隔着薄薄的门板，司南安静伫立了许久，周戎难以压抑的、痛苦的喘息终于传出了门缝："我知道他们都活着，他们在等我……然而我偏偏就不能去救他们……"

司南垂下目光，倒退了一步，转过身。

就在这时郑中将再次开了口，声音有些冷酷的意味："你早该知道会有这一天的，周上校。你是个军人，还是个经常执行高危任务要写遗书的军人，那时候你完全忘了这回事吗？他能对丧尸病毒免疫你一点没察觉吗？你真的丝毫没怀疑过，他就是118的任务对象吗？！事情发展到今天完全是你一个人的责任，你自己给自己找了这么个累赘！”

司南呼吸急促，用力捂住眼睛，耳朵嗡嗡作响。

几秒钟后他猝然穿过走廊，没有回通信处，径直下楼离开了。

“我不管你怎么说。”郑老中将强行堵住周戎，从桌上抱起文件资料，重新端起大茶缸，“总之事情已经决定了，你必须留下来陪着抗体携带……那个司南，就是这样。”

周戎眼眶发红，就像头走投无路的老虎：“司南他不是……”

他分毫不让地注视着郑协：“司南可以加入搜救队一起行动。”

“你疯了吗！”

“没有。”周戎缓慢而坚决，每个字都非常清晰，说，“司南不是累赘，他一直是118的成员。他跟我们深入地下军区，跟我们沿途搜救群众，不知多少次豁出命来保护战友，没有他我们早就全军覆没好几次了。司南有这个能力，他从来都不是需要被保护在后方的弱者，而是能并肩战斗的同伴！”

“不、行！”郑老将军几乎要咆哮起来，“别说了！万一终极抗体出意外我们还需要他，我不能允许抗体携带者有任何危险！”

周戎问：“还能出什么意外？！”

“多了！万一那终极抗体根本就不在山谷里呢？万一它其实从来就不存在呢？！”

周戎愕然瞪着郑老将军，如瞪怪物。

郑中将深吸一口气，勉强恢复情绪，说：“不用浪费时间了，周上校。今晚二十三点最后一批搜救队伍起飞，祝你的队员……不，祝黑隼小组所有战士生还。”

郑中将余怒未消，绕过僵直的周戎，打开门走出了会议室。

军方研究所前有一段林荫路，从三楼高处望去，阳光透过梧桐层层叠叠的绿叶，在路面上投下点点光斑。

司南手肘抵在走廊窗台前，十指交叉，被阳光晃得微微眯起眼睛。

片刻后实验室门传来咔嗒一声，司南一转脸，只见宁瑜边摘口罩边探出头：“你怎么来了？怎么不敲门？我刚一回头才看到你。”

司南没吭声，慢慢转过身。

宁瑜上下打量他，疑惑地问：“你怎么了？”

“没什么，让开。”

宁瑜堵住实验室门不让：“你到底是来干什么的？”

“……”司南终于懒洋洋道，“抽血。”

“今天不是抽血的日子。”

“就是想抽血。”

宁瑜满腹狐疑，上下左右地审视司南，然而后者平静的面容没有丝毫异状。足足半分钟后宁瑜终于有所松动，皱着眉侧过身，让开了一条道。

“莫名其妙，”他盯着司南进来，喃喃道，“无事献殷勤，肯定非奸即盗。”

司南置若罔闻，径直坐上实验室中间空地上的躺椅，示意他过来扎针。

宁瑜上前两步，突然警惕地站住了：“我不扎，你肯定是想骗我过去。”

司南反问：“我骗你过来干什么？”

“谁知道呢，说不定是想打我？”

“我打你干什么？”

“我怎么知道你怎么想的啊？”

出乎宁瑜的意料，司南竟然明显烦躁起来：“你到底抽不抽血？”

宁瑜金边眼镜后的眉头皱了起来，终于问：“你今天是怎么了？”

司南没有说话，半晌后淡淡道：“没什么，只是突然特别希望协助你的工作而已。”

宁瑜失笑摇头，转身走到了实验台边，头也不回道：“我暂时不需要大量血清，目前的研究已经到了如何克隆二级抗体并尽量提高普通人对抗体的耐受力这个阶段。当然后续肯定还需要你配合实验，抽血等需要时再说吧。”

司南没搭理他，静悄悄的。

宁瑜重新回到显微镜前，然而刚低下头，突然意识到了什么，骤然转身：“——司南！”

司南用牙扎紧抽血带，给自己扎了针，猩红的液体正缓缓流进血袋中。

“你今天真的吃错药了吧！”宁瑜难以置信道，“你没问题吧？你是被谁魂穿了吧？！”

司南没有回答。血袋越来越满，越来越沉，他因为熬夜而格外苍白的脸颊渗出了冷汗。宁瑜眼睁睁看着血袋超过400CC，却还没有丝毫停止的迹象，终于忍不住喝道：“停下！可以了！”

司南置若罔闻。

“你到底想干什么？停下！”

宁瑜箭步上前，不顾司南的躲闪，按住他一把拔下针头，带起了细细的血线。这时血袋里的液体已超过500CC，司南面容比纸还苍白，俯在躺椅上微微地喘息着，被宁瑜劈头盖脸拍了一掌。

“喂，后勤处？”宁瑜拎起内线电话吩咐，“给我送杯高蛋白补充剂来，加糖。”

司南微微睁开眼睛，嘲道：“你还是那个一次性抽我800CC血的黑心科学家吗？”

宁瑜挂了电话，反唇相讥：“你还是那个为了把周戎弄上直升机，恨不得把我一脚踹下去的司南吗？”

司南沉思片刻：“还真是。”

宁瑜立刻往后退了三米远。

片刻后助手捧着蛋白补充剂送来了，宁瑜亲自撕开糖包，足足往里搅了三袋糖，才让司南趁热喝了睡一觉。

司南仰躺在宽大的皮椅上，还盖着周戎的军服外套。他把军服往上拉了拉，盖住自己的鼻尖，深深呼吸一口，鼻腔中充满了熟悉的强横霸道又温暖的气息。

正午静悄悄的，实验室空旷阴凉，远处只有宁瑜穿着软底鞋走来走去的声音，以及玻璃器皿碰撞发出的轻微动静。

司南闭上眼睛，半晌，突然在外套中闷闷道：“宁博士？”

宁瑜远远地答：“嗯哼？”

“你在幸存者基地做实验时，是什么感觉？”

宁瑜的动作慢慢停下了，站在分离机和培养箱夹角的阴影里，半晌后反问：“怎么突然想知道这个？”

“就想知道人在做明知有罪又必须去做的事情前，心理会有什么征兆。”

宁瑜把一支试管放进培养箱里，良久后淡淡道："忘了，谁记得那么多。"

司南无声地点点头，合上了眼皮。

司南在实验室睡到傍晚，醒来的时候宁瑜不在，只剩助理诚惶诚恐守在边上，说宁博士往所里拿资料去了。司南拒绝了助理开车送他的提议，自己一个人花半小时漫步回到宿舍区。天已经渐渐黑了，宿舍大楼前一排路灯亮起，映出树丛间不断缭绕的飞蛾。

19：30PM。

司南推开宿舍门，周戎正坐在台灯下擦枪。

"回来了？"

"嗯。"

"上哪儿去了？"

司南走到离书桌还有两步远的地方，站住了脚步，片刻后回答："研究所。"

周戎眼眶通红，沉默地一点头。

"你怎么在这里？"司南问。

"郑中将让我回来休息下。"周戎翻来覆去看手中那把已经被擦得乌黑铮亮的微冲，说，"睡不着。"

食堂吃晚饭的士兵回来了，模糊不清的人声从走廊上穿过，继而远去，渐渐消失。

寝室只能听见两人静默的呼吸和台灯灯泡发出的轻微滋滋声。

司南走上前，抽出周戎的枪放在桌上，动作轻而不容拒绝。然后他挤在书桌和座椅之间，居高临下端详着周戎。周戎的眉毛相当浓密，斜着上扬，眼窝较深，鼻高而唇薄。这种面相让他不笑的时候有种充满戾气的桀骜，他似乎是个铁石心肠的人，但又有种冷酷寡情的、令人心折的魅力。

司南牵起周戎，带他走到床边，让他躺下。

"不，司南，我不……"

"睡吧。"

周戎闭上眼睛，又强迫自己睁开："两小时后我要去总参部开会……"

"两小时后我叫醒你。"司南小小声道，"等你醒来的时候……会发现所有问题都迎刃而解了，请相信我。”

周戎隐约闪过一丝怀疑，但意识很快模糊了。他闭上眼睛，几分钟后就陷入了短暂的沉睡。

床头的夜光钟在黑暗中闪烁着荧光，司南睁开眼睛，目光冷静清醒。

他在休憩中静静等待着。

第31章

22：00PM。

浴室哗哗水声一停，司南用毛巾随便擦擦因为湿润而格外黑亮的短发，迅速套上T恤、夹克和黑色工装长裤，无声无息走到宿舍门边，拧开了门。

他的动静非常轻微，但周戎还是有所察觉，略微动了下：“嗯？”

司南停下了动作。

“几点了？”周戎迷迷糊糊问，“去干吗？”

司南轻声道：“九点。去找宁瑜。”

周戎唔了声，司南就像黑暗中的灰影，闪身出门，转眼融进了茫茫夜色里。

片刻后，周戎突然惊醒，赤着上身一骨碌从床上爬了起来，拿起闹钟一看。

“司南？”他翻身下地，冲出去打开门，“司南？！”

机场附近灯火通明，北疆基地精锐侦察营在峡谷搜救一无所获的消息已经传来，由崖海总部亲自牵头组织的最后一批搜救人员即将就位，物资已经先行运送到机场了。

机场车来回将枪支弹药、生存物资、降落伞包等运到停机坪上，再由士兵一趟趟搬进小型客机内。司南靠近停机坪外的铁丝网，哨兵立刻发现了他，大声喝止：“干什么的？站住！军事重地不得入内！”

司南瞥了他一眼，调转脚步走来。

“回去！喂，干什么……喀喀……”

司南闪电般掐住士兵脖子，一把将其扭晕，单手拖进草丛。

几分钟后他从草丛里钻了出来，穿着哨兵的外套，扣上迷彩帽遮住上半张脸，走进了停机坪。

“最后一遍清点弹药，准备装箱！”一名少尉拿着喇叭走来走去，顺口指挥，“喂，那边那个！把那堆战术包搬上去！”

司南默不作声立正、敬礼，从脚边那堆小山似的三十公斤标准战术背包中拿起一个，单肩背起，又随手拎起一箱子弹，穿过身边几个热火朝天打包的士兵，向机舱走去。

少尉没留意，转过身，突然又若有所思转了回去：“等等？”

司南顶着大风走向铁梯，少尉打量那劲瘦的背影，迟疑地向前追了两步：“喂！我叫你等等！”

伞兵营办公室，二十名特种兵正整理装备，准备出发。郑中将拉着孔营长站在桌前，面前摊着一幅巨大的山陵地图，他用笔在上面指指点点：“你们从这里跳伞，注意搜救纵深不要太深，这里是关键地区，他们失踪前的最后一段信号定位大致是这个范围……”

“上校！”

“周上校！”

郑中将和孔营长两人同时抬头，只见周戎裹挟一身潮湿的夜气，匆匆推门而入：“司南不见了。”

郑中将莫名其妙：“什么？”

周戎标志性吊儿郎当的神情全变了，面色肃杀不同以往，厉声道：“司南刚说出门找宁博士，但我打了宁博士的内线电话，他说司南根本没去找他。半小时了，哪里都找不到人，机场警卫呢？”

“等等等等，”郑中将脑子一团糨糊，抬手止住他，“你说他不见了？不见之前有什么征兆？”

“下午突然去找宁瑜，给自己抽了 600CC 血。”

郑中将：“……”

“他救过118的队员，”周戎一字一句道，“他可能想再救他们一次。”

郑中将脑子被雷劈了似的，下意识打了个哆嗦，然后终于反应过来，几乎是推开孔营长，扑过去拎起电话，匆匆打了个内线号码：“喂？警卫处？”

“立刻搜查机场，抗体携带者可能混上了即将飞往失事峡谷的飞机，立刻把他带回来！”

停机坪。

“站住！喂！”

少尉快步赶上来，司南转过身，目光茫然，立正站好。

少尉停在他面前，视线略带疑惑，瞅了半天问：“你哪个班的？”

“伞兵营七连四班。”

“参军几年了？”

“半年。”

“半年，”少尉语义不明地重复，旋即破口大骂，“——半年了你们班长都没教过你，没封好的子弹箱别乱动吗？！”

司南：“……”

“待会儿子弹少了怎么办？！是不是要再点一遍啊？！常识不知道吗？！这他妈都几点了，四班还派一帮糊涂蛋来添乱！你在这儿愣着干什么？！”

司南被骂得抬不起头：“对不起对不起，这就去换，这就去换。”

“还不快去！”

司南耸肩低头，一溜烟小跑去换了箱清点完毕封好的子弹，又小跑着经过少尉面前，连头都不敢抬，摇摇晃晃登上机舱铁梯。

“新兵蛋子！”少尉无奈怒道。

少尉烦躁地清点子弹数量，确认无误后亲手把子弹箱封好，贴条，还没站起身，突然只见远处士兵顶着风狂奔而来：“排长！排长！”

“又怎么啦？”

“机场警卫处紧急来电！指名叫你速接！”

少尉一脸莫名其妙，跨过满地物资，向停机坪边的岗亭办公室走去。

机舱里飞行员已经就绪，几个搬运物资的士兵正从身上往下卸器材和弹药。司南砰地把子弹箱和战术背包扔在地上，单膝跪地，拉开背包链。

“喂，”一个老兵经过，顺脚轻轻一踹，警告道，“别乱动。”

司南满面惶恐，唯唯诺诺地站起身。

老兵们不再管他，纷纷从舱门出去，下了铁梯奔向跑道，准备开始搬运降落伞。

司南目送他们出去，从手上这个属于不知名倒霉蛋的战术背包中摸出微型冲锋枪，咔嚓上膛，随即起身来到舱门口，俯身握住了从跑道架上舱门的那道铁梯。

22：45PM。

机场远处灯火闪烁，停机坪上人来人往。从高处向远眺望，这座容纳了数万军民的人造海岛地形起伏，葱葱郁郁，无数遥远的华灯与满天星子交相辉映。

而飞机前方是空旷的跑道和一望无际的深海。

司南深深吸了口春夜清新又微咸的海风，正要发力把铁梯从舱门口推出去，突然余光瞥见远处，眼睛微微一眯——

刚才那少尉从值班室里跑出来，大声吆喝着什么，士兵们纷纷停下手里的活，略带疑惑地聚拢过去，继而开始在少尉的指挥下列队报数，逐一排查。

“喂！你！”少尉视力好，隔着那么远的距离都能看见舱门口站着一个人，他遥遥招手示意，“——你也下来！”

司南没动。

“怎么了？”少尉眉头一皱，狐疑顿起，吼道，“下来！”

司南注视着他，一扬手。

铁梯发出骨碌碌的滚动声，向跑道外滑去。

少尉愣住了，随即反应过来：“——妈的就是他！”少尉拔腿就向飞机跑，“快！把他拦下来！”

司南微笑着拉起舱门，就在这时视线越过跑道，只见停机坪铁丝网外，夜幕中公路尽头骤然闪现出一星车灯，随即急速变亮。

一辆吉普风驰电掣而来，随即骤然刹在了机场入口！

左右车门被砰砰两声甩上，周戎和郑中将同时跳下地面——郑中将年纪毕竟大了，下车时气血沸腾，差点崴了脚，慌忙一把抓住周戎。

周戎想都没想，抽手就把他给甩脱了。

郑中将："喂我说你……"紧接着只见周戎擦肩而过，连个顿都没打，直直就冲进了停机坪。

"现在的年轻人！知不知道什么叫尊老爱幼！"郑中将气得吹胡子瞪眼，急忙追赶上去，还没走两步就触电般一颤，"哎哟我的脚……"

呼喊、叫骂、脚步……士兵们从停机坪各个角落向跑道聚集，人声响彻夜空，然而司南无动于衷。他一手提着冲锋枪，一手把着舱门，视线越过所有人，只投向那喘息着停在了远处的熟悉的身影。

那是周戎。

周戎逆光的身影悍利修长，尽管看不清楚，但他知道周戎也正看向自己。

仿佛隔着无尽星海又近在咫尺，海面的风穿过周戎指尖，下一刻又呼啸着掠过司南的眼睫。周戎张了张口，看不清口型是什么，司南对他摇了摇头。

喧哗人声越来越近，荷枪实弹的士兵冲上了跑道，合力往机舱方向推动铁梯。

司南静静伫立在舱门口，似乎完全不在意已经顺着铁梯迅速爬上来的士兵。不知过了多久，仿佛历经漫长岁月又好像只是短短数秒，他看见周戎终于高举起双手，逆光做了个手势——

快走。

司南轻轻呼了口气，在唇间凝成一小团转瞬即逝的白雾，旋即"砰"一声关上了舱门。

砰砰砰砰！砰砰！外面士兵捶门声登时响成一片。司南用力落了锁，穿过客舱走到驾驶座后，单手持冲锋枪抵上了飞行员后脑："立刻起飞，别逼我把你的头爆成西红柿……"

金华中校一偏头，额角微微抽搐，与司南四目相对。

"……"司南诧异道，"你怎么在这里？"

金华："你才怎么在这里？！"

外面的喧哗越来越响，司南沉思片刻，咔的一声把冲锋枪从连发调成单发模式，随即再次抵上金华的头："立刻起飞，别逼我把你的头打成糖葫芦。"

金华："有区别吗？！"

金华无可奈何，被枪口抵着打开一系列按钮，缓缓落下操纵杆，小飞机开始在跑道上缓缓滑动，将跑道上的士兵向后抛去。

"本来不关我的事，但我想为他们做点什么，所以才主动请命担任飞行师。"金华专注地调整电子地图大小，说，"我已经好几年没有飞了，这次是副驾驶，还有个正驾驶员被你扔在下面了。所以待会儿……如果……"

飞机滑行越来越快，紧接着嗡的一声冲天而起，颠簸霎时让司南踉跄着撞上了驾驶台——哗啦！

"如果遇上强气流！"金华在螺旋桨巨响中大吼道，"你就祈祷吧！求上帝或拜佛祖都行！"

轰——

飞机斜着冲上高空，跑道和机场越来越小，云层旋转着扑面而来。

司南站稳身体，把子弹咔嗒退膛："神佛这玩意我早就不信了。"

金华却苦笑着摇了摇食指："我劝你还是临时信一下的好。你这趟路程除非神仙下凡，否则很难活着回来，临时抱佛脚虽然不管用，但总比完全不抱好吧。"

司南摇头并不回答，转身去后舱清点武器弹药，开始整理他的战术背包。

"我是说真的！"金华回头高声道，"北疆基地的侦察营损失了很多人！之前去峡谷的H省第八搜救部队也伤亡惨重！你一个人根本不可能完成这项任务，放弃吧！现在还来得及！"

飞机在云海中平稳行驶，机翼闪烁着点点红光。后舱内灯熄灭，只留下一圈圈橙黄色的光晕。

司南单膝跪在子弹箱边，一手将冲锋枪拄在地上。黑色立领夹克让他的脸看上去格外白皙，暖光为他挺拔的鼻梁镀上一层光晕，隔着这么远距离眼睫的弧度都清清楚楚。

他看上去远远比实际年龄小，那么俊秀，甚至有一点温柔的书卷气。

金华内心仿佛被轻轻触动了一下，声音不自觉缓和下来："听我说，司南。只有大后方是安全的，每个人都感激你带来了抗体，所有人都会竭力满足你的任何要求，如果你愿意，战后甚至可以成为人们心中的救世主……"

"但你去了峡谷，这条命就不是你自己的了。"金华诚恳道，"你还年轻，以后的路还很长，别为了一时冲动搭上自己的性命，让更专业更有能力的爆种者去奔赴险境……好吗？司南？"

司南仿佛在金华灼灼的注视下沉思着什么，良久后终于提起弹链，哗啦塞进背包："不，女士，你不明白。我经历过很多生死攸关的险境，但我只有五名可以交托性命的战友。"

金华瞬间怔住了。

司南拉上拉锁，起身把背包挎在肩上，淡淡道："其中四名在前方等待，所以我不能不去。"

飞机穿过海洋，划出模糊的白线，远处高空中另一架军用飞机正紧紧缀在后面。

两架飞机沿着相同的航道向北行驶，前方崇山峻岭，辽阔的峡谷正对他们渐渐展现出全貌。

"再见，中校。"司南倒退向舱门，说，"我会把丁实带回来给你的。"

驾驶舱照明灯下，那一瞬间金华眼眶红了。但她没有多说什么，颤抖着吸了口气，认真道："再见。"

司南拉开舱门，寒风呼啸而过，随即他纵身跃向了茫茫黑夜中茂密的森林。

第32章

从军用飞机风挡玻璃向前望，强光灯映出夜空中司南急速下坠的身影，流星般消失在了黑暗里。

有人喝道：“他跳了！”

周戎沉默地放下望远镜，只听无线电里郑中将的咆哮在风中嘶哑不清：“首要任务，把抗体携带者带回来！一定要生擒！找到后立刻带回崖海！清楚了吗？！”

机舱后二十名特种兵齐刷刷望向周戎，孔梓营长眼巴巴小声道：“周队……”

周戎长长吁了口气：“清楚了。”

随即他挂断无线电，拎起降落伞包走到机舱口。

后舱中灯光昏暗，每个士兵身上都大包小包挂满装备，除了飞机航行的隆隆声外一片静默。

周戎环视众人一圈，沉声道：“多余的话不说了。下去后所有人向信号弹发射地点集合，有没有异议？”

“没有！”

周戎点点头：“很好。”说着率先打开舱板，干净利落跳了下去。

狂风从司南耳边呼呼掠过，把他的短发和衣领全数向上扬起，紧接着“嘭”一声，降落伞自动打开，自由下坠骤然顿住，降落伞缓缓飘向伸手不见五指的参天树丛。

瀑布声从脚下掠过，继而远去，森林腐朽咸腥的气息扑面而来。

司南拔出军刀割断伞绳，时机把握得精确到了极点。下一瞬间他整个人脱了出去，坠入茂密的树冠，在树杈间撞击、摔落，抓住数根格外粗大的树枝停住身形，稳稳地挂在了半空。

他一手吊住身体，另一手摸出单眼夜视镜片戴好，右眼登时变成了大片深黑、墨绿和浅绿交织的世界。

往上看，军用飞机倾泻出二十多顶降落伞，犹如蒲公英的种子飘向大地。

往下看，深邃辽阔的树林中，四处回荡着丧尸拖曳的脚步和悠长的哀鸣。

“真刺激。”司南喃喃道，松手落下地面，脚尖沾地的刹那间树后扑出两个丧尸，前面那个还未沾身，就被他飞起一脚踢塌了胸骨，飞撞上树干没了动静。后面那个下巴与脖颈交界处被军用三棱刺直直插入，脑髓迸出，司南一拔刀，它便轰隆倒在了地上。

三棱刺一甩，血肉飞溅在地。

司南返刀回鞘，向前走去，突然身后远处传来动静，紧接着——

哒哒哒哒哒！哒哒哒哒！

枪声响彻树林，搜救队伍着陆，引来了大批丧尸！

虽然已经打了血液气息压制剂，但二十多个特种兵大小伙子的新鲜血肉对丧尸来说，就像深夜中的探照灯那么鲜明夺目。数百米内的丧尸就像暗夜中的恶鬼争相扑来，几个人甚至来不及戴上夜视镜，仓促间便开了火，枪口疯狂吞吐火舌，将一排排活死人打得头盖骨掀飞！

周戎一边稳步上前一边端枪扫射，沿途丧尸纷纷踉跄仰倒，肢体在脚下踩成泥泞的血肉。随即他按了下耳麦扩音器，被放大千百倍的吼声顿时响彻山林：“司南！

“我知道你在这里！我看到降落伞了！”

一百米外，司南站住脚步。

“回来！跟大部队一起行动！你一个人不行的！！”

司南默不作声，站在岩石后，夜幕中挺拔的侧影仿佛半融进阴影里。

“回来……”周戎的声音低沉下去，“司南，回到我身边来。”

他的尾音听起来有点难过，还有着浓浓的、难以掩饰的焦虑和担忧。司南凝神静听半晌，突然摇头笑起来：“你错了，周戎。”

他话里那丝遗憾刚出口就被淹没在了激战的枪声中，除了他自己谁都听不见：“在遇到你之前，我始终是一个人……从来没当过任何人的累赘。”

枪声还在继续，活死人的号叫已经越来越稀落了，空降部队那边战况已近尾声。司南不再停留，反手拔出冲锋枪，潜入了夜色中。

黑隼小组遇袭后崖海联系过两批搜救队伍，但峡谷地形复杂，原始丛林茂密，第一批人根本没摸到地方就被迫折返了。第二批侦察营倒是进入了大致失踪范围，但也没找到遇袭营地的确切地址，就因为伤亡惨重而不得不放弃了搜救。

凌晨近五点。

从夜视镜中望去，无数淡绿人影在树林间漫无目的地号叫游荡，而司南在参天树冠间急速穿行，纵跃过丧尸头顶，动作敏捷得像只猿猴。如果A国电影工业没完蛋的话，以他为灵感大概能拍出几部《猴子侠》《超凡猴子侠》来。

瀑布。

司南钩着树枝一荡，电光石火间已锁定前方传来的隐约水声。蛇都不会有他这么柔韧的腰身，在树下丧尸纷纷围上来前，他几乎贴着树冠就蹿了出去。

他也是跳伞时听见动静才回忆起来的——春草和周戎通话时，她附近传来模糊的轰隆水声，那应该是瀑布。

只要这坑爹峡谷里不是三步一小瀑五步一大瀑，顺着水声前去，就能找到失事的营地！

前方水汽越来越重，穿过重岩叠嶂的树林，突然，瀑布的轰然巨响伴随着水珠扑面而来。

司南攀上树顶，摸出军用望远镜。

这是一字形峡谷中部地势最低的地方，一条中型瀑布挟着泼天水花轰然砸下，坠进底部深潭，分流成两条河，通向蜿蜒山谷。司南顺着河流两侧的树林不断调整望远镜焦距，突然动作顿住了——数百米外的河岸边，石滩凹凸凌乱，撒着类似于行军包裹一类的物体。

他没有丝毫犹豫，就像条蛇一样瞬间从树冠滑下树底。

几百米崎岖难行的山路他只用了两分钟就狂奔而至，这时黎明前最黑暗的时候已经过去，就像墨汁掺水后一点点变浅，山谷与河流慢慢勾勒出深灰色的暗影。司南喘息着停在石滩上，盯着不远处几具被吃剩的、尚且穿着破烂迷彩服的残躯，许久喉结剧烈滑动了一下。

他走上前，颤抖着手，把那些残尸一具具翻过来，查看他们已腐烂至无法辨认的脸和胸口铭牌。

每翻开一具，他的心脏就被无形的利爪狠狠揪住一次，然后稍微松开，随即在翻开下一具前更十倍、百倍地揪紧。如此循环往复，直到所有尸体查看完毕，司南一屁股坐在地上，许久才感到心脏缓缓开始重新跳动。

没有 118，没有他认识的人。

他歇了口气，把尸体整整齐齐拖到一起，摘下所有铭牌装进背包——这烫着军号的钢片是牺牲证明。然后他起身环顾周围，顺着地上明显的脚步痕迹，走进树林中的空地，满目疮痍的营地终于展现在了他面前。

压垮的帐篷、扑灭的篝火、满地的残肢、死不瞑目的头颅……犹如一幕幕无声又惨烈的哑剧，被毫不掩饰地摊开在了黎明青灰的天空下。

每一寸浸透鲜血的土地，都无声彰显着它曾见证过多么残酷的事实。

司南大脑几乎空白。他花了近半个小时才拼凑出所有的残肢和头颅，从营地附近搜集来所有铭牌，拿在手里一个个比对。从头到尾对了两遍，他终于虚脱般跪倒在地，额头抵着咸腥的泥土，长长出了口气。

他不信神佛，对十字架报以轻蔑和嘲讽，那一刻竟从内心里用英文不由自主念了声："Thank God."

随即他不禁对自己莞尔，轻轻自嘲了句："果然是临时抱佛脚。"

司南爬起来走出营地，想去河水里洗个手。

然而他刚起身走了几步，突然敏感地抽了抽鼻子，嗅到前方传来虽然不明显但对他来说极其强烈的气味——司南心中掠过一丝疑虑，顺着那味道向树林走去，跨过脚下丛生的灌木，突然站住了。

他的瞳孔控制不住地微微缩紧，终于知道了丧尸潮会夜袭营地的原因。

——树下赫然堆着四具陌生面孔的尸体，在这种天气下已然开始腐烂，泛出极其强烈的、混合着恶臭的味道。

但尸体上没有噬咬或抓挠的痕迹，四肢也相对完整——他们是被人为杀死的。

有人用残忍手段将这四名士兵杀死，趁夜堆放在营地附近，用强烈的血液气息来吸引丧尸潮！

这真的太冷血了。

司南倒退数步，深吸一口气冷静下来。他按下心中隐约的猜测，想上前去仔细检查尸体，突然却瞥见尸体边不远处的泥土中，黯淡天光反射出什么，微弱的亮光一闪即逝。

——是一张钢制铭牌，还带着细链。

司南上前捡起它。不知为何，指尖触到冰冷的钢铁时他突然心脏狂跳，好像开口就要从喉咙里吐出来似的，直到他翻开铭牌正面。

那是一串熟悉的数字。

司南的手开始发抖，目光从这串数字上一个个看过去，仿佛突然认不出最简单的阿拉伯数字了。

1180610——颜豪。

司南缓缓跪在了地上，脑子里空空的仿佛什么都没有想，又刹那间想起了很多。

B军区基地，两支小组临分别，颜豪上前紧紧拥抱住他，站在铁轨隧道中回头一笑。

逃难的河岸边，颜豪坐在粼粼晚霞里，鼓起勇气试探性地抓住他的手。

有一点点伤感又总是十分温柔的颜豪，无时无刻不为别人着想的颜豪，站在阳光下和队友互相打闹爽朗大笑的颜豪……最终化作天台楼顶狂风呼啸的深夜里，那哽咽着流下热泪，痛苦蜷缩起来的身影。

“抗体真的不能给你……我把命赔给你，我把我的命给你好吗？”

——我把命赔给你好吗司南？

司南颤抖着握紧铭牌，锋利的边缘甚至切进了掌心肉中，但他毫无痛觉。他竭力压抑住酸热的喘息，弓起身，手指深深刺进浸透了热血的泥土里。

哗啦——

隔了两秒司南才意识到那动静，一抬头，十多米外树丛摇晃，有个东西匆匆离开。

那是人！

“喂！”司南厉声喝道，“站住！”

那人兀自向远处跑去，司南只觉一股冰冷的邪火直冲脑顶，起身就追了出去！

此时天光尚暗，夜视镜又快不管用了，正是可视条件最差的时候。那人移动速度极快，在茂密的树林间根本看不清影子，好几次司南只能凭借声音断定方向。两人飞越过横倒的枯木、突兀的岩石，就像彼此追逐的猎豹和羚羊，紧追不舍足足一根烟时间，突然司南站住脚步，紧接着抱头贴地一滚，“砰”一声子弹擦身而过！

司南无声地骂了句，闪身躲进树后，反手悍然还击！

静寂的树林霎时被冲锋枪轰炸声所笼罩了，顷刻间树干飞溅、弹壳乱迸。对方显然没想到司南竟然配备这样的火力，又开了几枪后立刻熄火蛰伏，密集的枪声顿时突兀地一停。

硝烟缓缓飘散，司南背靠着树，视线向后偏移，略微眯起眼梢锋利的弧度。

他知道对方也在等待，也在观察。

对峙仿佛弓弦渐渐被绷到极限，树林安静得几乎恐怖。

一公里外，森林空地。

枪声响起的刹那间，周戎放下望远镜，从三四米高的大树上一跃落地，起身一招手，头也不回地下令：“前方十一点处九百米发生交火，追。”

二十名特种兵肃然立正：“是！”

第33章

峡谷安静得近乎死寂，没有鸟雀，没有走兽，甚至没有任何蚊虫，仿佛所有生物都已远远逃离这被活死人统治的世界。

只有茂密得不正常的植物，疯狂覆盖从地面到天空的每一寸空间。

朝阳渐渐升起，灰暗晨霭从树林间退去，化作青灰和淡青色的雾气，顷刻间又被薄金般的阳光穿透，树木和草丛的阴影随着日头缓慢向后移动。

司南抬起枪口，无声无息移向树后。

就在这时，十多米外树丛后，突然哗啦一声，猛烈摇曳！

——砰砰！砰砰砰！

司南猝然开火，对方借着参天古木的掩护拔腿就跑！

司南闪身紧随其后，又开了几枪，但在树丛掩映、高速移动的情况下都没能打中。对方对环境的熟悉程度显然更甚于他，专拣崎岖难走的地方钻，司南猝不及防踩进了树坑，瞬间被无数枯枝腐叶淹没，幸亏他千钧一发之际抓住石块，稳住了全身重量加三四十公斤装备。

“我操……”司南内心骂了句，三下五除二爬上地面，抬头环视周围。

那人早逃之夭夭，完全失去了行踪，而他已经追到峡谷边缘，离瀑布很远了。

司南在满地歪倒的灌木中观察片刻，起身望见不远处有一条湍急的小溪——那人应该是跳进溪水飞快遁走的，完全抹消了痕迹，根本无法追踪。

司南深一脚浅一脚走到溪边，洗了把脸，溪水中映出他紧锁的眉心。

是什么人杀了那四个特种兵，又把丧尸群引去营地？

刚才故意把他引来这里的又是谁？

司南用掌心舀水摔在脸上，如此几次后，用力甩了甩湿漉漉的短发，猝然用英文喝道："罗缪尔！你在玩什么把戏？！"

周围静悄悄的，连回声都没有。

"——罗缪尔！"司南厉声道，"出来！"

啪嗒——

司南觅声回头，枪口瞬间锁定，只见不远处悬崖某道石缝中，赫然探出了一个圆球。

"……"那圆球呆愣片刻，遥遥传出声音，"司南？！"

司南眯起眼睛："汤……酋长？"

"是汤皓，谢谢。"五分钟后，汤皓一把将司南拉上来，引他钻进石缝后隐蔽的山洞，无奈道，"我的运气一直很正常，只有沾上周戎才特别背，这真不是我的锅。"

山洞里蜿蜒曲折，走了二十来步一转弯，前方赫然出现了一片七八平方米的空间，三个灰头土脸、憔悴不堪的特种兵纷纷起身："中校！"

汤皓示意他们坐下，司南蓦然瞥见角落里一动不动躺着的某个身影，疾步上前一看，轻轻抽了口气："郭伟祥？"

郭伟祥双眼紧闭，面色灰白，腹部乱七八糟扎着绷带，渗出紫黑色的血迹，根本不像个人样。司南立刻探了探他的温度和脉搏，他发着致命的高热，显而易见已经感染了，再拖下去情况会变得非常危险。

"发现他的时候就是这样，已经快 72 个小时了。"汤皓沉声道，"幸亏你来了，否则郭少爷这条小命大概得交代在这里。"

司南从背包里翻出抗生素，掐着郭伟祥的脖子强行灌进去，又迅速调配好特种部队专用保命针剂给他注射进颈侧血管，问：“这是怎么回事？”

“遇袭那天深夜，我带着剩余几个队员杀出丧尸群，中途装备和武器全掉了，混乱里什么也看不清，匆忙中又跟其他人走散……”

司南用“还说你不点背”的目光瞥了他一眼。

“我在溪水里泡了一夜，第二天回到营地，抱着侥幸心理想去看看有没有生还者，结果就遇见了他。”汤皓指指郭伟祥，说，“当时他藏在树坑里，已经感染了丧尸病毒，大概是在昏迷前给自己打了二级抗体，侥幸没有丧尸化。我把他拖出来一看，发现腹部全是血迹——应该是丧尸夜袭那天在黑暗中被自己人的流弹击中的，幸亏有二级抗体的强力愈合效力保护，我把子弹挖出来后，就变成了现在这样。”

汤皓眉宇间始终藏着一丝难以言喻的隐忧，靠墙坐在潮湿的地上，疲惫地叹了口气。

司南不置可否，片刻后突然问：“你是怎么找到这里的？”

“我背着他晃荡了大半天，直到碰见他们——”汤皓示意那几名特种兵，说，“是他们找到的这处山洞，幸亏地势高又隐蔽，否则郭少爷这满身血腥味早把丧尸引来了。随后两天我一直趁白天出去搜索生还者，但没有武器，附近丧尸又多，始终没有遇到任何活人，也没有遇到搜救队。”

汤皓用力抹了把脸，转移话题问：“话说你是怎么找到这里的？大部队在哪儿？”

司南说：“周戎在后面。”

汤皓：“……”

两人大眼瞪小眼，汤皓不禁问：“还有呢？”

“我是被人故意引来的。”司南简单道，“没了。”

汤皓霍然起身：“什么？峡谷里还有活人？谁把你引过来的？长什么样？看清楚是什么人了吗？”

司南：“没。”

两人再次对视，汤皓满头都是黑线，而司南眼神平淡，表情坦荡，似乎已经把该说的都说完了。

半晌，汤皓终于忍不住小心翼翼道：“有没有人曾经在沟通技巧方面，对你提出什么友善的建议？”

“没有，你想提？”

汤皓：“不不不，没什么。”

司南从包里翻出干粮和水分发给那三名特种兵，钻出山洞，在悬崖边发射了一枚信号弹，然后退了回来，拎起背包说：“搜救队很快就来，我走了。”

汤皓愕然道：“你上哪儿去？”

“继续找人。”

“不等周戎他们过来会合？”

司南淡淡道：“其实我并不那么喜欢团队行动，我单兵速度更快。”

汤皓立刻阻止：“不行，刚才把你引来的人还没搞清楚身份，单独行动太危险了！这附近我已经搜索过好几次，根本没有任何生还者的痕迹，在缺少专业设备的情况下，哪怕是你，凭人力根本不可能……”

汤皓的话戛然而止，只见司南紧攥的拳头伸到他面前，一松，一块染血的钢制铭牌坠在半空。

1180610，颜豪。

“还有两个。”司南平静道，“在找到他们之前，不论发生什么，我都不会停下脚步。”

山洞里没人说话，半晌，角落里一名特种兵放下水壶，沙哑道：“我陪你一起去。”

“我也……”

三人接连起身，汤皓打断了他们：“不行！你们几个状态太差了！”

紧接着他转向司南：“给我把枪，我跟你一起去。”

“中校！”

汤皓的态度非常坚决，然而司南略一迟疑，没有回答。

“如果你要找阳春草和丁实那两个，我可能知道他们往哪里去了。那天深夜突围时我是跟他俩一起的，渡河前才失散，如果他俩没有中途改变方向的话，应该能沿河岸追踪他们的痕迹。”汤皓张开手掌，定定望着司南，再次重复，“给我把枪，我和你一起去找他们。”

足足过了十多秒，司南终于从后腰解下手枪，扔了过去。

汤皓准确接住，只见司南掉头向外走去，淡淡道：“省着点，只有五发子弹。”

峡谷外太阳已经完全升起，除了高空石壁，漫山遍野逼人的浓绿，阳光下耀得人睁不开眼。

“没见过吧，”汤皓松开绳索跃下石崖，短促地笑了一声，“没有动物，没有昆虫，只有植物长得让人毛骨悚然，好像所有有生命的东西都从基因里写着对丧尸病毒的恐惧，这星球马上就要被活死人和植物占领了。”

他们顺来路跨越树沟，在茂盛的森林间穿行，一顿饭工夫后前方终于遥遥传来瀑布隐约的轰响。

司南背着几十公斤装备，略微落后几步，汤皓主动道：“我帮你拿吧。”

然而司南摇了摇头。

“你这个异血种，”汤皓只得收回手，用力扒开大半人高的灌木丛，莫名其妙道，“跟我见过的所有异血种都不太一样，感觉你明明一个人也能活，为什么最后偏偏找了周戎……”

砰！

汤皓话音一顿，子弹擦身而过，数十步外树后的丧尸应声而倒。

砰！砰！砰！

司南一枪一个，在周围可见度极低的密林中击毙了百米内的所有丧尸，中枪者无一不被准确爆头。他全神贯注地从瞄准镜后扫视周围，轻声说：“说得好像你见过很多异血种似的。”

汤皓：“……”

“Clear，”司南垂下枪口，“走吧。”

汤皓：“喂我说！到底有没有人曾经在沟通技巧方面……那个……算了。”

瀑布水声轰然作响，在阳光下反射出无数七彩的光。他们远远绕过营地，司南始终没放通知大部队的信号弹，汤皓也不提，只顾着通过辨认沿途环境来回忆那天深夜的撤退路线，两人一路走走停停。

顺着河岸走了一顿饭工夫，地势陡然增高，河流急转直下，高低差形成了一道七八米高的落崖。汤皓观察良久，十分举棋不定地站住了脚步：“可能……

应该就是在这里。那天深夜突围到这儿的时候，丧尸群追了上来，仓促间我跟其他人失散了……”

司南突然反问：“他们没管你？”

汤皓失笑道：“所有人的子弹都打光了，四下漆黑，群魔乱舞，能见度连半米都没有，那种情况下他们怎么顾得上我？”

司南点点头，没吭声，半跪在落崖前仔细望向河水，不知道在思索什么。

汤皓看着他的背影，觉得自己有时候不太能理解这个前白鹰教官。他毫不犹豫背叛了自己生长二十多年的A国，然而来到C国后，也完全没表现出对这个地方的丝毫感情或留恋。他对118那几个特种兵队友似乎很有责任感，但看见重伤垂危的郭伟祥后，除了冷静、果断地立刻打药，也没有其他任何情绪上的触动。

所有人聚在一起的时候，他是存在感最薄弱也最沉默的一个。但当团体遇到困境，众人一筹莫展时，他又是第一个出手解决问题的。

没人能知道他脑子里在想什么，也没人能预测他下一步会采取什么出乎意料的行动。

汤皓垂下视线，隐去了复杂的思绪，片刻后抬眼问：“喂，你看这周围的环境眼熟吗？”

“不。怎么？”

“我在想……要是你当初坠机后记得路，几天前跟我们一起来的话，也许当时就立刻能找到抗体了。”

司南回头向他一瞥：“为什么要做这种明显不存在的假设？”

汤皓强行勾了勾嘴角，尽管看上去更像是苦笑：“没什么。就是怕世上只有这一管抗体样本，万一出个意外没了就真没了。”

司南说：“确实只有这一管样本。或许白鹰基地还有纸质资料，但病毒暴发时很可能已经毁损了。”

汤皓心跳仿佛漏了半拍，脸色霎时变得有些难看：“那如果意外丢了呢？我的意思是，刚才你也说有人故意引你过去，也就是说这峡谷中除了我们很可能还有另一批人，万一被他们提前拿到抗体……”

“会很麻烦。”司南淡淡道，“所以我们要尽快。”

汤皓许久才勉强咳了一声，说："是吗，我想也是。"

司南仔细打量了他几秒，没有说话。汤皓不自然地起身："我想下去查看一下，如果那几个人是从水道走的，他们可能会在岸边留下线索或引路标。"

"不用看了。"

"嗯？"

"那里。"司南抬手一指，顺着那个方向望去，断崖下河滩边的灌木丛间，隐约挂着什么黑色的东西。

汤皓一呆，随即拔腿就跑。两人几乎从陡峭光滑的断崖上滚了下去，河滩上全是光滑的鹅卵石，陡坡上杂草灌木疯狂生长，汤皓率先匍匐着爬了上去，只见枯枝顶端赫然系着一条长长的黑布！

"是我们的T恤！"汤皓一把拽下布条递给司南，三下五除二扒下自己的迷彩外套，拉出里面的黑T恤领口，"看！就是这件！肯定是他们撕下来绑在这里，为了给我们做路标，这附近肯定还有其他更多的……"

司南立刻拒绝："不，不看，好好说话别脱衣服。"

汤皓手忙脚乱把外套一扣，爬下陡坡往前奔去，几乎不费什么劲就发现了更多痕迹："快来！这里有血！"

司南跟上前去，大概二十来步外，山岩底部和地面上明显蹭有干涸的血迹。顺着滴溅延伸的方向一路往前，大概每隔几步就能发现新的血滴，似乎春草他们逃离的时候已经受了重伤。

"他们开过枪，"司南蹲下身，从草根下摸出金属弹壳，抬头道，"他们在这里遭遇过丧尸。"

汤皓脸色变了："看，那是什么？"

河岸骤然向上，不远处的断崖山壁上有一道洞口，离地大约三四米高，能勉强借助凸起的岩石攀爬上去。

而垂直岩缝中丛生的杂草上，却留有极其明显的大片血迹，像是被全身浴血的人压过似的。

汤皓仰头望向山洞，声音都不对劲了："他们会不会在那里面？"

司南眼瞳压紧，若有所思地盯着那黑幽幽的洞口。

“有人吗？”汤皓高声吼道，“喂！有没有人？！快出来！”

湍急的河流从他们脚边哗哗而过，尖锐的风声吹着哨子穿过山谷，除此之外毫无声息。

汤皓走到断崖下，示意司南上来：“你放下枪和装备，踩着我的肩上去看看。别进去太深，小心万一里面有蛇。”

然而司南盯着他，没有动。

“来啊，怎么了？”

司南眼窝深邃，眼梢斜挑，轮廓好看，但当他这么定定注视着某样东西的时候，和常人迥异的浅色眼珠就有些冰冷的、摄人心魄的神采。

“我不会放下枪和装备。”他盯着汤皓，声音不高，但一字一句非常清晰，“跟你单独在一起的时候，我不会让武器脱手。”

汤皓一怔，随即慢慢转过身来：“你这是在提防我吗？”

“小心吊下来！慢点！别撞上！”

周戎背着冲锋枪，亲自指挥上面的士兵把行军简易担架吊下石崖。担架被地面上几个搜救队员稳稳接住，医务兵立刻冲上前开始检查。

“祥子！”周戎快步上前，霎时脸色铁青，“他怎么样？”

医疗兵边打保命药边摇头：“情况非常不好，腹部枪伤已经开始感染了，需要尽快安排手术。”

周戎回头吩咐：“通知总部，发现生还者三名，重伤员一名，叫直升机立刻来接，快！”

紧接着他又问那三名被解救出来的特种兵：“刚才发信号弹的人呢？！”

士兵你看我我看你：“他要出去继续搜救，已经走了……”

“他说他单兵行动更快，汤中校再三坚持才跟他一起去的……”

周戎咬紧后槽牙，脑子里嗡嗡作响。他正要强迫自己从烦躁不安的情绪中抽丝剥茧出下面的行动方案，突然手背被人一碰：“戎……”

“他醒了！”医疗兵失声道，“别，别动！别说话！”

周戎猝然回头，只见郭伟祥竟挣扎着抬起两根手指，干裂失血的嘴唇无声开合，似乎想竭力发出什么声音：“戎……哥……”

“戎哥在这儿，别担心，没事了。”周戎沉声道，“很快就安排飞机来……别乱动！祥子！”

“当……”郭伟祥脖颈一仰一仰的，似乎想要拼命抬起头，“当、当心……”

周戎眉梢一跳，抬手拦住了想要阻拦的医疗兵，俯身把耳朵贴在郭伟祥嘴唇边，只听他气若游丝地吐出几个字：“当心……他……”

接下来那个名字让周戎面色剧变，刹那间他以为自己听错了，但随即意识到没有。

郭伟祥胸腔再次剧烈捯气：“戎哥……你……”

“知道了，你放心。”周戎尾音微微颤抖，但语调坚定有力，“我知道了，立刻就去。”

郭伟祥像是完成了某种执念般，身体骤然一沉，昏了过去，医疗兵顿时抢上开始急救。周遭兵荒马乱，周戎疾步钻出人群，一把抓过从山洞里救出来的特种兵，颤声问：“他们往哪里去了？”

三个士兵彼此茫然对视，紧接着其中一个突然记起来：“河岸！”

“那个人坚持要去找丁实和阳春草，汤中校说应该沿河岸搜索！”另一人也想起来，“他们可能是往瀑布方向去了！”

周戎放开士兵，回头向搜救队员喝道：“走！”

与此同时，河岸边。

气氛突然隐隐紧绷，河水撞击石块的哗响变得特别明显。汤皓转身站定，面色不喜不怒，许久后才开口问：“你到底对我有什么意见？”

高处岩壁上的血迹鲜烈刺眼，但司南仿佛突然无动于衷了：“没有意见。”

“那你还……”

“我曾经救过一个人。”司南平淡地说，“我以为救命之恩等同于信任，后来当我想掩护他先走的时候，却被猝不及防地喷了乙醚。他不是坏人，相反还是个普通意义上的好人，但从那时起我就知道感激和信任是两码事。如果我不能把性命交托于你，我就不能在你面前放下枪，如此而已。”

汤皓略微怔愣，随即摇头嗤笑，当啷一声拔出手枪远远扔开：“这样行了吧？”

但司南还是没动，视线越过汤皓望向高处。

“你还想怎么样？”汤皓不耐烦了，“你不是真想背着四十公斤的东西爬我肩膀吧？！行，要不我先爬上去，你慢慢在下面……”

司南突然一言不发，拔枪瞄准——汤皓只见枪口迎面正对，霎时瞳孔紧缩，下一刻只听“砰”的一声。

子弹从耳边擦过，汤皓抽筋般回头，见断崖上一具没了头的丧尸颓然摔了下来。

“吼——”

“吼吼！——”

风中隐约的尖哨声越来越逼近，逐渐变成了此起彼伏的咆哮。汤皓连退几步，只见断崖上的树林中三三两两冒出丧尸，像是被他们的声音惊动，转眼竟然越聚越多！

啪啪！啪！

几个丧尸摇摇晃晃摔下断崖，在他们眼前现场来了个汁水四溅、五马分尸。更多丧尸则跌跌撞撞地顺着陡坡滚下，有的落地被摔断了腰椎，一扭一扭地顺着地面往前爬；有的踉踉跄跄爬起身，撕心裂肺嘶吼着向他们扑了上来！

司南断然开火，冲锋枪将第一波滚下断崖的丧尸打得纷纷向后倒去。汤皓抱头就地一滚捞起手枪，精确无比地将身前丧尸爆头，冲到山壁便吼道：“快上山洞！快！”

司南在激烈的开火间隙瞥了他一眼，就在这时，十几个衣衫褴褛的丧尸摇摇晃晃堵了上来！

汤皓枪管里只剩四发子弹，根本不能与丧尸撞上，只得迅速抓住岩石向上攀爬。千钧一发之际他躲过了丧尸抓向脚踝的腐手，正要回头看司南怎么样了，就只听一声响亮的——哗啦！

水声？！

司南边开枪边退后，很快退到了河床边。冲锋枪将成排丧尸扫得肢体横飞、脑浆爆起，弹壳叮叮当当迸了满地，顷刻间高火力就将丧尸群硬生生撕出了裂口。

下一波丧尸还没来得及围上来，司南正要趁隙冲向山崖，突然背后河水中哗啦巨响，有什么东西冲出河面，随即有什么东西勒住了他的腰。

是一双冰冷的手！

那变故真的是太快了，开火间隙司南根本没反应过来，就被对方蛮横的力道拉得直接往后倒，脚下霎时踩空——

哗啦一声巨响，随即水面没顶！

司南在浑浊的河水中喷出一串气泡，意识到他被人伏击了。

第34章

咕噜噜噜——

青绿色河水被搅得极浑，仓促间什么都看不清，司南倒没慌，落水后三秒内迅速闭住气，长腿一记猛烈后蹬。伏击者被狠狠踢中小腹，登时喷出一口血沫，在河水中弥漫出猩红，不由自主就松了手向下沉去。

司南在水中哗然拧身潜游，沉重装备给了他极大的下沉速度，他几乎顷刻间就追上伏击者，掐住了对方的手腕和脖颈！

伏击者甚至没有丝毫反击之力，只能徒劳地蹬腿挣扎着，不断喷出水泡。

这时司南的氧气也快到底了——水中剧烈动作格外耗氧，加之他失脚落水时又猝不及防吐了半口气。他刚要下狠手一把拧断对方的咽喉，再迅速上浮吸氧，有力的手指却突然顿住。

对方的喉管和手腕都细得出乎意料。

——是个女人。

司南脑海中突然掠过一个荒谬的猜测，半秒钟的权衡之后，他果断松开了对方的咽喉，抓住她的手反拧，改从背面勒住对方的腰，顺着河水潜流急速向远处冲去。

“呼！”

司南猛地冒出水面，大口喘息，把快被他掐得半死的伏击者托了起来——果然不出他所猜想，是春草。

“呼，呼呼呼，咯咯咯……”春草呛得上气不接下气，被司南拉着蹚水上了岸。

他们已经离被丧尸群围攻的山洞足有数百米了，河床边地势趋于平坦，石滩连接着茂密的灌木和树林。春草一上岸就开始疯狂呛咳，差点把肺从喉咙里吐出来。大概是被声音惊动，六七个丧尸陆续趔趄着从密林间钻了出来。

“呜——呜——”

“吼！”

司南的冲锋枪已经丢在河里了，他疾步上前拔出军用三棱刺，一刀一个徒手弄死了所有丧尸。峡谷中游荡的活死人基本腐完了，在数量不多的情况下冷兵器足以应付，确认周围没有更多活死人之后，司南终于有机会回头粗喘着问：“怎么回事？”

“咯咯咯！——”春草勉强止住呛咳，小脸儿苍白发青，一屁股坐在地上。

“你，你手也太黑了，对未成年少女下这么——这么重的手，咯咯咯！我我我喝饱了……咯咯！！！”

“未成年吗？”司南怀疑道，“我听周戎说你已经满十八了，你想多骗我一份生日礼物？”

春草有气无力地摆手：“女人的年龄是个秘密，这种时候就不要追究了……你怎么会跟汤皓在一起？看到祥子了吗？祥子还活着吗？戎哥在哪儿？”

“重伤活着。丁实呢？”

“大丁好好的，你先说……不，这里不是说话的地方，你跟我来。”

春草扶着石头站起身，示意司南跟她一路往河岸下游走，避开丧尸神出鬼没的树林。司南简单告诉了她自己从基地劫持飞机跑出来，发现营地，被故意引去见到汤皓，以及如何来到山洞的经过。春草边走边听，末了承认：“没错，刚才围住你们的丧尸是我引去的，从瀑布那里开始我就跟上你们了。”

司南问：“你怀疑汤皓？”

春草迟疑了下，才说：“我本来是笃定他有鬼的，但你刚才说祥子还活着，我就有点拿不准了……这事说来话长，要从丧尸群夜袭营地开始讲起。”

春草的外套已经丢了，只穿着破破烂烂的背心，手臂和背上遍布着紫黑色狰狞的抓痕和齿痕。她细碎的齐耳短发滴滴答答往下落水，风吹来不由狠狠哆嗦了一下，司南便脱下自己的外套递给她。

“哎谢谢，”春草把对她而言过于宽大的迷彩服紧紧裹在身上，叹道，“那天晚上我真以为自己要死了。营地里伸手不见五指，到处都是丧尸，惨叫、撕咬和枪声混杂在一起，不论如何都冲不出去，你甚至都不知道自己开枪打中的是活人还是死人……我只记得我一直在疯狂扫射，其间被咬了很多口，差点没把我大腿上的肉活生生撕下来。”

她指指自己脖颈，注射二级抗体后留下的凹痕非常清晰。

“具体细节以后再说了，总之我们拼了命才杀出尸群，但不论如何都找不到祥子。我们一边被丧尸群追赶逃命一边大声喊他，混乱中救出了一个重伤队友，他告诉我们他好像看见有辆越野车从森林中开出来，拉了汤皓和一个有点像祥子的人上去。”

司南打断了她：“车上是不是A国人？”

“不知道，尽管我也怀疑。”春草沙哑道，“我给那人打了二级抗体，但……他没能熬过去。”

两人同时沉默下来。

“我们跋涉了一整夜，所有物资都丢了，子弹也打光了。天亮后我们彻底迷失方向，花了很久的时间都没找回营地，也没能找到祥子的任何线索。”

春草长长叹了口气，说：“我们设立了一个临时据点，我和大丁轮番出去探路、觅食，直到今天早上我才好不容易摸到瀑布附近，结果还没找到营地，就看见你和汤皓沿着河岸一路往下走。我既然对汤皓心存怀疑，就不想轻易打草惊蛇，跟着你们走了大半天，发现他刻意把你往偏僻的地方领……”

“于是我割破手掌引来丧尸，又潜水逼近，趁乱把你拽下了水，好让你俩分开。”春草顿了顿，语气转为疑惑，“——我本来觉得汤皓是内鬼，跟越野车上的人有勾结，但如果他是，为什么他没杀重伤濒死的祥子，反而竭力照顾他直到获救？这不合常理。”

确实不合常理，除非郭伟祥也跟汤酋长一样通敌了。但这种可能性不啻周戎突然爱上颜豪，或颜豪突然爱上郑中将，概率小到实在没什么讨论性。

河流曲折转向，春草向司南招招手，带头钻进了树丛。

“汤皓也许有自己的打算，不论如何，在跟戎哥会合前，还是先避开他为妙。”春草抽出弯刀砍断半人高的茂密藤蔓，“他那些关于跟我们一起逃亡走散的话全是假的，所谓布条和路标也是伪造的……”

“我知道。”

“啊？”春草一回头，“你怎么知道？”

司南在齐膝深的草丛中跋涉，眼底掠过一丝伤感的笑意：“他说走散是因为生死攸关，谁都顾不上谁。但我知道，除非你们确认谁已经死了，否则是不会丢下任何人的。这跟生死关头没关系，跟你们的能力也没关系，纯粹只是因为……因为是你们。”

春草动作微滞，目光微微闪动，似乎有些感触：“司小南……”

司南从胸前摘下那块染血的钢牌，摊在掌心里：“我发现了这个。”

春草一愣：“啊？你怎么——”

她想问“你怎么把它挂自己脖子上，多脏啊也不擦擦干净”，但司南猝然打断了她，仿佛在逃避来自外界的任何疑问：“我还需要一段时间。”

春草：“嗯？”

“我可能……需要很久才能接受颜豪离开的事实，在此之前，能让我保管它吗？”

春草：“啊？！”

春草蒙了。

司南：“怎么？”

两人面面相觑，千分之一秒后春草堪称神速地反应过来，立刻抬手捂住脸，从喉咙里硬挤出了痛苦的声音：“好……好，你愿意就留着吧……不过你在哪儿找到这块狗……钢牌的？”

“营地。有很多尸体，我把所有人的铭牌都带来了。”

春草：“啊，好好好，原来是营地……你……怪不得我说刚才你怎么一点都不高兴……你这是在为颜豪伤心吗？”

司南把钢牌挂回脖子上，沙哑道：“我只想知道他是怎么死的。”

春草：“你一定要知道这个吗？这种悲惨的事知道得太清楚也不好吧……不过我以为你不喜欢颜豪，你不是还曾经叫他去死吗？怎么现在又……喂！司小南！别哭！”

司南没有哭。但他一动不动站在那里，连眼睛都不眨一下，仿佛整个人冻僵了似的，半晌，他眼眶才泛出微微的红。

“没有，”他勉强笑了声，“就是很后悔。”

春草内心挣扎半晌，才小心翼翼问：“你后悔上次吼他是吗？”

司南双手按住鼻端，用力抹了把，似乎凭借这个动作抑制住了某些难以言喻的悲伤和酸涩。随即他绕过眼巴巴的春草，头也不回地踩着草丛向前走去。

“后悔没早点跟他道歉，那次他没错，错的是我。其实……我一点也不希望他死。”

春草用力咽了口唾沫，终于决定说实话了：“那个……司小南，其实吧……”

哗啦一声，树上倒吊下来半个人身，颜豪头朝下脚朝上，刹那间与司南来了个脸贴脸，幽幽道：“没关系，我明白，真的不用道歉，狗牌送你了。”

司南：“……”

司南被电打了似的一动不动，半晌，直挺挺向后倒去。

“司小南！！！”

十分钟后，司南表情空白，坐在树下，颜豪忙不迭拿衣服帮他扇风。

“我错了我真不是故意的，118撤编后上面给我们发了新狗牌，旧的这个我就当护身符一直缠手上，那天晚上兵荒马乱的不知怎么就丢了……哎司小南你听我说，你想喝水吗，你想吃水果不？哥给你讲个笑话吧。从前有个哑巴，他……”

司南的理智啪一声断线了。

颜豪惨叫着被摁倒在地，司南掐着他的脖子，阴恻恻道：“你马上就要变成哑巴了。”

春草和丁实一人抱一个，费了九牛二虎之力才把颜豪从摧花辣手之下解救出来。司南哭笑不得，拎着那狗牌怒道：“你要是在白鹰！已经被我打断腿了！还有你！”

春草赶紧往颜豪身后缩，司南质问：“谁说颜豪死了的？你的十八岁礼物没有了！”

春草立刻大声叫屈：“是你只问了大丁还活着没，我怎么知道你为什么不问颜小豪！而且你本来也不打算给我十八岁生日礼物！”

司南自知理亏，悻悻坐回原处，一手撑着额角，青筋直跳。

“好了好了别生气了，”颜豪强忍着笑出来打圆场，“铭牌都是要求戴胸口前的，你以为我被丧尸吃了所以它才会掉在地上也是正常……话说司小南，哥都不知道原来你这么不希望我死，刚才在树上听你说话，我真的特别特别感动……”

“晚了。”司南冷冷道，“我捧着你的狗牌在营地里痛哭了半小时，可惜你听不到了。”

颜豪瞬间呆滞，满脸“我错过了什么”的表情。

司南不再理他，自顾自从湿透的背包里翻出隔水层，向天空发射了一枚信号弹：“走吧。在附近找个地方躲会儿，等大部队来了再说。”

春草把刚才遇到汤皓、坠河潜逃的事说了，几个人纷纷起身收拾他们那可怜的临时驻地。树叶和衣服卷成的枕头、几把军刀、树枝削成的弹弓便是他们的全部财产，司南的冲锋枪也掉进河里去了，前118小队从来没有过这么贫穷的时候，犹如被地主老财追债的杨白劳，一时情景好不凄惨。

所幸司南背包里还有些浸了水的干粮、手雷、绳索和急救箱，他把剩下的物资分了分，几个人用弯刀劈开齐腰深的灌木，向树林更深的隐蔽处进发。

“待会儿跟戎哥会合后再去找汤皓。”颜豪一手持刀一手拿压缩饼干啃着，含混不清道，“他故意要引司南去那个山洞，估计里面有些问题，应该去搜一搜。”

“你觉得那天丧尸夜袭跟他有关吗？”春草问。

几个人互相对视，半晌，颜豪说：“不，我觉得不像。真要害死所有人，他应该自己先跑才是，但汤皓确实战斗到最后一刻了，而且当时他震惊愤怒的表现不像是假的。”

“不过，”颜豪话锋又一转，“如果找到全军覆没跟他有关的证据，我们也一定得活撕了他，为所有人报仇。”

太阳已完全行至中天，附近静谧无声。丧尸不知疲倦、此起彼伏的吼叫已经很遥远，和呜咽风声混在一处，回荡着掠过山谷。

他们停在一棵参天古木的树荫下，头靠着头吃东西聊天，分析峡谷地形，猜测抗体会掉在哪里。丁实忐忑不安地向司南打听他的小金花，司南聪明地掠去了拿枪抵着金华脑袋的那一段，只说她为了贡献一点力量，特意申请协助搜救飞机的航行，还亲口说了她希望丁实能活着回去。

丁实立马感动得要命："我就知道小金花儿什么都能干，连开飞机都会，她从小就是我们村儿里最俊俏最伶俐的姑娘……"

春草瞅着他，一脸牙疼的表情。

司南盘腿坐在草丛中，托着腮不说话。

他仿佛突然卸下了某种无形又沉重的枷锁，从内心里平静下来，甚至生出一丝丝类似于松弛和惬意的感觉。

虽然他有点饿，缺少糖分，持续十二个小时不眠不休的高强度跋涉让肌肉非常酸涩，一静下来立刻涌出难以遏制的疲惫；虽然抗体还不知道落在茫茫峡谷中的哪个角落，而罗缪尔那伙人很可能潜伏在咫尺之遥，眼前的境况还是危机重重。

但至少此刻他和自己的同伴坐在一起。

周戎也正往这边赶来。

司南闭上眼睛，困意翻涌而上，突然，不远处传来窸窸窣窣的动静，大批人声由远而近。

春草侧耳细听片刻，霍然起身："是搜救队！戎哥他们来了！"

说不激动是假的，众人都立刻爬起来，大声呼喊着往回走，很快就听到远处放信号弹的地方传来搜救队员的高声应和。

"司小南呢？"从林藤蔓中传来周戎的咆哮，"别跟我说他又跑了！这次我他妈真受不住了！可怜可怜我这颗脆弱的心吧！"

司南笑起来，刚随队友走了两步，突然又停住脚，仔细用手压了压凌乱的短发，掀起衣角来擦脸上的汗和灰尘，弯腰把迷彩裤脚塞进军靴里。

他这辈子从来没有在见一个人之前特意停下来整理自己的形象过，但就在他要直起身的刹那间，头顶树荫哗啦作响，重物呼啸坠下。

嘭！

——那是个人！

司南是单膝跪地的姿态，根本来不及反应就被压住翻滚，下一秒枪口抵在太阳穴上，一只粗糙结实、伤痕累累的手肘从身后勒住他咽喉，把他从地上强行拎了起来。

前方十多米处，颜豪蓦然回头，失声吼道：“放下他！”

司南面色微变，只听身后传来汤皓疲惫又坚决的声音：“你不能过去，跟我走一趟。”

第35章

树丛后脚步急促，周戎带着十几个搜救队员转瞬而至，失声喝道：“司南！”

司南锁了那么多人喉，今天是第一次险些被拧断喉骨，登时面色发青肺部痉挛，一把掐住汤皓手肘，几秒钟后就因为缺氧而越来越使不上力。

周戎失态地上前一步，随即强迫自己止住了：“放开他，汤皓，你到底想干什么？”

场面登时剑拔弩张，司南离周戎不过十来米远，但中间仿佛天堑般令人硬生生不能跨越。周戎紧盯着汤皓的眼睛，一手极其隐蔽地背到身后，向搜救队员打了个“狙击手预备”的手令——但人群最后的特种兵还没悄悄移动位置，就只听汤皓哂道：“想狙击吗？没用的。这里可视条件差，障碍又多，你真不怕一枪子儿把我跟抗体携带者一块毙了？”

狙击手登时僵住。

“你先放开点，否则会把他掐死。”周戎几乎是从齿缝间挤出话来的，“冷静点，汤皓。说说是谁让你这么干，罗缪尔？还是其他A国人？他们给你提供了什么条件，丧尸夜袭营地你事先知不知情？”

汤皓并不回答：“把枪丢过来。”

周戎厉声道：“汤皓！”

“——是抗体。”颜豪突兀地开口。

所有人望去，如果刻意观察的话，就能发现汤皓眼角抽跳了一下。

颜豪问：“抗体出了问题，是不是？”

这次汤皓在众目睽睽之下顿了几秒，才摇头道：“废话不用多说了，数到三，所有人把枪丢过来。一，二……”

周戎甩手扔出冲锋枪，啪的一声，随即扔枪声纷纷响成一片。

司南咬牙挣扎，下一秒顶在他太阳穴上的枪咔哒一声上了膛：“不准动，我拿你的尸体也是可以交差的。”

“你确定你带着人质，还能从这叫天天不应叫地地不灵的峡谷里跑掉？”周戎阴冷道，“还是你天真地以为，跟你做交易的一方会信守诺言？”

汤皓短促地笑了一声：“这就是我的事了，周队。”

他死死勒住司南咽喉的手肘铁石般毫不放松，手法极其专业娴熟，恰好把氧气控制在既不让司南真的窒息立毙，但司南也无法剧烈反抗的地步，就这么拖着司南向后走。

周戎等人立刻跟上，汤皓喝止：“站住！二百米范围内只要我发现人影，立马打断他两只手！”

周戎的脸色顿时变得非常难看。

“你不会再见到我了，”汤皓冷冷道，“拜拜。”

他整个人完全隐在司南身后，就这么一步步退出了众人的视线范围。

直到沙沙的脚步声消失在丛林里，周戎才一个箭步上前抓起冲锋枪，低沉道：“跟上去！”

树木和植物越来越茂盛，几乎遮天蔽日，周围全是霸道又强势的墨绿，几乎每步都踩在厚厚的腐叶和泥土中。

但汤皓仿佛对路径非常熟悉，不断辗转前行，很快瀑布声就遥远得听不见了。

司南嘴巴紧闭，几乎一味被他拖着走。丛林中道路崎岖难行，不停遇到隐藏在落叶之下的树坑或泥沟，汤皓不留神突然踩在树坑边缘，瞬间滑了一下。

“啪！”

司南抓住横在咽喉的手臂，电光石火间，汤皓发力起身，枪口死死顶住了他脑门！

两人动作都瞬间僵持，几秒钟后司南缓缓地、一点点松开了手。

“你小看我了，白鹰教官。”汤皓讥诮道，“我好歹也是特种部队出来的人。”

司南背对他，望着前方：“你打算把我带给罗缪尔？”

汤皓不答。

“你们应该不至于早有勾连，是在峡谷里遇见的？”司南眯起眼睛，“他手里有什么把柄，终极抗体？”

沉寂半晌后，汤皓终于开了口，却是不答反问：“你有多少牺牲精神？”

司南说：“视情况而论。”

“如果是这地球上相当大一部分人类的未来呢？”

汤皓看不到司南的面孔，但他能感觉到这个混血白鹰教官竟然真的在思考。

片刻后他说：“我不确定能牺牲到什么地步，但我肯定，你这个弱鸡面对罗缪尔是绝没有任何胜算的。”

汤皓：“……”

远处树丛里隐约传来一声类似枯枝掉下树梢的声音，汤皓立刻拽着他旋身避去树后，完全挡住了自己的身形，刹那间周遭再次恢复静寂无声。

“他们跟上来了。”司南不动声色道，顿了顿话锋一转，“周戎身边起码有二十个精锐战斗力，罗缪尔那边有几个人？”

汤皓极其隐蔽地观察身后环境，半晌才轻声回答：“就他自己，另外两个不知道死了还是藏起来了。”

“你确定他真的有抗体？”

“我亲眼看见的。”

“他答应你，如果抓住我，就拿终极抗体来交换是不是？”

事实非常明显，汤皓用沉默代替了肯定的回答。

“那么，”司南嘲道，“你真的相信他会履行条约？”

藏在隐蔽处的追兵按捺不动，附近丛林恢复了诡谲的安静。

汤皓收回目光，终于开口道：“不太相信。”

这个答案倒也不出人意料，司南平静道：“那你就应该和周戎合作。罗缪尔引来丧尸群，害死了二十多个无辜的士兵，即便他履行诺言把终极抗体交给你，你就不想替他们报仇吗？”

汤皓持枪的手微微发抖，司南额骨能清晰感觉到枪口在颤动，那颗上了膛的子弹离血肉不过数寸之遥。

“跟周戎合作？”许久后汤皓冰冷而警惕地回道，“如果告诉周戎会怎么样？他不可能支持把你送过去当人质，反而会极力提倡所有人浩浩荡荡开到罗缪尔的藏身之处，再一举灭了他。但罗缪尔的警惕性非常高，一旦被发现他会立刻毁了终极抗体，你也说过那是世界上最后的样本！”

“那你的计划是什么？”司南反问。

汤皓转移脚底重心，把身体稍微向树干上靠了靠——连续数天的艰难求生让他也到强弩之末了，只能凭借这个动作获得丝毫喘息之机，他沙哑道：“那天晚上罗缪尔本来想直接杀掉郭伟祥。我骗他说总部已经决定，如果我们这批人失去联络，总部将派出周戎和你作为第二批搜索人员来到峡谷。如果让我带走重伤濒死的郭伟祥，你在看到我的时候会比较容易信任，进而掉以轻心。”

“你没想到我会来山谷。”

“没想到。”汤皓承认，“我以为最好的结果是周戎过来，实在不行我就绑周戎送给罗缪尔出气得了。”

“就你还想绑架周戎？”司南非常意外。

汤皓不耐烦道：“心有多大梦想有多大不行吗？！”

司南：“……”

“我本来想着，万一拖到最后关头，就只能向军方汇报这件事，让总部定夺到底要不要拿你来换抗体。”汤皓无奈地继续道，“所以我看到你真出现在峡谷的时候非常惊讶，随即意识到，这个选择最终落到了我头上……如果后面带队的不是周戎，或许我真的会全盘托出，请求所有人一起合作；但周戎注定是个阻碍，而你也未必愿意当人质，我才只能出此下策。”

换言之，汤酋长也拿不出万全的计划来。

简直是个骑虎难下的局面。

司南沉思半晌，问："罗缪尔在哪里？该不会是刚才你让我进的山洞吧。"

汤皓说："不，他在对面山坡后……那山洞里只有我挖的一个坑。"

司南嘴角止不住抽搐起来。

身后什么动静都没有，周戎似乎十分沉得住气。

而日头渐渐西移，时间已经过午，一旦天色暗下来行动就更不方便了，汤皓示意："先走。"

司南却站着没动："不，你这样纯粹是送死。白鹰基地的目标是在末世中实现人种优化和独裁堡垒，必须把终极抗体牢牢掌握在自己手里，罗缪尔不可能为了我放弃这些。"

"我知道，但……"

"你这边刚送我过去，那边他立刻就会杀人灭口。你以为你独自面对罗缪尔有多少胜算？"

汤皓反问："你又想说我是弱鸡？"

司南淡淡道："让周戎过来，大家一起想办法，如果有必要我愿意当人质。或者你用枪抵着我，我来跟周戎说。"

汤皓一动不动地站着，虽然看不到他的表情，但略显急促的呼吸还是暴露了他迟疑不决的情绪。

"其实我并不真认为你是弱鸡，相反你的一系列表现都可圈可点。"司南在被枪口抵住脑门的情况下微微偏过头，说，"但罗缪尔身边也许还有两名手下，一打三你根本没有任何胜算——如果我没猜错的话，汤中校，你已经做好跟他们同归于尽的准备了吧。"

汤皓脸颊微微突起，因为紧紧咬住后槽牙，甚至连脑门都略微绷了起来。

司南看着他，目光平和沉静："不要试图独自牺牲，周戎也是个军人，你应该信任他的操守和能力。"

汤皓久久不发一言，司南收回目光朗声道："周戎！"

树林里毫无人声，司南又道："没事了！你过来！汤酋……汤中校只想跟你开个玩笑！”

汤皓：“别叫酋长好吗！运气都是给你们叫差的！”

片刻后树丛摇晃，周戎端着冲锋枪拨开灌木走了出来，冰冷道：“玩笑？我没见过玩笑还能这么开的，老子才是真开眼了。”

汤皓不搭理周戎，松开勒住司南咽喉的手，只用枪口抵住他后脑：“你来说。”

司南简单地把事情经过陈述了一遍，既没有刻意为汤皓开脱也没有添油加醋，说话方式一贯的简洁，末了道：“我相信这是真的。现在要想个办法看怎么稳住罗缪尔，否则他毁掉抗体就麻烦了。我可以当这个人质……”

“你说什么？！”周戎立马杀气腾腾，“人质？怎么当？！”

司南：“汤皓把我押送到罗缪尔的藏身之处，你们伺机毁掉他的运输工具，从高处进行狙击……”

“太危险了！就不能有其他办法吗？不能所有人一起上直接把他轰了吗？！”

司南：“……”

汤皓：“我看我还是单独行动算了。”

“这是唯一有可能解决问题的办法。”司南直视周戎，目光平静清晰，“实际上没那么危险，罗缪尔不会轻易让我死。关键在于摧毁他们的运输工具，以及在他们孤注一掷摔碎抗体之前杀死他们，承担最大风险的其实是汤皓。”

汤皓冷冷道：“不用在意我，我早就打算在身上绑雷管了。”

周戎立刻把背包甩到地上，拿出一捆雷管：“你先绑上再说。”

汤皓顶着司南的头就真要上前来拿，周戎一见这架势，立刻又把雷管往背后一藏：“你想干什么？！”

“我干什么？我今天就跟他们同归于尽！反正抗体箱抗震防爆……”

“要尽你自己尽！把司南炸死怎么办？！”

汤皓出离愤怒了：“这都什么时候了，你脑子里都在想什么？！”

周戎毫不示弱：“为什么罗缪尔能反劫持飞机飞过来？为什么A国人能立刻找到抗体箱？这本来就是你的责任！拖到今天这局面全是你的错！”

“所以我没想找你帮忙！不想合作就滚一边去！老子现在就能自己——”

汤皓声嘶力竭的怒吼猝然中断，只见司南闪电般拧身手刀，注意力被周戎分散的汤皓猝不及防，手枪被司南狠狠撞出，“砰”一声走火打旋飞上天空。

枪响瞬间周戎血都冷了，身后树丛狂动，特种兵全部冲了出来。

啪的一声脆响，司南赶在汤皓前千分之一秒抓住手枪，下一刻枪口正正抵在了汤皓眉心前！

“你不能。”司南淡淡道，“就你这运气，还想单抗boss，没拿到抗体就被打死了。”

汤皓僵立在他面前一动不动。

第36章

周戎都没反应过来，甚至连司南反杀的动作都没看清。但周戎有个见人说人话见鬼说鬼话的优点，一愣之后立刻不甘示弱地举手鼓掌：“干得好！配合漂亮！”

嗯？司南心说，我们有配合吗？

汤皓眉心抵着枪口，表情格外扭曲。司南收回枪，再也不看汤皓，转身走向搜救队，对周戎比画了个手势，示意自己的活儿已经干完了，剩下的他接手。

周戎还没来得及动手一把抱住他，只听身后：“噢耶！”“司小南好帅！”

颜豪、春草、丁实三道身影扑上去，把司南高高举起来，簇拥他归队，安抚压惊顺毛去了。

周戎拥抱的动作僵在半空，随即浑然如什么都没发生一般，动作从善如流改成捋起袖子，他叉着腰走上前冷冷问：“你还有什么想说的？”

汤皓后槽牙绷紧了，内心似乎在剧烈挣扎。周戎近距离注视着他，目光极有压迫性，半晌过后，才听他从牙缝间迸出来一句：“让A国人劫机飞来这里确实是我的责任，如果到了最后一步，我愿意用任何代价来挽回事态。”

周戎嗤之以鼻，指着身后的特种兵：“要是有当人肉炸弹抢回抗体的机会，这里早打破头了，你以为你一把老胳膊老腿的还能抢过这帮大小伙子？”

汤皓被堵得一句话都说不出来。

周戎居高临下问：“罗缪尔到底藏在哪儿？”

汤皓终于憋屈道：“丛林山坡后。我得带你们去。”

抗体箱里一共三支样本，都是研究未完的半成品。罗缪尔的条件是绑来司南，拿人来换其中一支。至于司南，断手断脚都无所谓，人活着就行。

但与虎谋皮是非常危险的，白鹰基地希望把抗体完全置于自己的控制中，汤皓拿司南换回抗体后，罗缪尔更有可能一枪把他杀人灭口。

一队特种兵在丛林中跋涉，周戎用无线电向等待接应的军方简单汇报了下事情经过，总部也感到非常棘手。现在完全不能强令搜救队把司南先行送回崖海了，只能听凭现场人员随机应变，争取先下手为强。

“到近处后观察地形，争取狙击。”周戎关闭无线电，说，“怕就怕罗缪尔也能想到这一点，提前占据了高处地形……”

“我不能理解的是A国人怎么能先找到抗体。”汤皓拎着一包雷管边走边问，“整片山谷那么大，地形复杂且丛林遍布，就算他们从航行日志或飞行员那里拷问出信息，推测出这块区域，也不可能立刻精准地找到抗体箱啊。”

所有人都看司南，司南正伸手从周戎口袋里掏糖吃，耸了耸肩示意不知道。

所有人头上扎着草叶树枝，利用植被掩护在丛林中穿行。周戎从另一边口袋摸出奶糖，把手伸进外套，在唯一干净的内搭T恤上擦了又擦，才停下来把糖递给司南，继续带头向前走去。

“不到最后一步，谁都不要牺牲。抗体要抢回来，司南要留住，汤酋长也要活着为手下报仇。”周戎沉声道，“我们已经失去很多人了，现在首先要想的是如何让敌人付出代价，而不是争抢着去自我牺牲。”

汤皓似乎没防备周戎会突然说出这么像人的话来，一时有点愣。

周戎没搭理他，问司南：“你觉得罗缪尔对你一枪毙命的可能性有多大？”

“不大吧。”司南吃着糖说。

刚才还人五人六的周戎光速变回原形，立刻用警惕的眼神打量他。

司南回以无辜的目光。

周戎：“为什么？”

司南："他心理不正常。"

周戎："哪种不正常？"

司南十分意外："就是跟别人不一样啊。"

周戎满脸一言难尽，汤皓在边上看得极其暗爽。

"司小南。"周戎揽住司南的肩，边走边诚恳道，"虽然我很相信你，但沟通是很重要的，偶尔你也可以跟我讲讲那些你觉得不重要的、往往直接忽略不说的细节……比方说大哥跟别人不一样的性格缘由，以及具体表现形式？虽然我们打算马上就弄死他，但至少大家曾经亲戚一场，关心下嘛。"

这批人翻过茂密难行的丛林，蹚过溪水，前方遥遥出现了覆盖着植被的山坡。

"唔，"司南思索半天，终于道，"罗缪尔很自我压抑。"

周戎停下脚步，拿出军用望远镜，用眼神鼓励他继续说。

"他上军校时据说名声很好，非常自律，是一个极端的爆种者，实行精英独裁主义，厌恶异血种。后来厌恶发展到仇恨，慢慢就变成偏执了，也许是极度压抑后的心理扭曲吧。"

周戎远远观察山坡顶上，轻声道："把对自身欲望的恐惧转化为对欲望对象的仇视。"

司南很轻松："差不多，管他呢。"

望远镜焦距不断调整，远处的景象被不断放大。只见一辆满是泥泞的越野车停在山坡顶上，看不清车里有没有人，罗缪尔背靠车门站着，少顷那名金发碧眼的彪悍女爆种者不知从哪儿冒出来，给他点了根烟。

"闺女，"周戎示意所有人迅速隐蔽到树后，说，"上次欺负你的那娘们儿又出来了。"

春草立刻气势汹汹从后面蹿上来："什么什么？在哪儿在哪儿？"

周戎匍匐在地，把望远镜递给她，春草一看大怒："妈的，欺负过我的坏人怎么还活蹦乱跳，这世上还有没有天理了？！"

颜豪在身后几不可闻道："我怎么觉得事实正好相反呢……"

“闺女别生气，马上把那娘们儿交给你。”

周戎从春草手里拿回望远镜，仔细观察山坡周围地形，沉吟片刻后做出了决定：“他们的地势太高了，不容易埋伏狙击。这样，咱们得兵分三路，汤皓带司小南从正面上去，尽量吸引罗缪尔的注意力。”

他拍拍汤皓的肩，凑近小声说：“你试试……”

汤皓立刻躲瘟疫般避开：“干啥，好好说话别靠那么近！”

“我这叫给你沾好运！你不感激涕零、跪地谢恩就算了，还敢嫌弃？！”

汤皓一呆，周戎理直气壮地指着颜豪跟丁实：“你问问他俩，每次任务前是不是都要抱本爸爸的大腿求奶求好运？不然你以为老子凭什么当上118队长的，纯靠这张英俊的脸？”

丁实为难地一个劲抓头发，颜豪直接掉过了头。

汤皓挣扎半晌，终于还是犹犹豫豫地靠近，小心拍了拍周戎的肩：“那你……你说。”

“你尝试尽量把罗缪尔从车边引开，引得越远越好。颜豪带狙击步从侧面寻找高处隐蔽点，第一目标罗缪尔，第二是那辆车，最好一击就让它彻底丧失行驶能力。

“我和其他所有人绕到背阴面，从后方包围整个山坡，准备进行伏击。”周戎在泥地上画出简单地形图，所有人头靠头趴在地上仔细看着，“万一发生意外对方驾车逃跑，所有人以高火力进行压制拦截，每个人的具体拦截点我都分别画在这里了，大家各自心中记牢。”

周戎的布置层层递进、条理清晰，汤皓不知不觉入了神，只听他仔仔细细排好每个人的方位距离和细节事项，又给所有队员提出问题的时间，末了问：“还有异议吗？”

汤皓心想这姓周的战术有两把刷子，看来118演习打遍全军无对手也不是光靠耍流氓……

“没有？很好，戎哥还有最后几句话想说。”周戎一合掌，“颜豪同志，即便你一枪手滑把我打死也没有机会的，劝你扣扳机的时候还是老实点吧。”

颜豪遗憾地捶了下地。

“汤皓同志，虽然当诱饵是个危险的任务而且你已经有自我牺牲的觉悟了，但如果你真让罗缪尔带走司小南，我一定会让你的觉悟变成事实，明白了吗？”

汤皓：“……”

“最后，司小南。”周戎仿佛做出了巨大的牺牲，满脸痛不欲生，“万一汤酋长真的犯下不可挽回的错误，而你不幸落入敌手，那个……戎哥可以接受你暂时的委曲求全——唔！”

司南一掌钳住周戎下巴，冷冷道：“你想多了。”

汤皓脸上面无表情，内心把刚才敬佩周戎的自己连扇了十八遍。

十分钟后，山坡东面二百米外一棵参天大树顶端，颜豪俯在粗壮的树杈上架起突击步枪，从瞄准镜望向山坡。

越野车内隐约坐着个人，应该是那个身高两米的阿巴斯。

罗缪尔和简站在车外说话，罗缪尔的身形几乎被完全挡住了，从这个角度很难看清。

“狙击手已经就位，完毕。”

无线电耳麦中响起周戎刺啦刺啦的声音：“伏击小队各就各位，妈的这里信号真的太烂了……颜豪看看汤皓跟司小南在哪儿？”

“我的三点钟方向，山坡正面一百米，他们要从树林里出来了。”

周戎警觉道：“姓汤的没对司小南动手动脚吧？刚看他俩挨得特别近。”

颜豪：“……”

无线电中传来汤皓气急败坏的声音：“我是有人品的谢谢！刚才司小南只是在帮我往身上绑雷管罢了！”

周戎：“谁给你的对讲机？司小南不是你叫的谢谢！”

“凭什么我不能叫？！”

频道中响起一片强行忍笑的吭哧声，周戎威胁道：“反正就是不能。不是我警告你，司南的武力值基本能罩一个营，惹恼了他，他分分钟教你重新做人，我也是好不容易把他打趴下后才让他服气的……”

“让了你一只手。”司南含着糖含混不清地说。

“怎么你也有对讲机了！”

“我给他的！”汤皓忍无可忍，“快闭嘴我现在要去了，拜拜！”

汤皓摘下耳机丢进树丛，勒住司南的脖子，用枪口顶着他脑袋，直面山坡上罗缪尔的方向走了出去。

远处，罗缪尔立刻就有了动静，阴鸷冷峻的面孔向他们望来。

“你心跳得很快。”司南没有回头，从唇缝里近乎无声地道。

两人穿过山坡下相对平坦的空地，汤皓低声回答：“我有点紧张。能请教下吗，你平时幸运值如何？”

司南沉默半晌才道：“很好啊。”

罗缪尔吩咐了一句，女爆种者端上枪，大步从山坡上走下来。

汤皓松了口气，似乎如释重负：“那太好了，咱们这组起码有一个不会连抽四十 R 的。”

司南：“是……是呀。”

女爆种者走到山坡下站住了，冷酷的目光打量司南半晌，似乎对他 T 恤迷彩裤下露出的满身伤痕和泥泞有点幸灾乐祸，从鼻腔里哼笑了一声。

“——喂！”汤皓在离她十多米的空地中站住了脚步，用力一勒司南咽喉，丝毫不顾后者控制不住痛苦的呻吟，凶狠道，“人我带来了，抗体呢？”

简懒洋洋一偏头，用生硬的 C 国语说：“跟我上去，罗缪尔在山坡上等你。”

但出乎她意料的是汤皓强硬拒绝了：“不，让他下来！谁知道你们有没有在上面设下陷阱要我的命？”

“你……”

“除非他过来，否则没得谈。”汤皓冷冰冰道，“他不是要抗体携带者吗？现在在我手里了，他不下来就什么也没有，自己看着办吧。”

女爆种者危险地眯起眼睛，举步走去：“你竟敢——”

“站住，简。”

女爆种者应声顿住，汤皓视线向上一瞥。只见罗缪尔居高临下站在山坡上，随手弹出烟头，拔出枪，另一手中拎着那只熟悉的、如假包换的银色抗体箱。

“没看见么？他身上绑了雷管。”罗缪尔淡淡道，“只要你敢动，他就敢拉着 Noah Chong 一道陪葬。”

第37章

颜豪全身隐蔽在树冠里，只听耳麦中传来周戎刻意压低的声音：“能狙击吗？”

“不能。”颜豪小声说，“妈的，他的站位太妙了。”

从瞄准镜望去，罗缪尔不是因为角度的问题被挡住头部，就是被打开的车门遮住大半身体，几乎不露出丝毫空隙——明显是多年专业训练后形成的自然本能。

单从这一点看他确实很了不起，连颜豪都很难做到这么滴水不漏。

山坡后郁郁葱葱的树丛间，一点比绿豆还小的影子动了动。

颜豪：“戎哥你别老在瞄准镜里晃，这不在诱惑我爆你吗？”

周戎：“得了吧，你技术根本不行，还想爆我？我爆你差不多。”

颜豪：“呵呵没试过怎么知道我技术不行，要不待会儿打完咱俩试试？”

周戎：“试试就试试，你先小心别把自己暴露了，待会儿要是被便宜大哥抓住，小心你自己被爆个十八遍……”

频道里鸦雀无声，只听见长长短短的呼吸，半晌，春草终于重重咳了声：“我队正副队长之间真是清白的，完毕。”

山坡下，汤皓用枪狠狠顶了顶司南脑门，喝道："人我带来了！东西呢？"

罗缪尔打开抗震箱："东西在这里。"

箱内支架上并排固定着三支试管，在阳光下泛着幽幽蓝光。罗缪尔从中取出一支，悠闲地一上一下抛甩，笑问："Noah！半年前你带着这只手提箱登上飞机的时候，没想到有一天会连人带箱子重新回到我手里吧？"

司南被勒得面色青白，根本一个字都说不出来。

"放松点让他说话，"罗缪尔吩咐汤皓，"担心他跑了的话，一枪把腿打断也行。"

虽然汤皓知道罗缪尔在这方面比较变态，但没想到他能这么轻描淡写地说出把腿打断这种话，霎时愣了一愣。

"怎么？"罗缪尔倒笑了起来，"我早说过我只要一个活着的Noah Chong，断手断脚、毁容残废都无所谓，你不相信吗？"

他目光瞥向司南，含笑问："你相信吗？"

汤皓手肘微松，司南霎时爆发出惊天动地的呛咳，好不容易才止住，嘶哑道："你这疯子……"

罗缪尔满意了："看来还是你比较了解我。"

他顺手把试管打旋向上一抛，在汤皓脸色都快变了的瞬间又稳稳接住，转而问："——想要吗？"

"拿不到抗体我就杀了司南，再引爆雷管，大家一起玩完。"汤皓阴冷道。

罗缪尔刚要说什么，却被司南厉声打断："拿到也没用，你怎么知道他手里的抗体是真的？！"

汤皓一怔。

"我告诉过你，抗体被丢下的位置连我都记不清了，他怎么可能这么快找到？他不过是拿个假的来骗你，你这边把我交出去，那边立刻就是你的死期！"

司南一字一句清晰尖锐，汤皓听在耳朵里，动作顿时迟疑下来。

啪，啪，啪。

只见罗缪尔慢条斯理地拍了几下巴掌："问得好。我为什么立刻就能找到你们苦觅而不得的抗体？原因在这里。"

暗处数道目光同时集中在他的动作上，众目睽睽之下，只见他用试管点了点手提箱柄："白鹰基地中心实验室的每一只抗体箱，手柄里都嵌着芯片信号发射器，辐射范围堪堪一百五十米。别小看这块芯片，虽然一百五十米不算太远距离，但当和你接头的那个特工从实验室偷走抗体箱的那一瞬间起，我就立刻知道抗体样本丢了，不然也不会差点在FL州机场抓到你。"

"怎么样？"罗缪尔微笑问，"汤中校，现在还相信Noah Chong的花言巧语吗？"

汤皓和司南前后而立，心中同时冒出一个念头：原来如此。

"我相信它是真的。"汤皓思量半晌，终于下定了决心般，"但他有一点说得对！我这边把人交出去，那边你立刻就会要我的命！"

罗缪尔的笑容淡了些。

汤皓冷笑道："有命拿到抗体，我还得有命回去请功领赏！这样，抗体和车我都要带走，等开出射程我再把司南推下车来，否则一切免谈！"

罗缪尔那令人不寒而栗的笑容完全消失了，他高高在上俯视着汤皓，那张金发碧眼的典型雅利安人面孔仿佛被冰凝固住了，一丝一毫表情都没有。

空气格外紧绷，仿佛一触即发。

"否则一切免谈？"半晌，只听罗缪尔重复道。

汤皓知道越是这种时候越不能示弱，当即斩钉截铁："先把抗体和车给我！否则绝不放人！"

罗缪尔点点头，突然扬手一抛："给你了。"

淡蓝色试管在高空中划出一道弧线。

空气刹那静止，明里暗里的众人在一瞬间难以置信。

紧接着，所有人同时暴起！

汤皓手肘一松，司南刹那纵身犹如离弦之箭，与刚才狼狈不堪的模样判若两人，直直扑向试管。

罗缪尔低骂一声，反手将抗震箱扔回越野车，以常人难以想象的速度冲下陡坡，如捕食的凶恶巨禽般冲向司南。

与此同时，二百米外。颜豪悍然扣动扳机，子弹呼啸穿过空气，紧贴罗缪尔脚跟掀起连串尘土！

时间在此刻仿佛变得格外缓慢，抗体在半空中过了最高点，转而急剧下坠——啪！

试管被一只满是伤痕又劲瘦修长的手紧紧抓住，是司南！

周戎从远处藏身的树丛中一跃而下：“所有单位，开始行动！”

司南冲势不减，脊背重重摔在草地上，贴着地面滑出去数米，顷刻间罗缪尔已踩着无数发狙击子弹扑到了面前。

颜豪：“妈的！”

罗缪尔丝毫没有犹豫，当胸一脚把司南踢得踉跄后退。

司南就地打滚起身，猝然呛出一口血来，护着手中的玻璃试管连连闪避。远处瞄准镜后，颜豪紧盯着战况咬紧了牙——罗缪尔紧贴在前咄咄逼人，而司南被迫只能腾挪闪躲，两人的身影很难分开，根本无法狙击！

哐当——

司南被重重按在地面，罗缪尔去抢试管，被他屈膝一脚踹翻，趔趄着连退数步。

“我就知道是这样……”罗缪尔灰蓝色瞳孔压紧，倒映出司南不住粗喘的面孔，他抹去嘴角的血迹，微微冷笑起来，“事先串通好拿自己当诱饵吗？我从来没发现你这么有牺牲精神，Noah，真是太出乎我意料了。”

司南止住喘息，缓缓直起身来：“你不了解我的地方多了，罗缪尔。”

两人彼此对视，司南抓住试管的手背青筋突起，似乎在不断思考传递路线；然而罗缪尔却连看都没看抗体一眼，锐利的视线始终定在司南身上。

他目光有种极不正常的亮，像是猛兽饥饿到极致后盯着猎物，又像从深渊中呼啸而出的、因为长久压抑而面目全非的恶魔：“如果只有一样东西能被留下，抗体或者你自己，你会怎么选择？”

司南冷冰冰回答：“我选择留下你的命。”

司南闪身而动，与此同时罗缪尔扑了上去，交手犹如闪电一触即分。在司南抓住抗体那侧身体避让的同一瞬间，罗缪尔一手从脖颈间抽出围巾，凌厉风声呼啸而来，霎时将司南咽喉反手勒紧！

“做梦！”罗缪尔喝道。

电光石火间司南却甩手扔出了试管，在喉管彻底锁死前发出最后一声："汤皓！"

汤皓暴吼一拳将简打得口鼻喷血，两人扭打着摔倒，压垮了大片低矮的灌木。简没想到这个特种兵中校竟然比想象的还难对付，大骂着将他顶翻，又不敢触及汤皓腰间绑的那串乱七八糟的雷管和炸弹，她被汤皓飞起的手肘击中面颊，登时耳朵一蒙，只感觉鲜血从耳洞中涌出。

汤皓连滚带爬起身，伸手去抓被女爆种者踢飞的手枪，就在这时试管打着旋飞到！

"休想！"简用英文吼道，伸手就抱住汤皓的脚令他栽倒。谁料千钧一发之际汤皓也是拼了，狠狠一脚正中女爆种者的胸脯，当即把她踹开，旋即飞蹿出去，一把准准接住了试管！

下一刻，轰——

汤皓觅声回头，瞳孔紧缩。

山坡顶上那辆越野车在枪林弹雨中发动，车窗全碎、弹痕密布，疯了似的冲下陡坡，沿途撞飞数名持枪扫射的特种兵，裹挟着断树草木向他直直冲来！

驾驶座上的大块头阿巴斯，一手把持方向盘，另一手对他举起了黑洞洞的枪口。

简脱口而出："不要！"

但已经迟了。

汤皓转身就跑，身后子弹呼啸而来，准确洞穿了他的小腿！

嘭一声，汤皓踉跄跪地，霎时脑海空白，只听身后引擎急速逼近。

多年维和部队出生入死练就的本能救了他。汤皓整个人贴地翻滚，只觉滚热车轮贴脸疾驰而过，橡胶胎底搅起的尘沙喷了他满身。

嘶——轮胎摩擦地面的尖响。阿巴斯踩住刹车，迅速倒车掉头。

"你想干什么？！"简几乎是逃命般狂奔出数十米，远远向他怒吼，"你这个蠢货，你开枪想干什么？！"

阿巴斯一言不发，根本不回答她，再次踩下油门向汤皓撞来！

“——汤中校！”

汤皓趴在地上满身鲜血，一抬头只见几名特种兵边手持冲锋枪向越野车扫射，边向这边狂奔，最前面是118的那个丁实。

汤皓仿佛什么都没想，但思维又异常明白。他辨不出那是权衡思考后的结果，还是危急关头潜意识爆发的自主反应，他只听见自己的声音压过了越来越近的引擎和疯狂喷吐的枪火，仿佛这辈子从没如此响亮，又如此清晰过：“站住！

“接着！”

视线余光已看到了车影，汤皓竭尽全力，把抗体试管远远抛出。

所有事情同时发生。

丁实猝然停住脚步，扔下枪支，纵身奋力飞扑，在抗体落地前一瞬双手前伸，勉强抓住了试管；

汤皓安然闭上眼睛，一生无数画面从眼前掠过，同时身后致命的疾风已然来到；

远处，司南硬生生将围巾从自己被绞紫的脖颈上拉开，跪地倒弓仰头，仿佛没有骨头的蛇挣脱了束缚。下一秒，罗缪尔眼睁睁只见他冲向前方。

嘭——

出乎汤皓意料的是，撞击并不如他想象的那么剧烈，也没有轰鸣着把他碾进死亡的车底。仅仅千分之一秒后他意识到自己实际上是被人抱住推了出去，紧接着——

砰！

越野车呼啸而至，将扑上来推开汤皓的司南撞飞了出去！

司南足足飞了十多米，一头栽倒在地，鼻腔、嘴角、耳孔中热流涌出，霎时什么都听不见了。

“司南……”

“司小南！”

声音朦胧不清，隔着深水般——那其实是鲜血。

汤皓虽然在最后关头被推开，但还是被撞了出去，翻滚几圈勉强停住，拖着血流不止的腿撑起上半身一看，失声怒吼：“司南！”

越野车停在了极近的地方，这次没有再发动引擎，阿巴斯直接抬起枪口，瞄准汤皓的头，食指扣动扳机——

嗖。

子弹穿越破碎的车窗，阿巴斯整个人僵住，眉心上多出了一个血洞。

临死前的最后一幕是车外远处，一道身影终于从后山旋风而至，瞄准镜后露出的半张脸生冷无情，却仿佛从地狱中咆哮盘旋而出的——愤怒的死神。

那是周戎。

枪从阿巴斯手中滑落，啪嗒落在车厢里。周戎连个顿都没打，反身冲向远处的司南，谁料刚抬脚一颗子弹就擦身而过，稍偏半分就把他前后对穿了。

“罗缪尔！”丁实吼道，“戎哥小心！”

周戎就地打滚，闪避到山石后，只见罗缪尔边开枪边冲向越野车。他行动起来确实太迅速了，复杂战局内高速移动的目标对狙击手来说是最难的，远处颜豪的子弹几乎是追着他跑，但不是角度不佳就是失之毫厘，连续几颗子弹都擦着他的脚射进了地面，飞溅出一溜长长的尘土。

周戎来不及瞄准，凭感觉开了几枪，也没打中。只见罗缪尔冲进车内，直接把阿巴斯的尸体推出门外，紧接着就发动了汽车。

“我草！”车上有抗体，周戎不敢打油箱，破口大骂，“这破车什么牌子，老子也去买一辆！”

罗缪尔猛拉手刹打方向盘，距离最近的丁实三步并作两步，还没到近前就被车尾重重抛了出去，连滚带爬摔进了草丛里。

罗缪尔：“简！”

司南眼前发黑，头脑空白，想竭力撑起身体，但刚起身就失败了。

“呼……呼……”

他听不见自己艰涩的喘息，仿佛稍微一动内脏就被牵扯出剧痛，满口都是甜腥的血锈味。但作为战士的潜意识能让他感觉到身后有人，危险迅速靠近，必须立刻躲开。

紧接着有人重重踩住他的腰，女爆种者背对远处驶来的越野车，俯身去抓司南的后领：“——结束了。”

就在这时黑影横里飞到，简甚至都没反应过来，就被砰一声横撞了出去！

简在地上滚出老远才停下，一抬头当即大怒：“是你！”

春草凌空飞踢稳稳落地，挑眉恶劣一笑，龇出两排小白牙。

“你这黄毛丫头！”

旧仇新恨一股脑涌上心头，简爬起来就向她扑过去。然而出乎意料的是春草躲都没躲，连丁点害怕的意思都没有，甚至还气定神闲地向她做了个鬼脸，说：“来呀，你来呀——”

简不跟她废话，一记裹挟厉风的拳头就向那张可恶的脸挥去！

——就在此刻。

来自数百米外的狙击子弹呼啸而至，穿过了她的头颅！

简动作定住，两侧太阳穴各出现了一个汩汩冒血的弹孔，紧接着她颓然倒地。

春草：“颜豪你总算在把子弹打完前搞定了一个！”

周戎：“闺女小心！闪开！”

春草向侧面疾扑，说时迟那时快，越野车挨着她唰然擦了过去。

周戎知道罗缪尔的目标是什么，他从山岩后冲出来去救司南，但只见司南不知道哪来的力气，一边呛着血，一边就从地上爬了起来。

“司小……”周戎突然隐约瞥见什么，声音霎时顿住。

远处与山坡相对的丛林里，影影绰绰冒出许多人影，正摇晃着攀越树丛，向空地聚拢过来。

——激战动静太大，把峡谷里的丧尸群吸引过来了！

“各单位注意，各单位注意，南面百米内丧尸群正在聚集，准备火力突围！”周戎一边向司南跑去一边调整频道，同时把冲锋枪打成了连发模式，“呼叫接应小组！已初步完成任务，速度前来接应！速度！！”

耳麦内响起信号滋啦声：“接应机组收到讯号，将派出直升机，预计……”

“——司南！”周戎猝然吼道，“别！让他走！”

只见司南似乎在短暂的喘息中恢复了微许状态，在越野车风驰电掣而来的瞬间，纵身抓住了车门把手，整个人被带得飞起，然后三下五除二攀上了车顶。

所有人都没想到他会这样，春草和丁实都一愣，远处瞄准镜后的颜豪也愣了。

周戎是最先反应过来的人，千分之一秒内拔腿就尾随越野车而去，春草一看车头方向正对着越来越近的丧尸群，整个脑袋都大了：“戎哥！回来！！！”

“各单位！”汤皓拖着血流不止的腿，匍匐捡起手枪，声嘶力竭吼道，“集中火力！掩护周队！快！”

越野车剧颠碾过山路，司南咬牙死死抓住了车顶。车厢内，罗缪尔一瞥后视镜里周戎的身影，眼底掠过狠意，猛然脚踩油门到底，将前方成群结队的丧尸纷纷撞飞！

然而更多丧尸趔趄着爬起来，向车后毫无遮挡的周戎涌了过去。

司南在风中无声地喃喃了一句，看口型应该是在“操你妈”和“操你祖宗”之间。随即他在颠簸中艰难地调整重心，仅用一只手扳在车顶盖和前窗相接处，与车辆飞速行驶带来的巨大惯性抗衡，尖锐的前窗破裂边缘立刻深深嵌进了他四指内侧的血肉里。

罗缪尔抬眼一看，猛打方向盘，离心力差点把司南掀飞。

咣当撞击重响，司南空出的另一手抓住了车顶角！

罗缪尔再做反应已经来不及了——司南大半身体从侧面荡出车外，半空屈膝，以迅雷不及掩耳之势从侧窗中钻进了车厢！

轰隆几声车头剧歪，罗缪尔被他侧面狠踹，方向盘顿时失手！

越野车在崎岖的沟壑中穿行，不断碾压树丛岩石，侧视镜相继被树木和丧尸撞掉，远远飞落了出去。驾驶室内，罗缪尔拔出手枪，子弹刚上膛就被司南抓住手强行抬起，挣扎中手枪走火，砰砰砰全打在了车顶上！

弹壳在狭小空间里横飞，所有子弹顷刻打完。罗缪尔扔了枪去抢方向盘，但司南不要命地阻挡他，车头向前方的宽阔树沟飞驰而去！

罗缪尔吼道：“你不要命了吗？！”

司南微微一笑，嘴角不断涌出血：“我说过今天要把你的命留在这儿。”

那话里的冷酷和决绝让罗缪尔心中一愣，发狠去踩刹车却已经迟了。车头冲出树沟边缘，车胎悬空疯狂转动，紧接着沉重的车身失去平衡，一头栽进了深沟里！

轰——隆——

泥土石块纷纷坠落，越野车像个沉重的保龄球，撞上岩石又弹跳起来，翻滚无数圈后迎头重重撞上大树，钢铁车身瞬间将树干包圆，终于不动了。

整辆车扭曲成了麻花状的废铁，只能勉强辨认出形状。不知过了多久，早已变形的后车门打开，司南满头满脸是血，艰难地一点点爬了出来。

铿！

司南喘息着回过头，只见满是鲜血的手从侧窗中伸出，抓住半垮的车门狠狠扳开，紧接着罗缪尔从缝隙中挤出了地面。

“Noah，”他扶着树干起身，尽管全身浴血且狼狈不堪，说这话的时候却是笑着的，“你想杀我？”

司南闭上眼睛，复又睁开。剧痛和眩晕让他连睁眼都很勉强，只要呼吸就有腥甜的热流往喉咙里冒，仿佛内脏都被绞成了肉碎。

但他还是站了起来，某种无形的意念化作力量，把他的脊椎死死地撑住了。

“你必须死……”他粗喘道，开口时鲜血浸透了牙缝。

“你的野心，你的妄想，还有白鹰基地的末世蓝图……”

司南踩着荒草踉跄前行，一拳挥向罗缪尔，被后者抓住了。随即两人扭打在一起，唰然压塌树丛，尖锐的枯枝断木刮刺全身伤口，两人的血混在一起染红了枯草，但生死搏斗中两人丝毫感觉不到痛。

“都必须被埋葬在这里，跟潘多拉病毒一起，跟这场杀死几十亿人的灾难一起……”

司南双眼发红犹如困兽，将罗缪尔掀翻，跨坐在他身上，用全身力气掐他咽喉，每说一个字都有汩汩血流从鼻腔和嘴角中冒出来：“永远消失在……这地球上……”

扑哧一声利器入腹的轻响，司南瞳孔缩紧，又骤然放大。

他的手一点点松开，只见腹部赫然插着一把小刀，被血染红的刀柄握在罗缪尔手里。

“好啊，”罗缪尔剧烈呛咳着说，先前翻车导致的内脏撞伤其实很严重，罗缪尔猛一用力才把司南掀翻压倒，看着他近在咫尺的、苍白濒死的脸，笑道，“那我们一起走吧。”

司南发不出声来，颤抖着手去拔那把刀，被罗缪尔握住了手。

“我曾信过你，Noah……我信过你。虽然我实现不了我的理想，但我起码能带走你。”

他拉起司南的手，眼底闪烁着某种不再掩饰的、瘆人的光：“让我们一起被埋葬在这里吧。”

周戎一字一顿道：“做梦。”

罗缪尔还没回头，就被重若千钧的铁拳狠狠打翻！

罗缪尔扑倒在灌木丛里，周戎拎着他的脖子拽起来，二话不说就劈头盖脸往死里打。那已经不是泄恨而是在杀人了，每一拳每一脚都落在眼眶、太阳穴、腹部等致命的部位，最后他当胸一脚重踢，罗缪尔喷着血向后飞出，撞到树干滑下地面，只见胸腔竟活生生塌陷了下去！

罗缪尔发不出声来，鲜血纵横盖住全脸，简直触目惊心。

周戎提起冲锋枪，上前用枪口顶住了他的头。

“你以为你能带走 Noah ？不，取代他的是司南，埋葬他的是他自己。你那病态自私的行为只会把人拖进地狱，而司南值得更好的，从十一年前开始，他就注定会得到更好的。”

罗缪尔用尽全身力气才抬起下巴，却没去看周戎，被血蒙住的视线直接越过了他，投向远处倒在树下的司南。

半晌，他嘴角弯起来，那竟然是个森寒的笑容，他缓慢而沙哑地说：“我在地狱里等你……”

周戎冷冷道：“自己下地狱去吧。”

峡谷上空响起“砰”的一声。

罗缪尔重重倒在了树丛中。

周戎扔了枪，摇摇晃晃走上前，把司南护在自己身边，用手去堵腹部插着刀的出血口。

“别……别拔……”恍惚中司南小声道，“一拔就死……”

周戎靠树坐下，不住摩挲他冰凉的脸。

“周戎……”

“嘘，别说话。”

“我要死了……”

“不会，你怎么会死？只要戎哥在你就永远也不会死。”周戎顿了顿，低声道，“你到哪儿戎哥就跟到哪儿，咱俩永远在一起，永远也不分开。”

司南看着他，目光涣散没有焦距。

“听我说，司南。”周戎在他耳边小小声地说，“这一切都不是真的，你只是在做梦而已。十一年前当戎哥在病房外看到坏人的时候，就进去把你给抢出来了，然后把你揣在口袋里带回了国。咱俩一块进军校，一块毕业，一块儿通过考核进118，认识了颜豪、春草、祥子、大丁、英杰……”

“没有电击，没有丧尸，也没有全球灾难和人类浩劫，你只是做了个漫长的梦，现在梦要醒了。戎哥守在枕边等你醒来，千万别再睡过去好吗？你看看我，司小南，你努力睁眼看看我，别睡过去好吗？”

每个字句都仿佛投入灵魂的小石子，在湖面上泛起层层涟漪，让意识无法彻底坠入黑暗。

司南的瞳孔扩散，眼皮一阵阵发沉。他缓缓抬起手，在半空中发着抖，随即指尖从周戎潮湿的脸颊一滑而过：“我……”

周戎把他的手用力按在自己脸上，热泪滚滚而下：“我知道，司小南。

“戎哥也……也只有你。”

螺旋桨掀起的飓风由远而近，树丛不断摇晃，落叶树枝暴雨般坠落。周戎紧护着司南抬起头，眼底映出了高空中直升机的巨大倒影。

崖海总部武直 Z-90。

强光闪烁，人声沸腾，救援部队到了。

第38章

一周后，崖海军方总医院。

司南睫毛颤动，继而迷迷糊糊睁开眼睛，首先跃入视线的就是周戎。

周戎用手臂枕着脸，俯在病床边睡得正香，乌黑笔直的眉毛微微锁起，刚毅的嘴角抿着，短发竖起，有一种性感的凌乱，侧脸有着鲜明俊美的轮廓。

司南心中浮现出一丝温暖，费力地动手扯下氧气罩，沙哑道："周戎……"

没反应。

"周戎……"

没反应。

司南虚弱地上手搡了几下，沉浸在睡梦中的周戎终于有动静了——他转了个脸，把黑乎乎的后脑对着司南，紧接着传出了惬意的鼾声。

司南："……"

司小南暴怒，攒足力气抬腿一脚，周戎稀里哗啦从椅子里摔下地面，终于醒了。

"啊！司南！"周戎感动不已，扑上前一把将他呼噜到身边顺毛，"谢天谢地你终于醒了，戎哥担心得吃不下睡不着，不眠不休守了你七天七夜，要是你有什么三长两短，真恨不得随你一块去死算了……"

司南被呼噜得头毛竖起，面无表情道："你刮胡子了。"

周戎忙不迭端水给他喝。

“还理发了。”

周戎赶紧摇铃叫医生。

“还换新衣服了！”司南骤然怒道，“你是来照顾病人还是来孔雀开屏的！”

宁瑜推门而入，只见周戎把司小南强行卷成一个球：“听话，乖，听话，戎哥特地花了俩小时梳头洗脸做造型……”

周戎把本应悲喜交集的劫后余生弄得十分反套路，以至于他对着电视剧抄来的台词都没达成煽情效果，只得悻悻去医院食堂打了份甜汤圆，回来哄司小南高兴。

罗缪尔那一刀扎得非常深，饶是总部紧急出动战斗机接应，司南被送进手术室时，还是因为脾脏破裂导致大出血，抢救了三个小时才保下命来。

还好他快速愈合的能力帮了很大的忙，七天后他在加护病房里苏醒，检查结果已经初步无碍了。

颜豪、春草和郭伟祥轮番拎着水果甜食来病房嘘寒问暖，甚至连汤皓都摇着轮椅出现了一趟。

汤皓就住在隔壁病房。他小腿上的穿透性枪伤比较麻烦，但医生说伤愈后不会影响走路，只是如果要恢复到原来的格斗水准，则需要相当程度的复健。

他对司南惊人的恢复速度表示羡慕嫉妒恨，周戎却说以他的脸黑程度，被子弹打中而不留下任何后遗症已经很不错了，如果不是决战前周戎让他沾了运气，这条腿指不定还得留在峡谷里呢。

“别听姓周的胡说八道。”汤皓嗤之以鼻，说，“我问过了，都是司南幸运值高，才把咱们这组给带旺了。下次出任务我还要跟司南组队，姓周的就会从别人身上吸运气，谁沾他谁倒霉。”

司南不住点头表示赞同，然而除他以外，所有人的表情都十分一言难尽。

跟他俩并排住同一层病房的还有个丁实——他说不上是倒霉还是幸运。

作为战场上最后拿到终极抗体的人，丁实在丧尸群包围山坡时，用身体拼命护住抗体试管，肠子差点被丧尸给撕出来。回去的直升机上周戎亲手给他打了二级抗体，但不确定他能不能扛过二分之一的生存率，当时所有人都做好了承受最坏结果的准备。

但丁实扛过来了。

他全身是血地被送回崖海，郑中将一激动，非要现场写报告盖章帮他提军衔，于是丁实醒来的时候，发现自己莫名其妙就成了上尉。

虽然从军衔上来说，丁实离他的小金花还有很长一段距离要追赶，但他扛过二级抗体，侧面证明了基因等级的优秀，周戎在第一时间就把这份安利卖给金华中校了。原话是这么说的：“作为人群中绝大多数的无质者，你想实现优生优育吗？你想培养基因优秀的爆种者后代吗？丁实，一个勤劳肯干、硬件出众的男人，一个被大家亲切称之为大丁的男人，永远都是你忠实不二的选择！”

金华：“我没有一定想生爆种者孩子谢谢，再说一个字我就投诉你性骚扰了周上校。”

不过后来她还是主动来探望丁实，大家都很为他俩高兴。

只有郭伟祥不太满意。丁实升衔后，全队就数他军衔最低了。

“真给我爷爷丢脸。”他悲伤地表示。

那支沾满了丁实鲜血的抗体试管，被荷枪实弹的士兵保护着，严密送进了宁瑜的研究室。

从那天起宁瑜就再没踏出过实验室的门。

所有人被严格隔离，只有司南被叫进去过一次，是为了配合做血液实验。

这座生化实验室跟他上次见到的已经大不相同了。从墙壁到天花板密密麻麻写着各种公式和演算，地上铺满了即兴扔掉的笔记纸张，实验台周围多了许多前所未见的专业设备。圆形大厅正中间矗立着一台宏伟的、泛着银白冷光的超级计算机，司南多看了两眼，心里隐约能猜出那是什么。

“模拟免疫系统。”宁瑜点开光标，一望无际的数字在屏幕上成排跳动，倒映在金边眼镜片上，把他苍白的面孔照得微微发青。

“仿照B军区地下研究所里那台现造的，隔壁科学院给它起名为火种一号。”

人类凭自己的双手，在黑暗的末世里摸索前行，最终点燃了生存的火光。

“能完全模拟人体免疫功能，包括固有免疫和适应免疫，准确率和涵盖率达到99%以上。”宁瑜顿了顿，笑道，“早点造出来就好了，省得费那么大劲。”

司南望着他，宁瑜伸手扶了扶镜架，像是在掩饰某种情绪。

“来吧，”他转身若无其事地说，“赶紧弄完赶紧走，抗体研究到最终阶段了，我还有大把的事情要忙呢。”

仿佛上天注定人类要迎来希望的曙光，终极抗体实验宣告成功的当天，大陆前线终于传来了捷报——在第一到第十二搜救大队的浴血奋战，以及全国五大幸存者基地的通力配合下，军方终于修复了足够数量的地面基站和信号塔。

卫星系统再次运行，全国大部分地区恢复了短波通信。

军方广播传遍大陆的当天，周戎站在海边，风从远方陆地席卷而来，呜呜咽咽，长久不绝。

他听见海风中掺杂着遥远的号哭。

崖海科学院中央大厅门外，高大的黄铜门光可鉴人，隐约映出宁瑜的身影。

这是他们第一次看见宁瑜穿正装，他瘦得太厉害了，似乎有点神经质，不时抬手拽领带结，好像那是根吊在脖子上不断收紧的绞索。

最后所有人都实在受不了了，正当司南准备上去把那领带给他扯了的时候，黄铜大门缓缓打开，一位满头白发的院士走出来，站定，做了个“请”的手势。

“宁博士，”他满是皱纹的脸上神情肃穆尊敬，“请上去发言吧。”

宁瑜突然就镇定下来了。

他从司南手中接过试管箱，喉结剧烈滑动了一下，举步走进了那扇象征着末世中人类最高科学殿堂的大门。

2191 年 8 月，即是丧尸病毒在全球范围内暴发的第 11 个月。

各国领导人、政权领袖及顶尖科学家通过卫星信号齐聚一堂，所有空置座位上都放着通信显示屏。站在最高讲台向下望去，中央大厅熙熙攘攘，座无虚席。

然而所有人都不动也不说话，巨大的圆形空间内鸦雀无声。

半晌，只见宁瑜抬起手，咔嗒一声清响，打开了试管箱。

“潘多拉病毒，又称丧尸病毒，是一种通过体液感染及影响细胞早期复制，杀死大脑后以生物电控制躯体，将人类转化为嗜血生物的单股负链 RNA 病毒。

“该病毒的致命性导致它不论如何减毒，都会因最微量的接触而产生彻底感染，因此以传统方式不能研制出疫苗。而且，病毒在将自身 RNA 整合至人体细胞 DNA 的过程中，突变效率之高极其惊人，免疫系统难以及时生成抗体。为此在过去的十一个月中，全球范围内产生了数以亿计的牺牲者。

“今天，我宣布，通过促使潘多拉病毒进化并稳定其形态的手段，我们终于研制出了适用于绝大多数人类的终极抗体。

“该抗体由全球范围内首例活体感染者，亦是迄今唯一的自然痊愈者体内B细胞提取而来，经过解读抗体基因图谱，已实现了实验室大规模培养，在病毒进入血液后六到八小时以内注射均可起效。

“而基因层面的疫苗研究也在进行中，相信不久的将来，从潘多拉魔盒中飞出的灭世瘟疫，将彻底从我们的星球上灭绝。”

啪，啪。

啪。

开始只是一两人，随即如燎原般传遍会场，宽阔的大厅中响起了如潮的掌声。

宁瑜摘下眼镜，用掌心紧紧捂住脸庞。他的十指尖因为这个动作而微微泛白，直到很久以后，掌声渐渐平息，他终于松开手，低头戴上了眼镜：“在……公布抗体图谱之前，我想先公布一份名单。”

数百双眼睛注视着他，只见宁瑜从抗体箱放置试管的支架下取出了一本笔记。

那只是个非常普通且有些破旧的黑色牛皮笔记本，宁瑜将它打开，反手展示全场，上面整整齐齐记载着一排排人名和日期：“这是病毒进化实验期间，牺牲在手术台上的实验者，有些是自愿捐躯而有些不是，共计九十五名。

“他们的死亡日期已一一记录在案，我希望未来人类的史册上，能永远记载他们的名字。”

这一次大厅内没有掌声，所有人都长久地静默着。

座位最后一排，黄铜大门边。

“他怎么没说哪些不是自愿的？”春草皱着眉头小声嘀咕。

周戎垂下视线，在几乎无声的叹息之后，摸了摸她的脑袋。

“谁知道呢。”

这场史无前例的全球会议进行了十多个小时，而宁瑜没有参与剩下的环节，公布完抗体基因图谱后他就悄然离开了会场。

实验室和他今早离开时一个样。阳光透过玻璃，静静洒在写满了数字的墙壁、铺着乱七八糟废纸的地板，以及凌乱的实验台上，火种一号成排的机柜闪烁着指示灯，钛银色生化设备在没有温度的阳光中，焕发出微渺恍惚的光晕。

宁瑜直直坐在显示器前，仿佛在凝视虚空中并不存在的浮尘，又仿佛望着深黑荧幕中自己空白的脸。

叩，叩。

身后传来敲门声，随即有人走了进来。

“宁博士……”实验室助理端着放了一碗西红柿鸡蛋面的托盘，小心翼翼道，“您，您要不要吃点东西……”

宁瑜脖子动了动，颈骨就像长期不曾移动的机械，猛然凝涩了下，紧接着才转过来：“我白天不吃东西。”

“我知道，但……”助理鼓起勇气说了下去，“我想实验已经完成了，现在午间进食也没有影响了吧。再说长期不吃午饭对身体非常不好，所以您……”

宁瑜的眼珠直勾勾盯着她。

他像是个灵魂已然飘离的躯壳，空空洞洞坐在那里。有刹那间助理甚至不敢与他对视，仿佛只要看见那双黑洞似的瞳孔，便会被深不见底的枯井吸走魂魄。

“放那儿吧。”半晌，宁瑜蹦出来四个字。

助理如蒙大赦，慌忙将托盘放在实验室门口，躬身退了出去。

宁瑜慢慢回过头，什么也不说，什么也不想。

他连眼珠都不转，温暖的食物香气在空气中飘散，绕过他身侧无形冰冷的壳，缓缓向高处弥漫。

天光渐渐暗淡，面条一点点变凉，汤汁凝固出薄薄的膜。

宁瑜始终没有移动过。

2191 年 9 月，抗体全球化量产完成，基因疫苗项目启动。

崖海军方倾囊而出，向陆地进行全面反杀。

军队用火烧、炸弹轰炸、坦克碾压等方式清理一座座被丧尸统治的城市，由祖国最南端为起点，呈扇形向北推进，直至东北、北疆。与此同时飞机开始为民众空投食物和抗体，除了已经被搜救出来安置在五大基地的幸存者外，部队又陆续从高原和深山救出了数以千万计的民众。

这项代号为火种的行动持续了四个多月，直至深冬。

疫苗项目不再需要司南的配合，周戎自由了。他得到特许批准，可以率领原118第六中队加民间志愿者司小南同志，形成一个暂时的编制，远赴陇北边境，执行定点突破任务。

结果临行前队伍里突然加进了一名不速之客——宁瑜。

“宁博士是陇北人，虽然没在那儿待过几天。”郑中将如是说，“他打报告说想作为军医随队行动，顺便回家乡看看，上级特批了。”

周戎疑道：“他不是要待在实验室吗？”

“疫苗已经初步出成果了，他说全球各大实验室都在做，有他没他都一个样。”

周戎直觉这话有毛病，但思来想去也琢磨不出什么。

“好好干，周上校！”郑中将拍着他的肩勉励，“你带着全国配置最高的特种小队，千万不要辜负上级的期望！”

“……”周戎冷冷道，“您老有所不知吧，姓宁的作为军医真不咋地，他包绷带还没我熟练呢。被他弄上手术台的基本都没活下来，与其说是白衣天使，不如说是一出场就自带《死神来了》BGM的男人，万一到时候全队都给他治死了……”

老中将哭笑不得：“知不知道好歹，你快给我滚！”

不过宁瑜没有周戎想象的那么麻烦，至少比刚认识时那尖酸刻薄、冷嘲热讽的姿态好相处多了。

整支小队七个人连同装甲车，被战斗机空运到了陇省沙洲市。这里的城区已经被地毯式轰炸过一遍，倒不剩多少丧尸，但麻烦在于病毒暴发时被滞留在古迹景点的旅游团已经全部丧尸化了，为了保护文物不受太大破坏，只能出动特种兵小队进行扫荡式清洗。

周戎的计划是先在景区外杀一批丧尸，然后利用军方研制出的高浓度血液气息引诱剂，把石窟里的活死人引到戈壁地带，再用车载火箭炮全部解决。

他把宁瑜留在装甲车里，叮嘱他不论发生什么都不准开门，更不准私自下车，然后才带着所有人持枪冲了下去。

病毒暴发时这里正是旅游旺季，虽然丧尸已经跑了一部分，但留下的仍然不容小觑。

周戎他们刚下车就只见附近丧尸跟饿了八百年似的涌过来，那阵势按颜豪的话说：“就好比黄金周时跑去逛景点！——”

周戎：“我在B市十多年没去逛过景点！太忙了！快快快手雷开路，景点往那边走！”

丧尸群被手榴弹炸得四分五裂，满地都是泥泞的腐血。郭伟祥边跑边打滑，手握成喇叭搁在嘴边大声嚷嚷：“没关系的戎哥！我在B市二十多年，从没把景点逛完过！——”

周戎：“你又是为什么？！”

众人吭哧吭哧冲进门票口，前方涌来一大波歪歪倒倒的丧尸，领头那个导游手里还兢兢业业擎着小红旗。

“每年放暑假都约女孩子去！每年都是逛不到仨小时她们就跑了！”郭伟祥非常委屈，“我也不知道为什么！”

周戎：“……”

春草拍拍他的肩，鼓励道：“下辈子你都找不到女朋友。”说着冲上前一发迫击炮，把丧尸群整个轰上了天。

司南执行任务有个非常突出的优点，就是既不争先也不掉队，从来都是闭嘴紧紧跟在队伍里，只有遇到危机时才噌地一下跳出来。然而这次周戎发现他总是往前跑，拉着后领把他拽回来，一不留神他又溜到前面去了。

“你干什么司小南？”周戎不得不加紧步伐，“前面没超市，就一泥巴楼！这儿是景区！”

司南置若罔闻，扛着冲锋枪一路砰砰扫射，转眼就冲到了“泥巴楼”下，嗖地射出攀绳枪，飞檐走壁钻进了洞窟里。

景区全是熙熙攘攘的丧尸，周戎正卡着秒表准备放引诱剂，见状简直要疯了：“快把他给我拽回来！干啥呢这是，公费旅游吗？！”

郭伟祥立刻来了精神：“好的我去找他！”说着嗖一声飞了上去。

颜豪：“我……我也去找他！”

春草：“等等我，等等我！”

嗖嗖两声，队花队草结伴没了。周戎正站在原地发蒙，只见丁实抓了抓脑袋，一脸憨厚地转过身。

“戎、戎哥，我小时候家里穷，没钱出去旅游，一直很渴望见识祖国的大好河山……”

周戎无奈：“你动作快点。”

嗖！丁实也没了。

周戎额角青筋直凸，只得留在洞窟前扫射不断围拢过来的丧尸。片刻后吵吵嚷嚷的公费旅行团回来了，春草掐着拦路丧尸的脖子把它摔下三楼，大声喊道：“真的太好看了！特别特别壮观！戎哥你真的不上来吗？——”

周戎：“给我滚下来！简直无组织无纪律！你们脑子里整天在想什么？这股贪图享乐的歪风邪气一定要给老子刹住，回去后所有人负重越野三十公里……”

司南：“喀。”

“司小南罚一天不准吃点心！好了快给我下来准备撤退！”

春草：“戎哥你别生气嘛，大老远跑来一趟很不容易的，快点大家排队站好合个影，祥子把那边丧尸清理下，咱们快被包饺子了……来来来一二三！”

“茄——子！”

周戎枪声一停，飞快把司南的脖子钩过来，比了个剪刀手。

咔嚓！

118 大队第六中队在石窟前集体留念，周戎神采奕奕，司南面无表情，春草努力低头瞪眼嘟嘴，祥子丁实俩人头顶着头往前挤，只有颜豪满脸写着三百六十度无死角的自信。

另有丧尸游客若干，在背景中友情客串。

下一秒，周戎击碎了引诱剂试管，众人立马作鸟兽散。

军方特制的引诱剂随风挥发，成了方圆数里内丧尸追逐的焦点。特种兵小队飞奔冲出景区，身后轰隆隆跟着长龙般的活死人，热闹得如同过年，整座石窟内的丧尸跑得一干二净。

“颜豪导航，准备出发！”周戎一把拉开车门冲进驾驶座，通电启动一气呵成，喝道，“丁实举着引诱剂上车顶，把丧尸群引到戈壁滩，春草准备调试炮弹！”

引诱剂的效力确实太强了，装甲车在前面开，后面一望无际全是丧尸，还有越来越多的趋势。

宁瑜坐在后车窗边，远处烟尘滚滚，喧嚣漫天，全倒映在他黑色的瞳孔里。

“里面丧尸太多了，不然你可以进去逛逛，确实值得一看。”春草拿军用相机一张张给他翻图，指着彩塑和壁画啧啧有声，“不过你老家在这儿，应该早就来过了吧，我们队还从没来这里执行过任务呢……”

“我没去过。”

“咦？”

“很小就搬走了。”宁瑜笑了笑，尽管那苍白的脸上没有多少笑意，“后来上大学，出国，再没回来过。”

春草理解地点点头。

宁瑜望向昏黄的车窗：“到戈壁了？”

前方地势缓缓起伏，狂风卷着黄沙，露出粗糙风化的黑色岩石。

更远处，一层层被风磨蚀过的矿物和碎石残留在地表，铺向深黄色广袤的沙漠。

车厢随行驶而颠簸，半晌，宁瑜轻轻地说：“真美。”

此刻已是傍晚时分，夕阳就像打翻了的染色盘，从天际向地面倾倒，将沙漠从远而近渲染成深红、橘红、金红、沙金……层层色彩交错渲染，点缀着错落在远方苍穹下的胡杨林，奇异而壮丽。

“我从小就喜欢沙漠，一直想来，一直没机会。”

宁瑜出了会儿神，又喃喃道：“真美。”

周戎突然抬头，从后视镜里瞥了他一眼：“喜欢的话，以后常来旅游不就行了。”

宁瑜又笑起来，语气竟然变得十分轻快：“是啊，我也这么想。”

装甲车在预定地点停下，这时已经深入大漠数十公里了，丧尸远比他们想象的还多。周戎拿着望远镜打量片刻，吩咐春草：“先头丧尸群离我们太近了，炮弹射程盖不住。待会儿先打一发，爆炸过去后往前开两公里再打一发，估计就差不多了。”

春草点点头，一哧溜滑进操作台，缓缓降下滑轨床。

“你紧张？”司南突然开口问。

众人都愣了下，才发现他是问宁瑜。

宁瑜直直坐着，脊背仿佛有根棍子撑着似的，绷得不正常，十指绞在一起。

“不，我很好。”

司南皱起眉，只听他又重复了一遍：“我很好。”

“……”司南起身拉起他的安全带，紧紧卡进扣里，“你坐稳点，待会儿要震。”

宁瑜直勾勾打量着他。

“怎么了？”司南问。

“你小时候有一次来基地，钟晚博士和爱丽莎博士要进无菌实验室，让我带你一下午。”

司南没想到他突然说这个，倒怔了怔，但宁瑜仿佛丝毫未觉：“当时你连路都走不稳，我牵着你的手，穿过研究所和林荫路，去很远的商店里买了个杯子蛋糕。

“回来的时候已经黄昏了，你父母在研究所门口并肩站着等我们。爱丽莎博士说你不能吃那么多甜食，已经有龋齿了，钟晚博士说没关系，反正会换牙的。

“然后他们带着你就走了，你趴在钟晚博士肩头上，远远对我挥了挥手。”

装甲车外，地平线上的丧尸正如潮水般涌来。

滑轨下方悬挂的火箭炮推出，遥遥对准丧尸群，指示灯闪出绿光。

“当时夜幕初降，林荫路两旁的路灯亮起来，一团团暖黄延伸到道路尽头。我晚上还有实验，站在研究所门口，就这么目送你们远去了，直到看不见为止……

“就这么多。”

宁瑜缓慢停顿了片刻，说：“你父母的事情，我也就记得这么多了。”

司南眉头一点点放松下来，轻声说了句：“谢谢。”

宁瑜看着司南，目光却像是穿过了他的面孔，看见了更久远以前无人知晓的回忆。

“没关系，”他小声说，却不知道是对司南还是对其他的什么人，“真的……没关系。”

春草按下发射键。

火箭炮射出，在高空划出抛物线，数秒后发出了惊天动地的爆炸。

轰——

数不清的丧尸瞬间气化，更多破碎躯体化作血浆冲上天空。千万条气浪裹着砂石，以爆炸中心为原点，呼啸着冲向四面八方。

装甲车和超出爆炸范围的丧尸群一起，被恐怖的沙漠气浪冲了出去，在半空足足飞出二十多米才轰然落地，所有防爆玻璃同时震出了可怕的裂纹，丧尸如下暴雨般乒乒乓乓摔在了地上。

说不清过了多久，时间概念在剧烈撞击后变得格外模糊。可能足有几分钟或仅仅几秒，司南从眩晕和耳鸣中恢复了一丝意识，看见宁瑜摇摇晃晃地站了起来。

气浪袭来那一瞬间司南护住了他，因此宁瑜受到的冲击比较小，恢复得也最快。饶是如此他还是站得很勉强，毕竟身体素质在那里——

他摸索了下才抓住后车门把手，紧接着不知道哪来的力气，他突然咬牙把车门打开了，猛地一跃而下。

司南骤然清醒，开口却爆发出呛咳，解下安全带就发力扑了出去。只见宁瑜已经向他笑着挥手，一步步倒退着，走向了漫天黄沙。

“宁……”

“宁瑜！”

众人同时察觉到不对，司南冲下了车，但一切都发生在短短瞬间——

摔落在装甲车附近的丧尸纷纷起身，有些扑向打开的车门，更多则涌向不断向它们退去的宁瑜，几乎眨眼间就淹没了他！

司南发着抖向前迈了一步，随即被冲下车的周戎按住了，同时他砰一声将近处的丧尸打翻。

“让他去吧，”周戎颤声道，“救不回来了，就……让他去吧。”

丧尸争先恐后，不断增多，在咆哮和咀嚼声中已经根本看不到宁瑜的影子了。所有人冲下来向装甲车周围的丧尸开火，准备尽快再往前开，周戎想拉司南上车，却被他一把夺过冲锋枪，他大步向前走去。

砰砰砰砰砰！

子弹链在空中飞舞，弹壳咣咣当当掉了满地，丧尸脑浆混合着腐血四下迸溅。

丧尸群不断倒下，又源源而来，再不断倒下……仿佛永远没有尽头的修罗魔鬼与血海地狱。

“走吧，司南！”周戎冲上来强行抓住他的手。

“——宁瑜选了他自己的路，我们也得走了！

“别回头看，司南！司南！！”

……

声嘶力竭的咆哮渐渐远去，化作朦胧的、安静的光晕，在夜幕中一团团延伸向道路尽头。

装甲车再次开动，缓缓向前，将无尽血肉远远留在身后，直至黑夜吞噬了苍凉的大漠。

少顷，又一枚火箭弹划破天空。

地狱在灼目到极点的白光中，悄无声息化作了虚无。

第39章

宁瑜的死给周戎带来了很大麻烦。

从科学院到军方，乃至于政府上层都被震动了，国际社会更是普遍地难以置信。

虽然军方对周戎一贯比较信任，在场所有人也都能证明宁瑜是自杀，但他们还是受到了一轮接着一轮的隔离审查。除此之外，跟宁瑜远赴陇北这件事沾边的所有人都被问话，郑中将更是被严厉批评了好几次。

他为何要自杀？动机是什么？是否为冲动？或者当天发生什么对他产生了刺激？

其中有没有任何一点能够挽回的可能？

这件事的政治意义非常重大，虽然暂时还没人受到实质性的惩罚，但影响是显而易见的。

郑中将曾经答应帮118申请恢复编制，然而火种行动让军方有生力量倾囊而出，加之此事没有先例，因此进展得非常缓慢。

宁瑜一自杀，周戎等人被严肃调查，118编制的事就干脆被中止了。

那段时间大家嘴上不说，内心却都非常消沉，尤其还要应付无休无止的重复问话和例行调查，让人不由对宁瑜的死感觉复杂。

只有司南说他觉得宁瑜不是这样的人。

他说宁瑜的风格有头有尾，习惯把一件事做完整，不会在最后时刻偏偏坑人一把。春草问他为什么会这么觉得，明明他们跟宁瑜的交集也很有限，想要准确揣测这位站在时代巅峰的科学家的内心世界几乎不可能。

司南也无法解释所以然来。

但事实很快证明司南的感觉是正确的。

宁瑜的专业资料被陆续解密，研究所人员在一本笔记里发现了他的绝笔信。

这封信让调查行动很快结束，所有人都恢复了言行自由。更出乎意料的是大家还没来得及松一口气，军方就下了决定恢复 118 编制的正式通知——周戎被提升为大队长，团级实职，拥有再次组建八支中队的权力。

周戎自己都非常意外，直到郑中将告诉了他为什么。

“宁博士在绝笔信里说，回顾自己的一生，很幸运在那个时间点遇到了你们。他知道你们都希望 118 能够重建，也知道重建申请已经停滞很久了，希望军方能看在是你们救他来崖海的功劳上，破格恢复 118 部队的编制。”郑中将微微叹了口气，道，“他还说如果很难办的话，请军方将此事看作他唯一的遗愿来处理。”

“他知道作为遗愿的话所有人都必须答应。”周戎低声道。

“是的。”

“他还说什么了？”

郑中将摇了摇头：“不清楚，我也只打听出这一段来，其他所有内容都被绝密处理了……也许几十年甚至上百年后，当我们的后代能用更冷静和全面的眼光来回首这场灾难时，他的绝笔信才会被慢慢解密吧。”

周戎走出大楼，司南背对着他站在台阶下，眯眼望着天空。

今天天气很好，苍穹瓦蓝，阳光普照。风从海洋席卷陆地，穿过生机萌发的旷野和伤痕累累的城市，拂起了司南的后领和发梢。

周戎走到他身侧，只见广袤天穹尽数倒映在那双琥珀色的瞳孔里，远方的硝烟渐渐消散以至无形。

司南轻声说：“再见，宁博士。”

周戎伸出手，司南收回目光向他微微一笑，两人并肩向远处走去。

2192 年初，火种行动初步覆盖全国。

城市里的丧尸被基本清除，个别重灾地区军方仍在攻坚。全国六座大型基地的幸存者们被分配抗体和物资，在统一调遣下开始轰轰烈烈地重建家园。

不久后，基因疫苗问世，迅速在全球范围内普及。

即便被残留在阴暗处的丧尸咬伤，人们也不用惧怕感染病毒了。

这场灾难带走了全球三十亿人的生命，差点就造成了种族灭绝，堪称人类有史以来最大也是最严重的浩劫。然而人类用自己的手关闭了潘多拉魔盒，将它封存在历史的长河中，永远也不会再开启。

周戎这位手下只有四个兵的光杆司令，终于费劲巴拉从各军区挑出了一批精兵，弄回总部来进行淘汰和特训。

原本可以躺着尽情吃国家一辈子的司南担当起了特训教官的重任，但鉴于他的执教风格，被训成狗的学员们都不太喜欢他。

司南并不在意弱鸡们喜不喜欢自己，他在意的是郑中将终于给他签了军方特聘战术顾问的正式委任书。从此他再不是民间志愿者司南了，他是特种部队 118 的总指导教官，还被分配了采光和通风都非常好、离食堂也很近的办公室。

鉴于司南终于正式加入了 118，颜豪诚恳请求将自己的队花头衔让贤，不过被司南礼貌坚定地拒绝了。颜豪对此感到非常失望。

春草倒是愿意当队花，但所有人都表示反对，春草为此气得一星期没理他们。

第一批兵员补充进来后，周戎决定将他们编制成四支中队，分别由颜豪、春草、丁实和郭伟祥带领。原 118 第六中队从此化整为零，成了新 118 的骨架——而这支部队的灵魂则由那些牺牲了的特种兵们转生而来，将在未来硝烟和战火的洗礼中，生生不息地延续下去。

在新编制推行之前，原第六中队执行了他们的最后一次任务。

他们把十七名牺牲战友的铭牌和遗物整理出来，其中包括张英杰的骨灰，然后踏上了寻找这些战友遗属的旅途。

这并不是一段漫长的旅程，因为118的家属们相对比较集中，在灾难最初爆发时就被送到避难基地了，找起来有据可查。但过程非常艰辛，每一位军属的哭泣和悲痛，都像烫红的烙铁，反复刻印在他们的灵魂和血肉里。

更多的烈士家属则全都不在了，对周戎他们而言，这比烙铁带来的刺痛更加让人空虚和悲凉。

幸运的是，他们赶到东北后顺利找到了张英杰的妻女。她们和家人一起躲在菜窖里，渡过了漫长难熬的严冬，转年春天就和同乡一起被东省基地的官兵接走了。周戎双手把张英杰的骨灰盒交给她的时候，听到了自己此生最悲惨最绝望的哭声，他甚至无法在这个痛苦的女人面前待上片刻，每一分每一秒都像有无数根带刺的鞭子血淋淋拷问着、抽打着他的灵魂。

现在的流通货币已经不是钱而是粮票了，周戎拿到所有的拖欠工资后，通通以军人优惠价换成了粮票和物资，自己一点没留，全部给了牺牲战友的家属。

那是相当大一笔钱，就算均摊开来，每位家属都能分得不少，对失去了顶梁柱的家庭来说勉强算是微许的慰藉。

不过分完钱以后周戎就彻底赤贫了，司南说他不介意，他现在有工资拿了，可以养周戎这个拖油瓶。

周戎后来又想了个办法。他把所有烈士家属都调来118的军区辖地，分别安排了食堂、仓库、后勤等等闲职，确保他们能拿到国家发给的抚恤金和稳定收入，子女能够在军区内上学。他特意为张英杰家的小姑娘争取到了难得的十二年免费重点教育名额，还对她许诺，等她考上大学以后，自己会负担她的所有费用，考到哪里供到哪里。

可以确定的是，周戎这辈子都富不起来了。

“答应给我的东西呢？”司南突然不满道。

周戎：“放心，交给戎哥。”

时光很快推移到2192年除夕。

新年夜，118营地食堂早早准备好丰盛的年夜饭，郑老中将也来了，所有队员和家属都齐聚一堂。

开饭前照例要说几句，周戎和郑中将互殴般彼此推搡了整整十分钟，周戎输了，只得端着酒杯站起身。

食堂里张灯结彩，满是白雾的玻璃窗上贴着红纸花，外面在放烟火，映得夜空缤纷明亮。

周戎在一双双眼睛的注视下深吸一口气，仿佛突然失去了他能言善道的优点，猛地不知道该说什么了，半晌才短促地笑了笑："戎哥不太会说话。"

众人哄然大笑，周戎也跟着笑了起来。

"去年除夕夜，病毒最肆虐的时候，我和你们最害怕的司教官两个人，跟大部队走散了，困在大雪封住的深山里。"

提到司教官，众位特种兵立马不笑了，眼观鼻鼻观心，正襟危坐噤若寒蝉。

司南专心吃着面前的糖炒栗子。

周戎缓缓道："零点到来的时候，我对着窗外许了三个愿望。第一件私事就不提了，第二个愿望是所有牺牲的战友魂归故里，保佑我们顺利渡过这场灾难。第三个是人类尽早研究出抗体，战胜病毒，兴建家园，恢复安定与和平。"

"这三个愿望都实现了。"周戎略一停顿，说，"所以我觉得在除夕夜许愿可能真有某种魔力，我决定今年再许三个。"

他斟满酒杯，并不看任何人，直接仰头饮尽："第一杯，还是我的个人愿望。"

下面有人笑着说："戎哥一定能心想事成！"

周戎微笑摇头不答。

"——第二杯。"

他斟满酒，环顾众人，在家属席那个方向停住，欠身深深鞠了一躬："祝已经离开我们的战友在天国仍然一切安好，你们的名字会永远记在我们心里，你们的功绩将永远铭刻在人类史上。"

就像去年除夕夜一样，周戎再次按牺牲顺序报出十七个名字，最后一个是张英杰。

满食堂一片静默，家属席上有人哽咽，有人黯然。

"去年我说，等灾难结束后你们再投胎吧，免得生下来又要面对这地狱般的世界。今年我终于可以说，灾难已经过去了，家园正在兴起，人类社会将逐步回到正轨，如果战友们的英魂在天有灵，你们已经可以回来了。"

周戎眼眶微微发红，沙哑道："戎哥……很想你们。"

“大家都很想你们。”

周遭响起抽泣与吸气的声音，周戎仰头将第二杯酒一饮而尽。

“第三杯。”

周戎转向前方，正对着118所有特种兵们的注视，抬头向远处星辰满天、烟花交错的夜空举起酒杯。

“在过去这场浩劫中，病毒带走了难以计数的生命，全球人口锐减过半，很多小国家甚至就此从人类的版图上消失了。

“如果后人撰写未来的历史，他们将会发现没有任何文字辞藻能写尽这场灾难的残酷，也没有任何语言修辞能描述人类为生存而付出的，艰苦卓绝的努力。

“我们怀揣火种走过黑暗长夜，跨过战友的遗骸，踏过荆棘和深渊，最终在累累尸骨上重新点燃了种族延续的火炬。我们这些活下来的人不需要历史来记载功勋，也无所谓那些空虚华美的称颂；只要山川河流、千万英灵，见证过我们前仆后继的跋涉和永不放弃的努力。”

周戎遥遥举杯，随即将最后一杯酒泼洒在地上。

“敬我们这些平凡的人类。”

所有人静默举杯。

窗外烟花冲上夜空，发出绚丽光芒，映亮了每个人湿润的眼眶。

温暖的灯光下人声鼎沸，食物香气随风传出很远很远。

周戎被轮番灌多了，好不容易才逃出人群，拉着司南溜出大门，站在庭院中的空地上。

不知什么时候外面下起了雪，纷纷扬扬的小雪花被灯光映成橙黄，打着旋落在他俩的头发和肩膀上。周戎似乎有一点窘迫，从身后拿出扎着粉色丝带的白纸盒。

“是……是蛋糕。”他尾音竟有点结巴，说，“我自己做的，尝尝看。”

司南：“嗯？”

司南打开纸盒，里面是个巴掌大的草莓果酱蛋糕，淋着糖浆的鲜红草莓点缀在雪白的奶油上，边缘一圈精致裱花，蛋糕上插着两只火柴棍儿似的、手拉着手笑嘻嘻的小糖人。

周戎紧张地看着司南咬了一口：“好吃吗？”

司南舔着嘴角的奶油点点头。

“我在食堂练了很久，做废了好几个。”周戎自嘲般搓了搓手，“我这手也不知道开过多少枪了，那裱花枪倒比开真枪还难，幸亏赶在今晚之前做好了这个……真的好吃吗？”

司南又咬一大口，嘴里鼓囊囊的，含混不清问：“你尝尝？”

“不不，你吃，你吃。”

司南：“……”

周戎：“……”

周戎看着司南，后者回以无辜的眼神。

“你没吃出什么来吗？”

司南说：“没有啊。”

两人面面相觑，周戎的目光缓缓从司南脸上移到快要见底的蛋糕上，声音有点抖：“真没吃出什么来？！”

司南：“真的没有。啊，刚才有个硬硬的东西，是草莓吗？”

周戎：“……”

司南：“我咽下去了。”

周戎：“……”

周戎的表情活像是被雷劈了，瞬间精彩无比，紧接着转身狂吼：“叫医疗队！快！赶紧联系医院做内视镜！司教官把异物吞下肚了！……”

司南终于憋不住大笑起来，拉住周戎，从舌根下吐出了一个闪闪发亮的小物件。

“说吧，”司南戏谑道，“从哪儿来的，你买得起？”

周戎顿时长出了口气，哭笑不得，惩罚地戳了戳司南的眉心：“当然买不起，你知道有多贵吗，攒钱到下辈子还差不多。”

司南玩味地挑起一边眉梢。

“上星期汤皓他们清剿B军区的任务我跟去了，临走前特地踩了点儿，汤皓在边上放风打手电，我拿个铁锹挖，大半夜倒腾了半天，终于从军方爆破后的废墟里挖出了他家店的柜台……”

周戎脸色有点发红：“那堆东西全撒地上了，我拿了一个，汤皓拿了一个，又给颜豪、春草、祥子、丁实他们各带了一个。你可千万别说，老郑知道该数落人了，汤皓还打算藏着以后当老婆本呢。”

司南的肩膀一直控制不住在剧烈发抖，如果他笑出声的话，会笑岔气也说不定。

周戎感到十分无奈，只得强行按住笑得不行了的司南，从他脖颈上取下那二十多年来从不离身的黄铜吊坠，把亮闪闪的小物件串了进去。

老照片上，很多年前的一家三口在熠熠光辉中，对着周戎温柔微笑。

司南望着周戎，发梢沾着一星雪花，嘴角在俊秀的脸颊上弯起柔和的弧度。

周戎将黄铜吊坠挂回他脖颈上，漫天雪花中司南俯下身，吊坠从领口中滑落出来，被细链吊在半空，晃荡着折射出明亮的光。

年夜饭桌上，颜豪望着馒头里吃出来的小物件哭笑不得，但还是趁郑老中将没注意的时候揣进了兜里。

春草翻着白眼掐自己脖子，郭伟祥拼命拍她的背：“你怎么真咽下去了！快！快咳出来！来人啊快上医院快叫救护车！——”

丁实拉着他的小金花挤到角落里，犹犹豫豫。半晌，直到两个人都红了脸，他才偷偷摸摸把一枚大钻戒塞到她手心：“送……送你的……”

门外空地上，司南嘴角还带着笑，一回头，锐利的目光直直投向窗口。

刚才还挤得水泄不通的特种兵们瞬间惊恐散开，三秒内消失得干干净净，连鬼影子都不见半个。

周戎朗声大笑起来。

无数烟花在夜幕中流光溢彩，齐齐绽放。雪花如同千万个旋转飞舞的小精灵，辉映着灯火，温柔覆盖在新生的大地上。

零点。

新年钟声在这一刻敲响，传遍欢呼的人群，穿过漆黑的海面，向远方灿烂的星海飞越而去。

——全文完——

图书在版编目（CIP）数据

不死者.2/淮上著.—武汉：长江出版社，2022.9
ISBN 978-7-5492-8397-2

Ⅰ.①不… Ⅱ.①淮… Ⅲ.①幻想小说—中国—当代
Ⅳ.①I247.5

中国版本图书馆CIP数据核字（2022）第107673号

不死者.2 / 淮上 著

出　　版	长江出版社 （武汉市解放大道1863号）
出版统筹	曾英姿
选题策划	喻　戎
市场发行	长江出版社发行部
网　　址	http://www.cjpress.com.cn
责任编辑	陈　辉
印　　刷	湖南天闻新华印务有限公司
版　　次	2022年9月第1版
印　　次	2022年9月第1次印刷
开　　本	700mm×980mm　1/16
印　　张	21
字　　数	400千字
书　　号	ISBN 978-7-5492-8397-2
定　　价	52.80元